ARTEMIS GWARTH

EOIN COLFER

ADDASIAD CATRIN DAFYDD

Gomer

I Lisa a Niall

Cyhoeddwyd yn 2002 gan Penguin Group,
Penguin Books Ltd, 80 Strand, Llundain WC2R 0RL, Lloegr
Teitl gwreiddiol: *Artemis Fowl*

Cyhoeddwyd gyntaf yn 2001 gan Viking

Cyhoeddwyd yn Gymraeg yn 2008 gan
Wasg Gomer, Llandysul, Ceredigion SA44 4JL
www.gomer.co.uk

ISBN 978 1 84323 843 0

Noddwyd gan Lywodraeth Cynulliad Cymru.

Argraffwyd a rhwymwyd yng Nghymru gan
Wasg Gomer, Llandysul, Ceredigion SA44 4JL

Cynnwys

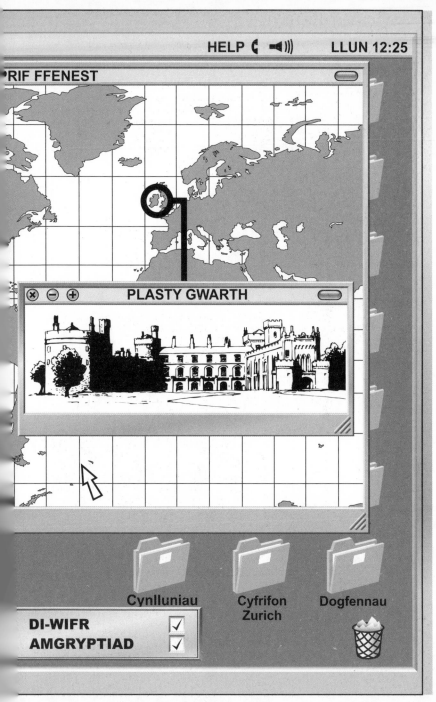

RHAGAIR

Sut mae disgrifio Artemis Gwarth? Mae nifer o seiciatryddion wedi trio, ond yn ofer. Y broblem fwyaf yw fod Artemis mor alluog. Mae e'n llwyddo i dwyllo pob prawf ac mae e wedi drysu rhai o feddygon gorau'r byd. Mae ambell un wedi mynd yn honco bost o'i herwydd.

Er mai plentyn yw e, does dim gwadu mai athrylith yw Artemis Gwarth. Ond pam fod person mor rhyfeddol yn dewis gwneud drygau a threfnu gweithgareddau troseddol? Un person all egluro, ac mae e'n enwog am beidio egluro dim.

Efallai mai'r peth gorau fyddai sôn am drosedd gyntaf Artemis Gwarth. Dw i wedi casglu tystiolaeth gan y bobl wnaeth ddioddef dan ei law bryd hynny. Wrth i chi ddarllen, fe welwch nad oedd hon yn dasg hawdd o gwbl.

Mae'r stori'n cychwyn rhai blynyddoedd yn ôl, ar ddechrau'r unfed ganrif ar hugain. Roedd Artemis Gwarth wedi meddwl am ffordd o ailadeiladu cyfoeth ei deulu, cyllun a allai ddinistrio cenhedloedd yn ogystal ag ysgogi rhyfel rhwng gwahanol rywogaethau y blaned hon.

Deuddeg oed oedd Artemis ar y pryd . . .

Pennod 1: Y LLYFR

 Dinas Ho Chi Minh yn yr haf. I'r dyn cyffredin, roedd hi'n chwilboeth. Ac mae'n wir dweud na fuasai Artemis Gwarth yn fodlon dioddef y gwres a'r chwysu oni bai fod rhywbeth pwysig yn y fantol. Rhywbeth oedd yn bwysig i'r cynllun.

Doedd Artemis a'r haul ddim yn ffrindiau da. Doedd e ddim yn edrych yn dda yn yr haul. Roedd treulio oriau hir o flaen sgrin gyfrifiadurol wedi gwneud ei groen yn wyn fel y galchen. A dweud y gwir, roedd e mor wyn â phe bai e wedi gweld ysbryd.

'Dw i'n gobeithio nad siwrne seithug arall fydd hon, Gwesyn,' meddai'n dawel, 'yn enwedig ar ôl Cairo.'

Roedden nhw wedi teithio i Cairo ar ôl derbyn gwybodaeth gan negesydd Gwesyn. Dyma ymgais gynnil gan Artemis i atgoffa Gwesyn o'r hunllef a ddigwyddodd yno.

'Na syr, dw i'n bendant tro 'ma. Mae Nguyen yn ddyn da.'

'Hmm,' mwmialodd Artemis, heb ei ddarbwyllo.

Syllai pobl oedd yn mynd heibio ar y dyn Ewrasiaidd enfawr a'r bachgen ifanc. Bydden nhw wedi stopio'n stond o glywed y cawr yn galw'r bachgen yn 'syr'. Dyma'r trydydd mileniwm wedi'r cyfan. Ond nid perthynas arferol oedd hon, ac nid twristiaid arferol oedd y ddau yma.

Roedden nhw'n eistedd y tu allan i gaffi ar Stryd Dong Khai, yn gwylio pobl ifanc yr ardal yn gyrru eu beiciau modur ar draws y sgwâr.

Roedd Nguyen yn hwyr a doedd y darn bach o gysgod a daflai'r ymbarél ddim yn gwneud i Artemis deimlo'n well. Un oriog oedd Artemis ac roedd hynny cyn wired heddiw ag erioed. Er, o dan yr olwg bwdlyd 'na roedd gronyn o obaith yn llechu. A fyddai'r trip hwn yn datgelu rhai pethau? A fydden nhw'n ffeindio'r Llyfr? Dim gobaith – fyddai hynny'n rhy dda.

Brysiodd gweinydd at y bwrdd.

'Rhagor o de, syrs?' holodd a'i ben yn siglo'n wyllt.

Ochneidiodd Artemis. 'Callia wnei di. Dyna ddigon ar fod yn ddramatig. Eistedd!'

Trodd y gweinydd at Gwesyn yn reddfol. Fe oedd yr oedolyn wedi'r cyfan.

'Ond syr, fi yw'r gweinydd.'

Tarodd Artemis y bwrdd â'i law, er mwyn cael sylw.

'Rwyt ti'n gwisgo esgidiau newydd sbon, mae gen ti grys sidan ar dy gefn ac edrycha ar y modrwyau aur 'na! Mae graen ar dy Gymraeg di ac rwyt ti'n edrych fel petaet ti'n talu arian da am gael trin dy wallt. Nid gweinydd wyt ti. Ti yw'r cyswllt, Nguyen Xuan, ac rwyt ti'n dynwared gweinydd er mwyn cael gweld a ydyn ni'n cario arfau.'

Suddodd corff Nguyen. 'Mae'n wir. Anhygoel.'

'Dim mewn gwirionedd. Mae angen mwy na ffedog i wneud gweinydd.'

Eisteddodd Nguyen wrth y bwrdd ac arllwys te mintys i gwpan tsiena bychan.

Aeth Artemis yn ei flaen. 'Gad i mi ddweud wrthot ti am yr arfau sy gynnon ni.' Syllodd ar Nguyen. 'Does gen i ddim arf ond mae gan Gwesyn, fy . . . ym . . . fy ngwas, ddigonedd. Swersagi yn ei boced ddryll yn ogystal â dwy gyllell daflu shreici yn ei sgidiau. Mae doflais dwy-ergyd i fyny ei lewys, weiren garotaidd yn ei oriawr a thair grenâd rewi mewn amrywiol bocedi. Ym, unrhyw beth arall Gwesyn?'

'Y cosh, syr.'

'O ie, sut allwn i fod wedi anghofio? Y cosh llawn peli haearn sy o dan dy grys.'

Cododd Nguyen ei gwpan yn grynedig a cheisio yfed ei de.

'Paid â chael braw Mister Xuan,' gwenodd Artemis, 'chaiff yr arfau mo'u defnyddio arnat ti.'

Nid oedd Nguyen yn edrych yn hapusach ar ôl clywed hyn.

'Na', meddai Artemis. 'Gall Gwesyn dy ladd di mewn cant o wahanol ffyrdd heb ddefnyddio un o'i arfau. Er rwy'n siŵr y byddai un ffordd yn ddigonol.'

Arswydwyd Ngyuen. Ni allai ddweud dim. Roedd Artemis Gwarth yn dueddol o gael yr effaith yma ar bobl. Llipryn ifanc yn siarad â holl rym ac awdurdod oedolyn pwerus. Roedd Ngyuen wedi clywed am deulu'r Gwarthiaid o'r blaen – roedd pawb yn yr isfyd rhyngwladol wedi clywed amdanynt. Ond roedd e wedi meddwl mai â thad y Gwarth hwn y byddai e'n delio ag ef, nid â bachgen. Er doedd y gair 'bachgen' ddim yn gweddu rywsut i'r llipryn llwydaidd oedd yn eistedd o'i flaen. A'r cawr wedyn, Gwesyn. Byddai e'n gallu torri asgwrn cefn unrhyw ddyn mor hawdd â thorri brigyn. Yn wir, penderfynodd Ngyuen na fyddai holl arian y byd yn dâl digonol am fod yng nghwmni'r ddau yma am eiliad yn hwy nag oedd rhaid.

'A nawr, busnes' meddai Artemis, a gosod recordydd-meicro ar y bwrdd. 'Fe atebaist di'r hysbyseb ar y we.'

Nodiodd Ngyuen heb ddweud gair, ond gan weddïo'n dawel fach fod yr wybodaeth oedd ganddo'n gywir.

'Do, Mister . . . Meistr Gwarth. Yr hyn ry'ch chi'n chwilio amdano fe . . . ym . . . dw i'n gwybod lle gallwch chi ei ffeindio fe.'

'O? Ac ydw i fod i dderbyn dy air am hyn? Mae'n

bosibl fod hyn yn rhan o gynllwyn i'm cipio. Mae digon o elynion gan fy nheulu.'

Daliodd Gwesyn fosgito oedd yn hedfan heibio clust ei gyflogwr. Mor chwim â milgi.

'Na, na,' meddai Ngyuen, gan estyn am ei waled. 'Drychwch, fan hyn.'

Astudiodd Artemis y llun polaroid. Ceisiodd stopio'i galon rhag carlamu. Edrychai'r dystiolaeth yn addawol ond gallai unrhywbeth gael ei ail-greu a'i ystumio gan PC a sganiwr y dyddiau hyn. Roedd llaw yn ymestyn o'r cysgodion yn y llun. Llaw werdd, esgyrnog.

'Hmm,' mwmialodd. 'Eglura.'

'Mae'r fenyw hon ger Stryd Tu Do yn medru iacháu. Mae hi'n fodlon gweithio a chael gwin reis yn dâl. Meddwyn yw hi, mae'n feddw drwy'r amser.'

Nodiodd Artemis ei ben. Roedd hyn yn gwneud synnwyr. Yfed. Dyna agwedd oedd yn ymddangos yn gyson yn ei waith ymchwil. Safodd ar ei draed a cheisio cael gwared ar y crychau oedd yn ei grys polo gwyn.

'Digon teg. Arweinia ni, Mister Ngyuen.'

Sychodd Ngyuen y chwys oddi ar ei fwstash seimllyd.

'Gwybodaeth yn unig. Dyna gytunwyd. Dw i ddim eisiau melltith ar fy mhen.'

Yn sydyn, cydiodd Gwesyn yng nghefn gwddwg y negesydd.

'Dw i'n flin, Mister Ngyuen, ond mae'r amser pan oedd gen ti ddewis wedi mynd.'

Gwthiodd Gwesyn y gŵr o Fietnam i gar swanc oedd wedi ei rentu. Car gyriant-pedair-olwyn oedd e nad oedd yn angenrheidiol ar gyfer gyrru ar hyd ffyrdd fflat Dinas Ho Chi Minh. Saigon roedd y bobl leol yn galw'r lle, ond doedd Artemis ddim yn hoffi uniaethu â'r dinasyddion.

Symudai'r jîp yn ara deg bach gan wylltio Artemis. Roedd y disgwyl yn ei frest yn anodd i'w ddisgrifio. Ni allai guddio'i gyffro am eiliad yn rhagor. A oedden nhw ar fin cyrraedd diwedd y daith? Ar ôl chwe siwrne seithug ar hyd tri chyfandir, ai yn nwylo hen ddynes feddw y byddai'r aur ar ddiwedd yr enfys? Bu bron i Artemis chwerthin. Aur ar ddiwedd yr enfys! Artemis Gwarth yn gwneud jôc! Dyna rywbeth nad oedd yn digwydd yn aml iawn.

Symudai'r beiciau modur o'r ffordd wrth i'r jîp grwbanu ymlaen. Doedd dim diwedd ar y dyrfa yn y lle 'ma. Roedd yr hewlydd bychain yn llawn dop o bobl yn gwerthu a phrynu. Cogyddion yn gollwng pennau pysgod i woks yn llawn olew poeth, llanciau ifanc yn ymlwybro'n ofalus rhwng y bobl, yn chwilio am bethau gwerthfawr i'w dwyn; llanciau eraill yn eistedd yn y cyhudd yn treulio'u bodiau ar gemau Gameboy.

Chwysai Ngyuen drwy ei grys gwyrdd khaki. Nid y gwres a wnâi iddo chwysu, roedd e wedi hen arfer â hynny. Dylai wybod yn well na chymysgu hud a lledrith a throsedd. Addawodd i'w hun y byddai'n newid ei ffyrdd, os fyddai'n goroesi'r profiad hwn. Dim rhagor o ateb hysbysebion ar y we, ac yn sicr dim rhagor o weithio gyda meibion i Arglwyddi Trosedd Ewrop.

Yn sydyn, roedd rhaid stopio'r jîp. Doedd dim modd iddo deithio ymhellach am fod y strydoedd yn rhy gul. Trodd Gwesyn at Ngyuen. 'Bydd yn rhaid i ni gerdded weddill y daith, Mister Ngyuen. Rhed os wyt ti eisiau ond byddi di'n teimlo poen miniog yn dy gefn os wnei di.'

Syllodd Ngyuen i lygaid Gwesyn. Lliw glas tywyll iawn oedden nhw, bron iawn yn ddu. Doedd dim owns o drugaredd yn y llygaid 'na. 'Peidiwch â phoeni,' meddai, 'wna i ddim rhedeg.'

Disgynnodd pawb o'r cerbyd. Dilynwyd hwy gan filoedd o lygaid wrth iddyn nhw gerdded ar hyd y lôn fach fyglyd. Ceisiodd un lleidr poced ddwyn arian oddi ar Gwesyn ond torrwyd ei fysedd yn syth, heb i Gwesyn edrych i lawr hyd yn oed. Cawsant lonydd gan y trigolion o hynny ymlaen.

Aeth y lôn yn gulach fyth a gallent weld ac arogli carthffosiaeth a dŵr yn llifo ar ei hyd. Ymgasglai'r cloffion a'r bobl oedd yn begera ar fatiau reis oedd fel ynysoedd yng nghanol môr o fudreddi. Doedd gan neb ar y stryd hon unrhywbeth i'w sbario, ar wahân i dri pherson.

'Wel?' mynnodd Artemis, 'lle mae hi?'

Pwyntiodd Ngyuen at driongl du o dan hen allanfa dân rydlyd.

'Fan'na. O dan fan'na. Dyw hi byth yn gadael y lle, dim hyd yn oed i brynu gwn reis; mae hi'n anfon rhywun i'w brynu. Ga i fynd nawr?'

Atebodd Artemis ddim. Yn hytrach, ymbalfalodd ar draws y stryd gan droedio'n ofalus rhwng y pyllau dŵr tuag at yr allanfa dân. Gallai weld symudiadau llechwraidd yn y cysgodion.

'Gwesyn, wnei di estyn fy sbectol?'

Fel consuriwr, tynnodd Gwesyn bâr o sbectol gweld-yn-y-nos o'i wregys a'u rhoi nhw yn llaw ddisgwylgar Artemis. Mwmialodd y motor oedd ar y sbectol wrth iddo addasu i'r golau.

Gosododd Artemis y sbectol ar ei wyneb. Aeth popeth yn wyrdd llachar. Gydag anadl ddofn, trodd Artemis ei olygon at y cysgodion rhyfedd. Gallai weld fod rhywbeth yn swatio ar fat rhaffia ac yn symud yn aflonydd yn yr ychydig olau oedd yno. Tiwniodd Artemis y sbectol er mwyn gallu gweld yn well. Corff bychan oedd yno, wedi ei wisgo mewn siôl front. Roedd cwpanau a photeli gwin gwag yn gorwedd yno hefyd. O blygiadau'r siôl, roedd modd gweld un fraich. Braich werdd. Er, roedd popeth yn edrych yn wyrdd drwy'r sbectol yma.

'Madam,' meddai Artemis, 'mae gen i gynnig i chi.'

Symudodd pen y ffigur yn gysglyd.

'Gwin,' crafodd ei llais fel sŵn ewinedd ar fwrdd du. 'Gwin, Saeson.'

Gwenodd Artemis. Y gallu i siarad unrhyw iaith; casáu golau. Tic. Tic.

'Cymry ydyn ni, nid Saeson. Nawr, ynglŷn â'r cynnig?'

Ysgydwodd y ddynes un bys esgyrnog yn ofalus. 'Gwin yn gyntaf, wedyn siarad.'

'Gwesyn?'

Estynnodd y gwas i'w boced a datgelu ei fod wedi bod yn cario hanner peint o'r wisgi Cymreig gorau. Cymrodd Artemis y botel a'i dal fel abwyd yn y cysgodion. Cyn iddo allu tynnu'i sbectol, crafangodd llaw am y botel a'i thynnu yn ôl i'r cysgodion. Llaw werdd. Heb unrhyw amheuaeth.

Ceisiodd Artemis beidio â gwenu.

'Tala ein ffrind, Gwesyn. Yr holl dâl. Cofia di Ngyuen, rhyngom ni yn unig mae hyn. Faset ti ddim yn hoffi i Gwesyn ddod i chwilio amdanat ti?'

'Na, na, Meistr Gwarth. Bydda i fel y banc.'

'Gwell i ti fod, neu fe fydd Gwesyn yn ei ôl yn gynt nag y gelli di weud Dinas Ho Chi Minh.'

Sgipiodd Ngyuen i lawr y lôn gul. Roedd e mor falch ei fod e'n rhydd fel na feddyliodd am gyfri'r bwndel o arian Americanaidd roedd wedi ei gael fel tâl. Anarferol iawn. Beth bynnag, roedd yr arian i gyd yno. Ugain mil o ddoleri. Arian da am hanner awr o waith.

Trodd Artemis yn ôl at y ddynes iacháu.

'Nawr te, Madam, mae gennyt ti rywbeth yr hoffwn i ei gael.'

🦀 • 🍴 🐒 ◊ • ⬡ • ⚓ ◉ 🦀 ▷ • 🗝 🍴 • ▢ ⌦ ❘

Llyfodd y ddynes ddiferyn o alcohol ar gornel ei cheg.

'Iawn, Gymro. Pen tost. Y ddannodd. Dw i'n iacháu.'

Gosododd Artemis y sbectol ar ei lygaid eto. Pwysodd ar ei gwrcwd, a syllu arni.

'Rydw i'n iach fel cneuen diolch, ar wahân i alergedd bychan i lau'r llwch. A dw i ddim yn meddwl y byddi di hyd yn oed yn gallu fy iacháu i o hwnnw. Na, yr hyn dw i ei eisiau yw, y Llyfr.'

Rhewodd y wrach. Sgleiniai ei llygaid o dan ei siôl.

'Llyfr?' gofynnodd yn ofalus. 'Ddim yn gwybod dim am unrhyw lyfr. Dw i'n iacháu. Moyn llyfr? Mynd i lyfrgell.'

Ochneidiodd Artemis gan ffugio amynedd. 'Dwyt ti ddim yn iacháu neb. Tylwythen deg wyt ti. P'shóg, fairy, ka-dalun. Pa bynnag iaith rwyt ti am ei defnyddio. A dw i eisiau'r Llyfr.'

Bu tawelwch am amser hir, cyn i'r greadures dynnu'r siôl oddi amdani. Oherwydd lliw gwyrdd sbectol Artemis, neidiodd wyneb y ddynes o'r gwyll fel mwgwd Calan Gaeaf. Roedd ei thrwyn fel bachyn hir a'i llygaid yn denau ac yn euraidd. Pwyntiai ei chlustiau i'r awyr ac roedd ei chroen fel clai meddal oherwydd yr holl alcohol oedd yn ei chorff.

'Os wyt ti, un o blant dynion, yn gwybod am y Llyfr,' meddai'n araf, gan frwydro'n erbyn effaith y wisgi, 'yna rwyt ti'n gwybod am nerth yr hud a'r lledrith sydd yn fy nwrn i. Gallaf dy ladd di wrth glicio fy mysedd.'

Cododd Artemis ei ysgwyddau. 'Dw i ddim yn

meddwl. Edrych ar dy hunan. Rwyt ti fwy neu lai'n farw. Mae'r gwin reis wedi dy wneud di'n wan a'r peth mwyaf anhygoel yr wyt ti'n gallu ei wneud erbyn hyn yw iacháu defaid ar ddwylo pobl. Pathetig! Dw i yma i dy achub di. Os ga i'r Llyfr.'

'Pam fyddai un o deulu dyn eisiau ein Llyfr ni?'

'Dydy hynny'n ddim o dy fusnes di. Yr unig beth sy angen i ti ei ddeall yw beth yw dy opsiynau.'

Symudodd clustiau'r dylwythen wrth iddi glywed y gair. Opsiynau?

'Opsiwn un yw dy fod ti'n gwrthod trosglwyddo'r Llyfr a'n bod ni'n mynd adref a'th adael di i bydru yn y ffieidd-dra yma.'

'Iawn,' meddai'r dylwythen, 'dw i'n dewis yr opsiwn yma.'

'A na. Paid â bod yn or-awyddus. Os byddwn ni'n gadael heb y Llyfr, fe fyddi di farw ymhen diwrnod.'

'Diwrnod! Diwrnod!' chwarddodd y dylwythen, 'Bydda i fyw ganrif yn hirach na chi. Mae hyd yn oed tylwyth teg sy'n gaethion ym myd dynion yn medru byw am oesoedd.'

'Nid â hanner peint o ddŵr sanctaidd yn eu boliau,' meddai Artemis, gan chwifio'r botel wisgi wag o'i blaen hi.

Aeth y dylwythen yn wyn, cyn gollwng sgrech fain, uchel ac ofnadwy. 'Dŵr sanctaidd! Rwyt ti wedi fy llofruddio i, fachgen.'

'Ydw,' cyfaddefodd Artemis. 'Fe ddylet ti ddechrau teimlo dy du mewn yn llosgi unrhyw eiliad.'

Gwasgodd y dylwythen ei bol gyda'i bys. 'A'r ail opsiwn?'

'O, rwyt ti eisiau gwrando nawr, felly? Digon teg. Opsiwn dau yw dy fod ti'n benthyca'r Llyfr i mi am hanner awr. Yna fe gei di dy hud a'th ledrith yn ôl.'

Syllodd y dylwythen yn gegrwth ar Artemis. 'Fy hud a lledrith yn ôl? Mae hynny'n amhosibl.'

'A! Ond mae'n bosibl. Mae gen i ddau beth hudol yn fy meddiant. Mae gen i ffiol o ddŵr o ffynnon arbennig iawn. Ffynnon y Tylwyth, drigain metr o dan gylch Llwchwr – y lle mwyaf hudol yn y byd o bosibl. Gall y dŵr yma wrthweithio'r dŵr sanctaidd.'

'A'r llall?'

'Hud a lledrith wedi ei greu gan ddyn yw'r llall. Feirws sy'n bwydo ar alcohol wedi ei gymysgu â phinsiad o bowdr adnewyddu. Gall hwn gael gwared ar bob un diferyn o win reis sydd yn dy system, a fyddi di ddim yn ddibynnol arno mwyach. Bydd hyd yn oed dy afu di'n berffaith iach. Paid â chamddeall, fe fyddi di'n dioddef yn ofnadwy ar y dechrau. Ond wedi hynny, fe fyddi di'n hedfan i bob man fel tasa ti'n fil o flynyddoedd oed unwaith eto.'

Llyfodd y dylwythen ei gweflau. Cael bod yn un o'r Tylwyth eto? Byddai hynny'n wych.

'Sut alla i fod yn siŵr nad wyt ti'n fy nhwyllo i, fachgen? Rwyt ti wedi chwarae un tric arna i yn barod.'

'Digon teg. Dyma'r ddêl. Fe wna i ymddiried y dŵr i ti. Yna, wedi i mi gael gweld y Llyfr fe gei di'r pigiad adnewyddu.'

Meddyliodd y dylwythen hyll. Roedd poen yn dechrau cronni yn ei bol oherwydd y dŵr sanctaidd. Hyrddiodd ei garddwrn at Artemis.

'Iawn, dw i'n derbyn.'

'Roeddwn i'n amau y byddet ti. Gwesyn?'

Aeth Gwesyn ati i agor sach ddu. Ynddi gorweddai gwn chwistrell a dwy botel fechan. Llanwodd y chwistrell â'r hylif clir a'i chwistrellu'n syth i fraich chwyslyd y dylwythen. Rhewodd hi am eiliad, cyn ymlacio.

'Hud nerthol,' anadlodd hi.

'Ydy, ond nid mor gryf â'th ewyllys di ar ôl i ti dderbyn yr ail chwistrelliad. Nawr, y Llyfr.'

Estynnodd y dylwythen i ddyfnderoedd afiach ei gwisg. Bu'n ymbalfalu am oes pys. Daliodd Artemis ei anadl. Dyma'r eiliad yr oedd wedi bod yn aros amdani. Byddai'r Gwarthiaid yn deulu mawr unwaith eto. Byddai ymerodraeth newydd yn codi, gydag Artemis Gwarth ar flaen y gad.

Tynnodd y dylwythen ddwrn caeëdig o'i siôl.

'Chei di fawr o lwc. Mae e wedi'i sgrifennu yn yr heniaith.'

Cytunodd Artemis gyda'i lygaid heb yngan gair.

Agorodd ei dwrn, ei fysedd crychiog yn gwichio gyda phob symudiad. Yng nghledr ei llaw gorweddai llyfr aur bychan, yr un maint â bocs matsys.

'Dyma ti, fachgen. Trideg o funudau dyn a dim mwy.'

Cymerodd Gwesyn y Llyfr yn barchus. Gan ddefnyddio camera digidol bychan, bach, tynnodd Gwesyn luniau o bob un o'r tudalennau tenau oedd yn y Llyfr. Cymerodd hyn rai munudau ac wedi iddo orffen medrodd ymlacio gan wybod fod yr holl wybodaeth oedd yn y Llyfr bach ynghlo yng nghof y camera. Ond roedd Artemis yn dal i boeni. Roedd e'n gwybod am achosion pan oedd gwybodaeth ar ddisgiau pwysig iawn wedi diflannu. Mewn meysydd awyr, er enghraifft. Felly, cyfarwyddodd Artemis ei was i lawrlwytho'r wybodaeth o'r camera i'w ffôn, yna ei anfon at gyfeiriad e-bost plasty'r Gwarth yng Nghaerfyrddin. Cyn pen diwedd yr hanner awr, roedd pob symbol yn Llyfr y Tylwyth yn gorwedd yn ddiogel yng ngweinyddwr Artemis Gwarth.

Yn ofalus, rhoddodd Artemis y Llyfr yn ôl i'r dylwythen. 'Braf iawn gwneud busnes gyda thi.'

Cododd y dylwythen yn simsan a phenlinio.

'Yr ail botel, fachgen?'

Gwenodd Artemis. 'Ie, y pigiad adnewyddu. Fe wnes i addo.'

'Do, fachgen, addewaist.'

'Iawn. Ond cyn i ni ei chwistrellu, mae'n rhaid i mi dy rybuddio nad yw'r broses o buro yn un braf iawn.'

Amneidiodd y dylwythen ar y budreddi o'i hamgylch hi. 'Wyt ti'n meddwl mod i'n mwynhau hyn? Dw i eisiau hedfan unwaith eto.'

Llanwodd Gwesyn y chwistrell â chynnwys y botel arall a'i chwistrellu'n syth i wythïen fawr ei chorff.

Syrthiodd y dylwythen fel sach datws i'r llawr. Yna, dechreuodd grynu'n wyllt.

'Amser gadael,' meddai Artemis. 'Dydy gwerth can mlynedd o alcohol yn gadael corff rhywun ddim yn rhywbeth yr wyf i eisiau ei weld.'

Roedd teulu Gwesyn wedi bod yn gwasanaethu'r Gwarthiaid ers canrifoedd. Dyna fel yr oedd hi. Yn wir, roedd nifer o arbenigwyr ieithyddol rhyngwladol o'r farn mai o'r gair Gwesyn y tarddodd y gair am 'gwas' yn wreiddiol. Roedd modd olrhain y trefniant yn ôl i oes y Celtiaid gan fod cofnod ar garreg hirfain fod Einionwyn Gwesyn yn was ffyddlon i Gwrol Gwarth Gyfreifrain.

Yn ddeg oed, byddai plant y teulu Gwesyn yn cael eu hanfon i ganolfan hyfforddi preifat ym Mhatagonia. Yno, roedden nhw'n dysgu am yr holl sgiliau arbennig fyddai eu hangen arnyn nhw wrth warchod y diweddaraf o linach y Gwarthiaid. Ymhlith y sgiliau hyn roedd coginio *cordon bleu*, saethwriaeth, cyfuniad arbennig o gelfyddyd ymladd, meddyginiaeth frys a thechnoleg gwybodaeth.

Os, oherwydd rhyw anffawd, na fyddai plentyn o linach y Gwarthiaid ar gael i'w warchod byddai aelodau teulu Gwesyn yn cael eu cyflogi fel amddiffynwyr i aelodau teuluoedd brenhinol Saudi Arabia a Monaco, fel arfer.

Ar ôl iddynt gael eu rhoi gyda'i gilydd, byddai'r aelod o deulu'r Gwarthiaid a theulu Gwesyn yn aros gyda'i gilydd am byth. Roedd hi'n swydd anodd iawn ac unig hefyd. Ond roedd y manteision yn helaeth pe byddech chi'n ddigon ffodus i fyw i'w mwynhau nhw. Pe na byddech chi'n ddigon lwcus, byddai'ch teulu chi'n derbyn tâl chwe ffigwr a phensiwn misol er cof amdanoch.

Roedd y Gwesyn presennol wedi bod yn gwarchod Artemis Gwarth ers deuddeg mlynedd, ers yr eiliad y cafodd ei eni. Ac er eu bod nhw'n glynu'n agos at draddodiadau'r canrifoedd roedden nhw hefyd yn llawer mwy na gwas a meistr. Artemis oedd yr unig ffrind a gafodd Gwesyn erioed, a Gwesyn oedd ffigwr tadol Artemis erbyn hyn.

Daliodd Gwesyn ei dafod nes iddyn nhw gyrraedd yr awyren a fyddai'n mynd â nhw ar wib o Bangkok i faes awyr Heathrow. Byddai'n rhaid iddyn nhw hedfan mewn awyren bersonol yn ôl i faes awyr Caerdydd, cyn dal hofrenydd bychan yn ôl i'r plasty yn Sir Gaerfyrddin.

'Artemis?' holodd Gwesyn.

Cododd Artemis ei ben o'i liniadur. Roedd e eisoes wedi dechrau ceisio cyfieithu darnau o'r Llyfr. 'Ie?'

'Y dylwythen. Pam na wnaethon ni gadw'r Llyfr a'i gadael hi'n farw yn y lle 'na?'

'Mae corff yn dystiolaeth, Gwesyn. Fel hyn, bydd gan y Tylwyth ddim rheswm i feddwl fod dim o'i le.'

'Ond, beth am y dylwythen?'

'Dw i ddim yn meddwl y bydd hi'n cyfaddef wrth neb ei bod hi wedi dangos y Llyfr i ddynion. A beth bynnag, fe gymysgais i ychydig o amnesiac i'w hail bigiad hi. Pan fydd hi'n deffro yn hwyr neu'n hwyrach, fe fydd popeth braidd yn . . . yn niwlog ddwedwn i.'

Dangosodd Gwesyn ei fod yn deall. Chwarae teg, roedd Meistr Artemis Gwarth ar y blaen bob amser. Byddai sawl un yn dweud ei fod e'n debyg iawn i'w dad. Ond roedden nhw'n anghywir. Roedd Meistr Artemis yn gwbl unigryw a doedd neb tebyg iddo wedi bodoli o'r blaen.

Nawr fod yr amheuon wedi eu lleddfu gallai Gwesyn ymlacio a darllen ei lyfr, *Gynnau ac Adnoddau Saethu 3*, a gadael i'w feistr gael llonydd i ddarganfod holl gyfrinachau'r bydysawd.

Pennod 2: CYFIEITHU

Erbyn hyn, mae'n rhaid eich bod chi wedi deall pa mor bell mae Artemis Gwarth yn fodlon mynd er mwyn cyrraedd y nod. Ond beth yn union oedd y cynllun? Pa fath o gynllun fyddai'n gofyn am lwgrwobrwyo tylwythen hyll oedd yn gaeth i alcohol? Yr ateb yw – aur.

Dechreuodd hyn oll ddwy flynedd yn ôl pan aeth Artemis ati i syrffio'r We. Yn gyflym iawn, daeth ar draws nifer o wefannau rhyfedd, creaduriaid arallfydol, gwefan am UFO's a phethau goruwchnaturiol. Ond efallai'n fwy arwyddocaol, dysgodd am fodolaeth Y Tylwyth.

Tra'n chwilio drwy gigabeits o wybodaeth, ffeindiodd Artemis gannoedd o gyfeiriadau at dylwyth teg o bob gwlad yn y byd bron iawn. Roedd gan bob gwareiddiad eu henwau eu hunain ar y Tylwyth, ond yr un oedden nhw yn y bôn. Ymhlith nifer o'r straeon ar y we roedd sôn am Lyfr a fyddai'n cael ei gario gan bob tylwythen.

Dyma eu Beibl nhw, oedd yn cynnwys holl hanes eu bodolaeth a'r gorchmynion roedd yn rhaid iddynt eu cadw. Wrth gwrs, roedd y Llyfr hwn wedi ei ysgrifennu yn Iaith y Coblynnod, testun tylwyth teg a fyddai'n gwbl annealladwy i ddynion.

Credai Artemis yn gryf y byddai gan dechnoleg fodern y grym a'r gallu i gyfieithu'r Llyfr. A gyda'r cyfieithiad newydd, byddai modd cymryd mantais ar griw newydd sbon o greaduriaid.

Adnabod dy elyn, dyna oedd arwyddair Artemis Gwarth, ac felly fe aeth ati fel lladd nadroedd i ddysgu popeth posibl am y Tylwyth nes iddo greu cronfa ddata enfawr yn llawn gwybodaeth amdanyn nhw. Ond doedd hynny ddim yn ddigon. A dyna barodd iddo osod hysbyseb ar y We: **Mae Cymro sy'n gweithio ym myd busnes yn fodlon talu arian mawr i gyfarfod â thylwythen deg, ellyll, coblyn.** Roedd y rhan fwyaf o'r ymatebion a gafwyd i'r hysbyseb gan bobl oedd yn twyllo ond roedd ei ymweliad â Dinas Ho Chi Minh wedi talu ffordd.

Mae'n bosib mai Artemis oedd yr unig berson yn y byd a allai fynd i'r afael â'r cynllun hwn. Roedd e'n dal i gredu mewn hud a lledrith am ei fod e'n fachgen ifanc, ond roedd ganddo rym a phenderfyniad oedolyn er mwyn mynd â'r maen i'r wal. Os oedd unrhyw un yn ddigon abl i gael gafael ar ychydig o aur y Tylwyth, Artemis Gwarth, oedd y person hwnnw.

Roedd hi'n gynnar y bore erbyn iddyn nhw gyrraedd plasty Gwarth. Roedd Artemis yn awyddus iawn i wneud yn siŵr ei fod e'n gallu agor y ffeil ar y cyfrifiadur, ond cyn gwneud hynny, aeth i weld ei fam.

Roedd Siân Gwarth yn glaf yn ei gwely. Felly yr oedd hi wedi bod ers i'w gŵr fynd ar goll. Tensiwn ar ei nerfau oedd barn y doctoriaid. Yr unig driniaeth ar gael oedd gorffwys a llyncu tabledi cysgu. Roedd hi wedi bod fel hyn ers blwyddyn.

Eisteddai Gwen, chwaer Gwesyn ar y grisiau. Syllai o'i blaen, yn fud. Ni lwyddai ei mascara pefriog wneud iddi edrych yn llai caled. Roedd Artemis yn siŵr ei fod wedi gweld yr olwg yna arni o'r blaen, wedi iddi ddefnyddio'r swplecs ar fachgen pizza go haerllug. Y swplecs oedd un o hoff symudiadau reslo Gwen. Obsesiwn rhyfedd i ferch yn ei harddegau. Ond wedi'r cyfan, un o deulu Gwesyn oedd hi.

'Rhywbeth yn bod, Gwen?'

Sythodd Gwen yn gyflym. 'Fy mai i yw e, Artemis. Mae'n debyg mod i 'di gadael bwlch rhwng y llenni. Doedd Mrs Gwarth ddim yn gallu cysgu.'

'Hmm,' mwmialodd Artemis, wrth ddringo'r grisiau derw yn araf.

Byddai'n poeni am gyflwr ei fam yn aml. Doedd hi ddim wedi gweld golau dydd ers amser. Ac eto, pe bai hi'n gwella'n wyrthiol, dyna fyddai diwedd ei deithiau cyffrous e a'i ryddid anarferol. Byddai'n rhaid iddo fynd ar ei union yn ôl i'r ysgol a 'dim rhagor o anturiaethau i ti gwd boi'.

Cnociodd yn ysgafn ar y drysau bwaog. 'Mam? Wyt ti'n effro?'

Chwalwyd rhywbeth wrth iddo daro yn erbyn ochr arall y drws. Rhywbeth drudfawr hefyd, yn ôl y sŵn. 'Wrth gwrs fy mod i'n effro! Sut yn y byd alla i gysgu yn y golau llachar hwn?'

Mentrodd Artemis i'r ystafell. Taflai'r gwely enfawr ei gysgodion dros yr ystafell dywyll a saethai un llafn o olau drwy'r bwlch yn y llenni melfed. Eisteddai Siân Gwarth yn ei chwman ar y gwely, ei chorff gwelw yn gloywi yn y gwyll.

'Artemis, cariad, lle'r wyt ti wedi bod?'

Ochneidiodd Artemis. Roedd hi'n ei adnabod. Arwydd da, meddyliodd. 'Trip ysgol, Mam. Sgïo yn Awstria.'

'O, sgïo,' mwmianodd Siân. 'Dw i'n colli hynny'n fawr. Efallai, pan ddaw dy dad adref.'

Teimlodd Artemis lwmp yn ei lwnc. Hollol annodweddiadol.

'Cariad, a fyddet ti gystal â chau'r llenni? Mae'r golau ofnadwy yna'n annioddefol.'

'Wrth gwrs, Mam.'

Troediodd Artemis yn ofalus ar draws yr ystafell. Gan ei bod mor dywyll, roedd hi'n anodd gweld y cypyrddau dillad isel oedd fan hyn a fan draw. O'r diwedd, gafaelodd Artemis yn y llenni melfed. Am eiliad, daeth

awydd drosto i'w hagor led y pen. Ochneidiodd a'u
tynnu ynghyd.

'Diolch, cariad. Gyda llaw, mae'n rhaid i ni gael
gwared ar y forwyn. Mae hi'n hollol ddi-glem.'

Daliodd Artemis ei dafod. Gwyddai'n iawn fod Gwen
Gwesyn wedi bod yn weinyddes wych a gweithgar
iddynt ers tair blynedd. Roedd hi'n amser defnyddio
anghofrwydd ei fam er ei les ei hun.

'Rwyt ti'n iawn Mami, wrth gwrs. Dw i wedi bod yn
meddwl am wneud ers peth amser. Mae gan Gwesyn
chwaer allai fod yn dda iawn. Dw i'n meddwl i mi sôn
amdani o'r blaen. Gwen?'

Gwgodd Siân. 'Gwen? Ie, mae'r enw'n gyfarwydd.
Wel, gall neb fod yn waeth na'r ferch dwp sy gyda ni
nawr. Pryd gall hi ddechrau?'

'Yn syth bìn. Fe wna i wneud yn siŵr fod Gwesyn yn
mynd i'w hôl hi o'r porthdy.'

'Rwyt ti'n fachgen da, Artemis. Nawr dere 'ma i roi
cwtsh i dy fam.'

Camodd Artemis i gôl ei fam. Arogl dŵr rhosod oedd
arni. Ond roedd ei breichiau hi'n oer ac yn wanllyd.

'O! cariad bach,' sibrydodd hi, a chododd croen
gŵydd ar hyd cefn Artemis. 'Dw i'n clywed pethau yn y
nos. Maen nhw'n cerdded ar hyd y glustog ac yn dringo
i mewn i'm clustiau i.'

Teimlodd Artemis lwmp yn ei lwnc unwaith eto.

'Efallai ei bod hi'n bryd agor y llenni, Mam.'

'Na,' criodd ei fam, gan ei wthio oddi wrthi. 'Na, achos wedyn byddwn i'n gallu eu *gweld* nhw hefyd.'

'Mam, plîs.'

Ond doedd dim pwynt. Roedd Siân wedi llithro nôl i'w byd bach ei hun. Dringodd i'r gwely eto a swatio yn y cysgodion. Tynnodd flanced amdani. 'Danfona'r ferch newydd!'

'Iawn, Mam.'

'A gwna'n siŵr ei bod hi'n dod â chiwcymbyr a dŵr gyda hi.'

'Iawn, Mam.'

Syllodd Siân arno â llygaid rhyfedd. 'A stopia ngalw i'n Mam wnei di? Dw i ddim yn siŵr iawn pwy wyt ti, ond dw i'n gwybod nad ti yw f'Arti bach i.'

Brwydrodd Artemis i atal y dagrau oedd yn cronni yn ei lygaid rhag llifo. 'Wrth gwrs. Dw i'n flin Ma – sori.'

'Hmm. Paid â dod yn ôl yma, neu fe fydd yn rhaid i'm gŵr i ddelio gyda ti. Ac mae e'n ddyn pwysig iawn, wyddost ti.'

'Iawn, Mrs Gwarth. Dyma'r tro olaf welwch chi fi.'

'Gobeithio.' Rhewodd Siân yn sydyn. 'Wyt ti'n gallu eu clywed nhw?'

Ysgydwodd Artemis ei ben. 'Na. Dw i ddim yn gallu clywed –'

'Maen nhw'n dod amdana i. Maen nhw ymhob man.'

Plymiodd Siân o dan y dillad gwely. Gallai Artemis glywed ei gweiddi a'i chrio wrth iddo fynd i lawr y grisiau marmor.

Roedd y Llyfr yn fwy o sialens nag roedd Artemis wedi'i ddychmygu. Gallech feddwl bod y Llyfr ei hun yn mynnu ei ffordd ei hun. Dim ots pa raglen gyfrifiadurol roedd e'n ei defnyddio, roedd y sgrin yn hollol wag bob tro.

Gwnaeth Artemis gopi caled o bob tudalen a'u gosod nhw ar wal ei stydi. Weithiau roedd gweld problem ar bapur yn hwyluso pethau. Roedd yr ysgrifen mor ddieithr ac eto roedd e'n edrych yn rhyfedd o gyfarwydd ar yr un pryd. Yn amlwg, cymysgedd o symbolau a llythrennau oedd e. Roedd y testun yn edrych fel petai'n arnofio ar wyneb y papur heb drefn o gwbl.

Yr hyn oedd ei angen ar y cyfrifiadur oedd rhyw fath o gyfeirlyfr, rhyw ganolbwynt lle y byddai'n gallu adeiladu storfa o wybodaeth. Roedd e eisoes wedi cymharu iaith y Llyfr gyda'r iaith Gymraeg, y Saesneg, Tseinieg, Arabeg a Cyrileg. Hyd yn oed â'r iaith Ogam. Dim oll.

Yn llawn rhwystredigaeth, gwylltiodd Artemis. Gwylltiodd gymaint nes iddo wneud i Gwen redeg o'r fan pan ddaeth hi heibio â phlatiad o frechdanau. Yna, edrychodd Artemis ar y symbolau. Y llun a ymddangosai amlaf yn y Llyfr oedd darlun o ddyn bach. Dyn, tybiodd Artemis, er gallai fod yn ferch gan na wyddai fawr ddim am olwg corfforol y tylwyth. Cafodd syniad. Agorodd

Artemis ei ffeil ar ieithoedd hynafol yn y rhaglen Pŵer Cyfieithu a dewis iaith yr Eifftwyr.

O'r diwedd. Canfyddiad. Roedd y symbol o'r dyn oedd yn y Llyfr yn rhyfedd o debyg i ddarlun o'r duw Anubis mewn ysgrifen hieroglyffig ar siambr fewnol Tutankhamen. Roedd hyn yn gyson â'r pethau eraill roedd e wedi eu darganfod. Straeon am dylwyth teg oedd y straeon ysgrifenedig cynharaf, oedd yn awgrymu bod eu gwareiddiad yn hŷn na gwareiddiad dyn. A nawr, ymddangosai fel pe bai'r Eifftwyr wedi defnyddio ac addasu testun oedd yn bodoli'n barod er eu lles eu hunain.

Ac roedd nifer o bethau eraill yn debyg iawn i'w gilydd yn y ddwy iaith ond bod gwahaniaethau pitw bach wedi bod yn ddigon i ddrysu'r cyfrifiadur a gwneud iddyn nhw lithro drwy'r rhwyd. Byddai'n rhaid gwneud y gwaith hyn â llaw. Printio'r symbolau Coblynaidd, eu chwyddo'n fawr a'u cymharu â'r ysgrifen hieroglyffig.

Teimlai Artemis gyffro llwyddiant yn curo y tu ôl i'w asennau. Roedd gan bron bob un o'r symbolau yn y Llyfr gyfaill ym myd yr ysgrifen hieroglyffig. Nifer ohonynt yn oesol wrth gwrs, fel yr haul ac adar. Ond roedd eraill yn fwy arallfydol ac wedi eu creu i ffitio'r syniad. Ffigwr Anubis er enghraifft. Ni fyddai'n gwneud synnwyr fel duw cŵn ac felly addasodd Artemis y symbol i olygu brenin y tylwyth.

Erbyn hanner nos, roedd Artemis wedi bwydo'i holl ddarganfyddiadau i'r Macintosh. Yr unig beth ar ôl i'w wneud oedd gwasgu 'Datrys'. A dyna wnaeth e. Yr hyn ddaeth o grombil y cyfrifiadur oedd llinell hir o rwtsh annealladwy.

Byddai plentyn arferol wedi rhoi'r gorau i'r dasg ers meityn. Byddai oedolyn arferol wedi bod yn barod i daro'r allweddellau. Ond nid felly Artemis Gwarth. Roedd y Llyfr yn ei herio a doedd e ddim yn mynd i adael iddo ennill.

Roedd y llythrennau'n gywir, roedd e'n sicr o hynny. Y drefn oedd yn anghywir. Gan rwbio'r cwsg o'i lygaid, syllodd Artemis ar y tudalennau eto. Roedd pob adran wedi'i hamgylchynu â llinell hir. Gallai hyn gynrychioli paragraffau, neu benodau. Roedd un peth yn sicr, doedden nhw ddim i fod i gael eu darllen o'r chwith i'r dde nac o'r gwaelod i'r brig. Arbrofodd Artemis. Ceisiodd ddarllen y symbolau o'r dde i'r chwith fel gyda'r iaith Arabaidd, yna colofnau'r Tseiniaid ond heb lwyddiant. Yna, sylwodd fod yr adran yn y canol yn gyson ar bob tudalen. Roedd y lluniau a'r symbolau eraill wedi eu gosod o amgylch y darnau canolog hyn. Efallai mai'r canol oedd y man cychwyn felly. Ond pa ffordd nesaf? Edrychodd Artemis dros yr holl dudalennau. Tybed a fedrai ffeindio rhywbeth arall oedd yn gyffredin? Ar ôl rhai munudau, daeth llwyddiant. Yn llechu ym mhob cornel ar y tudalennau roedd blaen

picell fach fach. Ai saeth oedd hi? Yn dangos cyfeiriad?
Ewch i'r cyfeiriad yma? Felly, y theori fyddai – dechrau
yn y canol a dilyn y saeth, gan ddarllen mewn rhyw fath
o gylch.

Doedd y cyfrifiadur ddim yn gallu delio gyda rhywbeth
fel hyn, felly aeth Artemis ati i wneud y gwaith ei hun.
Gyda chyllell boced a phren mesur, tynnodd dudalen
gyntaf y Llyfr yn ddarnau mân a'i hailosod mewn trefn
wahanol yn y dull gorllewinol – o'r chwith i'r dde
mewn rhesi paralel. Yna sganiodd y dudalen eto a'i
bwydo drwy'r cyfieithydd Eifftaidd.

Hymiodd y cyfrifiadur a gwneud synau rhyfedd, wrth iddo drosi'r wybodaeth. Stopiodd nifer o weithiau er mwyn gofyn am gadarnhad am ambell symbol. Digwyddodd hyn yn llai aml wrth i'r peiriant ddod i adnabod yr iaith newydd. Ymhen hir a hwyr fflachiodd geiriau ar y sgrin: **Ffeil wedi ei throsi.**

Gyda'i fysedd yn crynu mewn blinder a chyffro, gwasgodd Artemis y botwm 'Argraffu'. Llithrodd tudalen o'r argraffydd laser. Yn y Gymraeg roedd y geiriau erbyn hyn. Oedd, roedd camgymeriadau yn frith drwy'r gwaith, roedd angen cywiro ambell beth, ond roedd modd ei ddarllen. Yn bwysicach fyth, roedd modd ei ddeall.

Roedd Artemis Gwarth yn ymwybodol iawn o'r ffaith mai fe oedd y cyntaf i gyfieithu'r geiriau hudol ers miloedd o flynyddoedd, felly dyma gynnau golau'r lamp a darllen.

Llyfr y Tylwyth.
Rheolau ein hudolrwydd a'n ffordd o fyw.

Gwarchod fi bob dydd, gwarchod fi'n dda.
Fi yw dy athro hud a lledrith a pher-lysia.
Fi yw dy gyswllt â phŵer bob man.
Anghofia amdana i a byddi di'n wan.

Deg gwaith deg gorchymyn sydd, gwyliwch.
Nhw a ddaw i ddatrys pob dirgelwch.

Iachau, rhegi ac alcemeg hy.
Fe gei'r cyfrinachau hyn, trwof fi.

Ond, Dylwythen, cofia nad ydw i
ar gyfer pobl y llaid sy'n crwydro fry.
A melltith fydd ar ben yr un a fydd
yn bradychu holl gyfrinachau'r ffydd.

Gallai Artemis deimlo'r gwaed yn pwmpio yn ei glustiau. Roedd y geiriau yn ei ddwylo. O hyn ymlaen, fe fydden Nhw fel morgrug dan ei draed. Pob un cyfrinach yn cael ei datgelu gan dechnoleg. Yn sydyn, teimai'n flinedig a chwympodd yn ôl i'w gadair. Dim ond y dechrau oedd hyn; roedd cymaint ar ôl i'w wneud. Deugain a thair o dudalennau i'w cyfieithu. Gwasgodd fotwm yr intercom er mwyn i bawb clywed ei lais dros y tŷ i gyd.

'Gwesyn, cer i nôl Gwen a dewch yma. Mae angen rhoi jigso at ei gilydd.'

Efallai y byddai'n werth sôn ychydig am hanes y teulu yn y fan yma. Roedd y Gwarthiaid yn droseddwyr enwog. Ers cenedlaethau roedden nhw wedi bod yn ymddwyn yn ysgeler, gan grynhoi digon o arian nes yn y diwedd eu bod nhw'n cael eu hystyried yn fonheddwyr go barchus. Wrth gwrs, unwaith iddyn nhw lwyddo i barchuso roedden nhw'n anfodlon eu byd felly dyma ddianc yn ôl i'r isfyd troseddol.

Gwarth ap Gwarthus, tad Artemis oedd yn gyfrifol am beryglu ffortiwn y teulu. Gyda chwymp y Rwsia gomiwnyddol, roedd Gwarth ap Gwarthus wedi penderfynu buddsoddi miloedd ar filoedd o arian y teulu mewn busnes llongau a fyddai'n hwylio i'r cyfandir enfawr. Byddai prynwyr newydd yn chwilio am bethau newydd i'w prynu, ymresymodd. Pan glywodd y Maffia Rwsiaidd am y Gorllewinwr yma oedd yn ceisio gwneud ei ffortiwn ar gefn y wlad, aeth pethau'n draed moch. Yr hyn wnaeth y Maffia oedd saethu taflegryn Stinger at *Gwibiwr y Gwarth*, wrth i'r llong hwylio heibio Murmansk. Roedd Gwarth ap Gwarthus ar fwrdd y llong honno gydag wncwl Gwesyn a 250,000 o ganiau cola. Roedd yn ffrwydriad a hanner!

Ni adawyd y Gwarthiaid heb yr un geiniog wedi'r drychineb yma ond nid biliwnêrs mohonynt bellach. Tynghedodd Artemis Gwarth i newid y sefyllfa hon. Byddai'n adfer ffortiwn y teulu. A byddai'n gwneud hynnny yn ei ffordd unigryw ei hun.

Unwaith y câi'r Llyfr ei gyfieithu, byddai Artemis yn medru mynd ati o ddifri i wneud trefniadau. Roedd eisoes yn gwybod beth oedd y nod, a nawr roedd e wedi dod o hyd i ffordd i'w gyrraedd.

Aur, dyna oedd yr ateb. Cael gafael ar aur. Roedd yn

amlwg fod y Tylwyth bron mor hoff o'r sylwedd drudfawr ag yr oedd dynion. Roedd gan bob tylwythen ei gronfa ei hun, ond nid am yn hir os câi Artemis ei ffordd. Byddai o leiaf un o'r Tylwyth yn waglaw erbyn i Artemis orffen ei waith.

Wedi cysgu am ddeunaw awr a chael brecwast ysgafn, dringodd Artemis i'w stydi. Roedd wedi etifeddu'r myfyrgell oddi wrth ei dad. Ystafell digon traddodiadol oedd hi – pren derw tywyll a silffoedd oedd yn ymestyn o'r llawr i'r to. Erbyn hyn, roedd Artemis wedi llenwi'r ystafell â'r dechnoleg gyfrifiadurol ddiweddaraf. Clywyd grŵn AppleMacs rhyngweithiol ar hyd a lled yr ystafell. Roedd un yn dangos gwefan CNN drwy daflunydd DAT gan daflu lluniau enfawr o ddigwyddiadau'r dydd ar wal wag.

Roedd Gwesyn yno o'i flaen yn cynnau'r cyfrifiaduron.

'Diffodd nhw i gyd, ar wahân i'r Llyfr. Mae angen tawelwch arna i i wneud hyn.'

Doedd Gwesyn ddim yn siŵr sut i ymateb. Roedd CNN wedi bod yn rhedeg yn ddibaid ers blwyddyn gan fod Artemis yn siŵr y byddai newyddion am ei dad yn cael ei achub yn ymddangos ar CNN cyn unrhyw sianel arall. O ddiffodd y cyfrifiadur, roedd Artemis yn gollwng fynd.

'Y cyfrifiaduron i gyd?'

Edrychodd Artemis ar y wal am eiliad. 'Ie,' meddai, o'r diwedd. 'Pob un wan jac.'

Er na ddylai wneud hynny, rhoddodd Gwesyn ei law
ar ysgwydd ei fos, am eiliad yn unig, cyn dychwelyd at
ei waith. Craciodd Artemis migyrnau ei fysedd. Nawr
roedd hi'n amser gwneud yr hyn roedd e'n ei wneud
orau – cynllwynio digwyddiadau ysgeler.

Pennod 3: HEULWEN

 Gorweddai Heulwen Pwyll yn ei gwely mewn tymer ddrwg. Doedd hyn ddim yn beth anghyffredin. Doedd leprechauns ddim yn greaduriaid dedwydd iawn ar y cyfan. Ond heddiw, roedd Heulwen mewn tymer ofnadwy o wael. Yn dechnegol, ellyllen oedd hi, (term cyffredinol yw tylwythen). Roedd hi'n leprechaun hefyd, ond ei swydd hi oedd hynny.

Efallai y byddai disgrifiad ohoni yn help. Croen brown lliw cneuen, gwallt byr cochlyd a llygaid gwyrdd-frown oedd gan Heulwen Pwyll. Bachyn o drwyn a gwefusau tewion, coch fel angel bach tew – addas iawn gan mai Ciwpid oedd brawd ei mam-gu. Roedd ei mam hi'n hanner ellyllen Ewropeaidd a chanddi dymer tanllyd a chorff main. Fel ei mam, corff bach oedd gan Heulwen a dwylo hir main; perffaith ar gyfer gafael mewn brigyn braw. Wrth gwrs, roedd ei chlustiau'n bigfain ac yn pwyntio i'r awyr. Mesurai un metr yn union o ran taldra, dim ond centimetr yn is na chyfartaledd taldra tylwythen, ond mae'n wir dweud fod un centimetr yn medru gwneud tipyn o wahaniaeth pan nad oes llawer gen ti yn y lle cyntaf.

Comander Gwreiddyn oedd wedi achosi tymer ddrwg Heulwen heddiw. Bu Gwreiddyn ar ei hôl hi o'r cychwyn cyntaf yn y gwaith. Roedd y comander wedi penderfynu rhoi amser caled iddi am feiddio dod i weithio fel swyddog iddo. Y fenyw gyntaf i weithio fel swyddog yn holl hanes Recon. Lle peryglus iawn oedd swyddfa Recon gyda nifer o swyddogion yn marw'n flynyddol. Nid lle addas i ferch. Heb sôn am ferch fach. Wel, byddai'n rhaid i Gwreiddyn ddod i arfer â'r sefyllfa, achos doedd Heulwen Pwyll ddim yn bwriadu rhoi'r gorau i'w swydd o'i achos e nac unrhyw un arall chwaith.

Er na fyddai hi byth yn cyfaddef hynny, rheswm arall dros anniddigrwydd Heulwen oedd y Ddefod. Roedd hi wedi bwriadu ei chyflawni ers sawl troad lleuad, ond am ryw rheswm doedd hi ddim wedi gwneud. Pe gwyddai Gwreiddyn bod ei chyflenwad hud yn isel, byddai hi'n cael ei hanfon i weithio yn yr adran Traffig. Dim whare.

Rhowliodd Heulwen oddi ar ei ffwton a baglu draw i'r gawod. Un o fanteision byw mor agos at galon y ddaear oedd bod dŵr twym ar gael ar unrhyw adeg. Doedd dim golau dydd wrth gwrs, ond doedd hynny'n ddim o'i gymharu â'r preifatrwydd oedd yma o dan y tir. Dan y ddaear; yr unig le lle nad oedd dynion yn byw. Does dim byd gwell, ar ôl diwrnod caled o waith na dod adref fan hyn i ymlacio; cael tynnu'r darian a suddo i fath o sleim gwyrdd llawn swigod. Nefoedd.

Gwisgodd Heulwen, gan sipio'i siwt werdd i fyny at ei gên. Yna, gosododd yr helmed ar ei phen. Roedd gwisgoedd LEPrecon yn rhai smart iawn erbyn hyn. Dim byd tebyg i'r gwisgoedd twp 'na roedden nhw'n arfer eu gwisgo slawer dydd. Sgidiau â bwcl! A'r trowsus 'na! Halelwia. Does rhyfedd fod y leprechauns yn cael eu hystyried fel creaduriaid doniol yn chwedloniaeth Dynion y Mwd. Er, efallai fod pethau'n well fel hyn. Pe gwyddai Dynion fod y gair 'leprechaun' yn dod o'r enw LEPrecon, enw ar griw elitaidd o heddweision sydd yn gweithio o dan y ddaear, bydden nhw wedi mynd ati i'w dileu erbyn hyn. Na, gwell oedd cadw'n dawel a gadael i Ddynion gredu'r syniad ystrydebol amdanyn nhw.

Gan fod y lleuad yn codi ar wyneb y ddaear, doedd gan Heulwen ddim amser i fwyta'i brecwast. Estynnodd am yr hyn oedd yn weddill o'r ysgytlaeth danadl poethion oedd yn yr oergell a'i lowcio wrth gerdded drwy'r twneli. Unwaith eto, roedd pethau'n draed moch ar y brif groesffordd. Tagwyd y ffordd gan dylwyth yn hedfan. Doedd y coblynnod ddim yn helpu chwaith, yn ymlwybro ymlaen yn drwm â'u penolau enfawr yn blocio dwy lôn ar y tro. Llyffantod rhegi wedyn, yn swatio yn yr ardaloedd llaith, ac yn rhegi fel menywod mewn marchnad bysgod. Jôc fach oedd creu'r llyffantod yna i gychwyn, ond eu bod nhw wedi cenhedlu allan o reolaeth. Roedd rhywun wedi colli ei ffon hud o ganlyniad, mae'n siŵr.

Brwydrodd Heulwen drwy'r criw rhyfedd er mwyn cyrraedd gorsaf yr heddlu. Roedd cynnwrf wedi dechrau y tu allan i Emporiwm Emyr Fawr yn barod. Roedd Corporal LEP Madfall wrthi'n ceisio delio â'r peth. Pob lwc iddo. Hunllef. O leia roedd Heulwen yn cael y cyfle i weithio ar yr wyneb.

Roedd protestwyr penboeth wrth ddrysau gorsaf y LEP. Roedd rhyfel y coblynnod a'r corachod wedi ail-ddechrau'n ddiweddar. Bob bore byddai criw o rieni candryll yn heidio i'r orsaf er mwyn mynnu bod eu meibion a'u merched diniwed yn cael eu rhyddhau. Wfftiodd Heulwen hwy. Os oedd y fath beth â choblyn diniwed i'w gael, doedd hi ddim wedi cael y fraint o'i gyfarfod eto. Roedd cannoedd ohonyn nhw'n gorlifo o'r celloedd erbyn hyn yn udo caneuon y giangiau ac yn hyrddio peli tân at ei gilydd.

Defnyddiodd Heulwen ei hysgwydd i wthio drwy'r dorf. 'Esgusodwch fi,' rhochiodd, 'yr heddlu.'

Ac yn sydyn roedden nhw'n heidio ati, fel clêr ar fwydyn drewllyd.

'Ma' Oriogyn bach ni yn ddieuog!'

'Gwarth ar yr heddlu!'

'Swyddog, allech chi fynd â'r flanced hon i mewn at fy mab i? Dyw e ddim yn gallu cysgu heb ei flanci.'

Gwasgodd Heulwen y botwm adlewyrchu ar ei fisor ac anwybyddu pawb. Ar un adeg, byddai gwisgo cyfarpar yr heddlu wedi ennyn parch gan eraill. Dim rhagor. Targed oeddet ti erbyn hyn. 'Esgusodwch fi swyddog, ond dw i wedi colli pot o groen sych.' 'Ym, ellyllen fach, mae fy nghath i wedi mynd yn sownd ar ben stalactid!' Neu, 'Os oes eiliad rhydd 'da chi Capten, a fydde modd i chi weud 'tho ni pa ffordd ma'r Ffynnon Ieuenctid?' Ysgydwodd Heulwen. Twristiaid. Roedd digon o broblemau ganddi'n barod. Ac roedd mwy ar y ffordd, fel yr oedd hi ar fin darganfod.

Yng nghyntedd yr orsaf roedd corrach cleptomanig wrthi'n brysur yn dwyn o bocedi'r rhai oedd yn sefyll mewn rhes, gan gynnwys pocedi'r swyddog oedd wedi ei arestio yn y lle cyntaf. Tarrodd Heulwen ei brigyn braw ar draws pen-ôl y corrach. Llosgwyd twll yn ei drowsus lledr gan y trydan.

'Beth wyt ti'n 'i wneud, Mwrc?'

Rhewodd Mwrc a chwympodd rhai o'r pethau roedd e wedi eu dwyn o'i lewys.

'Swyddog Pwyll,' mewiodd yn ffug-edifeiriol. 'Alla i ddim help. Mae e yn fy natur i.'

'Dw i'n gwybod hynny Mwrc. Ac mae e yn fy natur i i dy daflu di i'r carchar am ganrif neu ddwy.'

Winciodd Heulwen ar y Swyddog oedd yn gofalu am y corrach. 'Braf gweld dy fod ti'n effro.'

Gwridodd y swyddog wrth benlinio er mwyn codi ei waled a'i fathodyn.

Cerddodd Heulwen yn gyflym heibio i swyddfa Gwreiddyn gan obeithio y byddai hi'n cyrraedd ei desg cyn . . .

'PWYLL! FAN HYN! NAWR!'

Ochneidiodd Heulwen. A wel. Dyma ni. Yr un hen gân.

Gosododd ei helmed o dan ei braich, sythu ei dillad a cherdded i swyddfa Comander Gwreiddyn.

Roedd wyneb Gwreiddyn yn borffor gan ddicter. Dyma fel y byddai, mwy neu lai, bob dydd. Byddai ambell un yn ei alw'n Gwreiddyn Gwridog oherwydd hyn. A dweud y gwir, roedd rhai yn yr orsaf wedi dechrau rhedeg bet. Pa mor hir fyddai hi cyn bod calon Gwreiddyn yn ffrwydro? Roedd yr arian mawr ar hanner canrif.

Curodd Gwreiddyn ar ei loer-o-medr oedd yn gorwedd yn dwt ar ei arddwrn. 'Wel?' mynnodd. 'Faint o'r gloch wyt ti'n galw hyn?'

Gallai Heulwen deimlo'i bochau hi'n twymo. Munud yn hwyr oedd hi. Roedd hi'n gwybod yn iawn fod dwsin o swyddogion eraill oedd yn gwneud yr un shifft â hi heb gyrraedd eto. Ond byddai Gwreiddyn bob amser yn pigo arni hi.

ᛒ · ⧢ 🦀 ✿ 🦎 🍂 · 🌰 🍂 🦎 △ ➤ · 👁 ᛦ

'Y groesffordd,' mwmianodd. 'Chwech o'r saith lôn yn tsioc-a-bloc.'

'Paid â'm sarhau i gydag esgusodion!' rhuodd y Comander. 'Rwyt ti'n gwybod yn iawn fel mae canol y ddinas. Coda'n gynt!'

Roedd e yn llygad ei le, wrth gwrs. Ellyllen y ddinas oedd Heulwen Pwyll ac roedd hi'n gwybod yn iawn sut le oedd Hafan. Ers i Ddynion benderfynu arbrofi a thyllu am fineralau roedd miloedd ar filoedd o dylwyth wedi eu gyrru o'u pentrefi bychain i ddiogelwch Dinas Hafan. Roedd y metropolis yn llawn dop a'r gwasanaethau'n methu ymdopi. Erbyn hyn, roedd yna lobi yn galw am ganiatáu cerbydau yng nghanol y ddinas. Yr unig fan diogel i gerddwyr! Onid oedd y lle'n ddigon drewllyd yn barod gyda'r coblynnod gwledig 'na ar hyd y lle ym mhob man.

Roedd Gwreiddyn yn iawn. Fe ddylai hi godi'n gynt. Ond doedd hi ddim yn mynd i wneud. Dim nes bod pawb arall yn gorfod gwneud hefyd.

'Dw i'n gwybod yn iawn beth sydd ar dy feddwl di,' meddai Gwreiddyn. 'Pam ydw i'n pigo arnat ti bob dydd a dweud dim wrth y swyddogion dioglyd eraill yn y sgwad yma?'

Dywedodd Heulwen ddim gair, ond roedd yr olwg ar ei hwyneb yn dangos ei bod hi'n cytuno.

'Fe eglura i, ie?'

Mentrodd Heulwen nodio'i phen.

'Oherwydd mai merch wyt ti.'

Teimlodd Heulwen ei bysedd hirion hi'n cyrlio a ffurfio dwrn. Roedd hi'n gwybod!

'Ond nid am y rhesymau rwyt ti'n ei feddwl,' aeth Gwreiddyn yn ei flaen. 'Ti yw'r ferch gyntaf yn Recon. Erioed. Ti yw'r arbrawf. Rhyw fath o fochyn cwta. Mae miliynau o'r Tylwyth yn gwylio dy symudiadau di bob dydd. Mae eu gobeithion nhw ar dy ysgwyddau di. Ond mae rhagfarn yn dy erbyn di hefyd. Mae'r ffordd y bydd y gyfraith yn cael ei gwarchod yn y dyfodol yn dy ddwylo di. Ac fel y mae pethau ar hyn o bryd, dw i'n meddwl fod y cyfrifoldeb yn rhy drwm.'

Caeodd Heulwen ei llygaid am eiliad. Doedd Gwreiddyn erioed wedi siarad fel hyn o'r blaen. Fel arfer dim ond, 'Gwisga dy helmed!' ac 'Aros i fyny'n syth ferch!' roedd hi'n ei glywed. Ac yn y blaen, ac yn y blaen.

'Mae'n rhaid i ti drio dy orau glas Pwyll. A llwyddo hefyd. Ac mae'n rhaid i'th orau glas di fod yn well na phawb arall.' Ochneidiodd Gwreiddyn yn dawel, gan suddo i'w gadair freichiau. 'Dw i ddim yn gwybod beth i'w ddweud Pwyll. Ers yr achos yn Hambwrg.'

Gwingodd Heulwen. Trychineb oedd yr hyn ddigwyddodd yn Hambwrg. Llanast go-iawn. Roedd un o'i gweithwyr wedi codi i wyneb y ddaear ac wedi dechrau bargeinio gyda Dynion y Mwd er mwyn cael lloches ar y ddaear. O ganlyniad, bu'n rhaid i

Gwreiddyn stopio amser, galw'r Sgwad Adfer a glanhau cof pedwar o bobl. Oriau o amser yr heddlu wedi eu gwastraffu. A phwy oedd ar fai? Heulwen.

Estynnodd y Comander daflen o'i ddesg. 'Dyna ddigon. Dw i wedi penderfynu. Dw i'n dy anfon di i Traffig, a bydd Corporal Ffagan yn dod yn dy le di.'

'Ffagan!' ffrwydrodd Heulwen. 'Bimbo yw hi! Twpsen twpach na thwp. Allwch chi ddim ei defnyddio hi fel achos prawf!'

'Gallaf, ac fe wna i. Pam na ddylwn i? Dwyt ti byth yn rhoi dy orau glas i mi . . . Naill ai hynny, neu dyw dy orau glas di ddim yn ddigon da. Dw i'n flin Pwyll, ond rwyt ti wedi cael dy gyfle . . .'

Pwysodd y Comander yn ôl dros ei ddesg a dechrau byseddu ei bapurach. Roedd y cyfarfod wedi dod i ben. Safodd Heulwen yno, yn gegrwth. Dyna ni, ar ben. A'i bai hi oedd y cyfan. Yr yrfa orau gallai hi fod wedi ei chael, wedi ei thaflu i'r gwter. Un camgymeriad ac roedd ei dyfodol hi'n deilchion. Doedd hyn ddim yn deg. Lledaenodd dicter anghyffredin drwyddi i gyd, ond fe lyncodd y teimlad. Nid nawr oedd yr amser i wylltio.

'Comander Gwreiddyn, syr. Dw i'n meddwl mod i'n haeddu un cyfle arall.'

Chododd Gwreiddyn mo'i ben o'i bapur. 'A pham hynny?'

Anadlodd Heulwen yn ddwfn. 'Oherwydd mae fy record i'n dangos be dw i'n gallu'i wneud, heblaw am y blip bach yn Hambwrg. Deg Recon llwyddiannus. Dim un achos o lanhau'r cof na stopio amser – ar wahân i'r . . .'

'Blip bach yn Hambwrg,' gorffennodd Gwreiddyn y frawddeg.

Mentrodd Heulwen. 'Pe bawn i'n Dylwythyn, yn ddyn pwysig, ni fyddai'r sgwrs yma wedi digwydd.'

Syllodd Gwreiddyn arni â'i lygaid yn finiog. 'Aros di am eiliad fach, Capten Pwyll –'

Torrwyd ar ei draws wrth i un o'r tair ffôn ar ei ddesg ddechrau canu'n wyllt. Yna canodd yr ail ffôn, yna'r trydydd. Taniodd sgrin enfawr ar y wal y tu ôl iddo. Pwniodd Gwreiddyn fotwm fel bod modd i bawb oedd yn yr ystafell a'r rhai oedd yn galw glywed ei gilydd.

'Ie?'

'Mae un wedi dianc.'

Nodiodd Gwreiddyn. 'Oes rhywbeth i'w weld ar y Gwyliaduron?'

Y Gwyliaduron oedd y systemau tracio oedd wedi eu gosod yn grefftus gan y Tylwyth ar loerennau cyfathrebu'r Unol Daleithiau.

'Oes,' atebodd galwr ffôn dau. 'Blip enfawr yn Ewrop. De'r Eidal. Does dim tarian.'

Rhegodd Gwreiddyn. Byddai modd i Ddynion weld un o'r tylwyth oedd heb darian. Doedd hynny ddim yn broblem os oedd y ffoadur yn edrych yn debyg i ddyn.

'Math?'

'Newyddion drwg, Comander,' meddai'r galwr ar ffôn tri. 'Trol gwyllt yw e.'

Rhwbiodd Gwreiddyn ei lygaid. Pam fod y pethau hyn i gyd yn dueddol o ddigwydd ar ei shifft e? Gallai Heulwen gydymdeimlo ag e yn ei rwystredigaeth. Y trol oedd y creadur mwyaf mileinig yn y twneli dyfnion. Byddai'n crwydro'r labyrinth yn chwilio am unrhyw greadur diniwed fyddai'n ddigon anlwcus i fod yn yr un ardal ag e. Doedd dim lle i reolau yn ei ymennydd bach. O bryd i'w gilydd, byddai un yn ffeindio'i ffordd i siafft y lifft chwistrell. Fel arfer, byddai gwres yr aer yn eu ffrio nhw'n syth, ond weithiau byddai un lwcus yn goroesi ac yn cael ei hyrddio fel darn o garreg i wyneb y ddaear. Wedi ei gynddeiriogi oherwydd y boen (ac oherwydd y ffaith nad yw'n gallu dioddef unrhyw fath o olau), mae'r trol gwyllt yn dueddol o ddinistrio popeth sydd yn ei ffordd.

Ysgydwodd Gwreiddyn ei ben yn wyllt gan geisio ei adfer ei hun.

'Ocê, Capten Pwyll. Mae'n debyg fod gen ti un siawns arall. Rwyt ti'n llawn hud, dw i'n cymryd?'

'Ydw, syr.' Celwydd noeth; roedd Heulwen yn gwybod yn iawn y byddai hi'n cael ei diarddel yn syth petai Gwreiddyn yn gwybod ei bod heb gyflawni'r Ddefod ers cymaint o amser.

'Iawn. Cer i arwyddo am arf-ochr yna mynd ar dy union at ardal y targed.'

Edrychodd Heulwen ar y sgrin ar y wal. Roedd y Gwyliadur yn anfon lluniau safon uchel o gaer Eidalaidd. Roedd dot coch yn symud yn gyflym drwy gefn gwlad a thuag at ardal lle roedd pobl.

'Dw i am i ti wneud asesiad argyfwng ac adrodd yn ôl. Paid â cheisio mynd ar ei ôl. Wyt ti'n deall?'

'Ydw, syr.'

'Rydym wedi colli chwe swyddog mewn ymosodiadau gan droliau eleni'n barod. Chwech! A hynny o dan y ddaear, mewn mannau cyfarwydd.'

'Dw i'n deall, syr.'

Gwasgodd Gwreiddyn ei wefusau at ei gilydd. Roedd e'n amheus. '*Wyt* ti'n deall Pwyll? Wyt ti? O ddifri?'

'Dw i'n meddwl fy mod i, syr.'

'Wyt ti wedi gweld beth mae trol yn gallu ei wneud i gnawd ac esgyrn?'

'Naddo, syr. Ddim â'm llygaid fy hun.'

'Iawn, wel beth am wneud yn siŵr na fydd hynny'n digwydd heddiw? A beth am i ti gofio beth yw dy ail enw di hefyd?'

Edrychodd Heulwen yn ddryslyd ar Gwreiddyn.

'Ychydig o bwyll, Capten Pwyll.'

'Deall.'

Edrychodd Gwreiddyn arni'n graff. 'Dw i ddim yn gwybod pam Pwyll, ond dw i'n teimlo'n nerfus pan fyddi di'n cytuno gyda fi.'

Roedd Gwreiddyn yn iawn i deimlo'n nerfus. Pe bai

e'n gwybod sut siâp fyddai ar bethau erbyn diwedd y dasg Recon syml hon, mae'n siŵr y byddai wedi ymddeol yn y fan a'r lle. Heno, byddai hanes yn cael ei greu. Ac nid hanes hapus dyn-cyntaf-ar-y-lleuad fyddai'r hanes hyn. Hanes tebycach i ladd-Llywelyn-Ein-Llyw-Olaf neu dyma'r-Hindernburg-yn-dod. Hanes gwael. Hanes sy'n wael i Ddynion y Mwd ac i'r tylwyth. Hanes sy'n wael i bawb.

Gwibiodd Heulwen at y lifftiau. Roedd ei cheg oedd fel arfer yn siarad fel pwll y môr bellach yn llinell syth benderfynol. Un siawns, dyna'r oll. Dim ond canolbwyntio o hyn allan.

Yno, ger y lifftiau roedd y criw arferol o dylwyth oedd yn gobeithio cael fisa gwyliau. Gwthiodd Heulwen heibio iddyn nhw gan chwifio'i bathodyn. Gwrthododd un coblyn symud.

'Pam fod y LEP yn cael mynd i'r wyneb? Beth sy mor arbennig amdanoch chi, y?'

Anadlodd Heulwen drwy ei thrwyn. Bihafio'n gwrtais ar bob adeg. 'Busnes yr heddlu, syr. Nawr, os ga i fynd heibio?'

Crafodd y coblyn ei ben-ôl enfawr. 'Dw i wedi clywed mai dweud celwydd mae'ch hanner chi. Busnes yr heddlu myn dian. Dim ond eisiau cael cip ar y lleuad ry'ch chi. Dyna glywes i.'

Ceisiodd Heulwen wenu fel petai'r geiriau'n ei

choglais. Yr hyn a ymddangosodd ar ei hwyneb hi oedd wyneb pen-ôl gafr. 'Mae pwy bynnag awgrymodd hynny yn ffŵl . . . syr. Dydy'r Recon ddim yn mentro i'r wyneb oni bai fod hynny'n gwbl angenrheidiol.'

Gwgodd y coblyn. Roedd yn amlwg mai fe oedd wedi meddwl am y syniad, o'i ben a'i bastwn ei hunan. Oedd Heulwen wedi ei alw *e'n* ffŵl, felly? Erbyn iddo ddeall beth oedd wedi digwydd roedd hi wedi dianc drwy'r drysau dwbl.

Roedd Cwiff yn aros amdani yn yr ystafell reoli. Gŵr-farch (hanner dyn, hanner ceffyl) oedd Cwiff. Ac un paranoid hefyd, am ei fod yn sicr fod yna asiantaethau gwybodaeth gan Ddynion y Mwd oedd yn asesu ei adran drafnidiaeth a'i rwydwaith gwyliadwraeth. Oherwydd ei fod yn becso cymaint fod pobl yn ei wylio, byddai'n gwisgo het wedi ei wneud o ffoil alwminiwm ar bob adeg er mwyn sicrhau nad oedd neb yn gallu darllen ei feddwl.

Wrth i Heulwen gerdded trwy'r drysau trydan cododd Cwiff ei ben. 'Welodd unrhyw un ti'n dod i mewn?'

Meddyliodd Heulwen. 'Yr FBI, y CIA, NSA, DEA, MI6. O ie, a'r PYA.'

Crychodd wyneb Cwiff. 'Y PYA?'

'Pawb yn yr Adeilad,' meddai Heulwen gan gilwenu.

Cododd Cwiff oddi ar ei gadair a chlip-clopio draw ati. 'Doniol iawn, Pwyll. Ti'n un dda. Roeddwn i wedi amau y byddai Blip Hambwrg wedi torri ychydig ar dy hyder di. Pe byswn i yn dy esgidiau di, 'swn i'n canolbwyntio ar y gwaith sy gen ti i'w wneud.'

Calliodd Heulwen. Roedd e'n iawn. 'Ocê, Cwiff. Dwed be sy'n digwydd.'

Pwyntiodd y gŵr-farch at y lluniau byw o'r Ewroloeren oedd yn cael eu dangos ar sgrin blasma enfawr.

'Dyma'r trol fan hyn. Y dot coch. Mae e'n symud tuag at Martina Franca, tref gaerog sy'n agos at ddinas Brindisi. Mae'n debyg ei fod wedi baglu i mewn i agorfa E7. Roedd y siafft wedi oeri ers y saethiad ddiweddaraf i'r wyneb, a dyna sut y llwyddodd y trol i gyrraedd y ddaear heb gael ei droi'n golsyn crasboeth.'

Grêt, meddyliodd Heulwen.

''Da ni 'di bod yn lwcus oherwydd fod ein targed wedi ffeindio bwyd ar y ffordd. Bu'n bwyta cwpwl o wartheg am awr neu ddwy ac felly mae hynny 'di rhoi rhywfaint o amser i ni.'

'Cwpwl o wartheg?' gwaeddodd Heulwen. 'Pa mor fawr yw'r peth 'ma?'

Dyma Cwiff yn addasu'r het ffoil ar ei ben. 'Trol tarw. Wedi tyfu i'w llawn dwf. Cant wythdeg kilo gyda dau ysgithr fel baedd gwyllt. Baedd gwyllt iawn.'

Crynodd Heulwen. Llyncodd ei phoer. Yn sydyn iawn, roedd y syniad o wneud gwaith i Recon yn ymddangos yn llawer brafiach na recrwfal.

꒐ ꒕ ꒡ · ꒦ ꒐ · ꒑ ꒒ ➜ · ꒦ ꒡ ꒥ ꒢ ꒤ ꒧ ꒐ ꒪ ꒨

'Iawn. Beth sy gen ti i mi?'

Carlamodd Cwiff at y bwrdd offer. Dewisodd declyn a edrychai fel oriawr garddwrn. 'Lleolwr. Ffeindia di'r trol ac fe wnawn ni dy ffeindio di. Dyma'r drefn arferol.'

'Fideo?'

Cysylltodd y gŵr-farch silindr bychan i'r twll pwrpasol ar helmed Heulwen. 'Lluniau byw. Batri niwclear. Paid â phoeni am amser. Gall y batri ddim rhedeg allan o bŵer. Mae'r meic yn troi ymlaen o glywed sŵn dy lais.'

'Grêt,' meddai Heulwen. 'Dywedodd Gwreiddyn y dylwn i fynd ag arf gyda fi. Rhag ofn.'

'Dw i wedi trefnu hynny'n barod,' meddai Cwiff. Cododd ddryll platinwm o'r pentwr arfau.

'Niwtrino 2000. Y model diweddaraf. Does gan neb un o'r rhain, ddim hyd yn oed giangs y twneli. Tri botwm gwahanol, os gweli di'n dda. Mud-losgi, llosgi, neu golosg afiach. Pŵer niwclear, felly 'sdim angen i ti boeni. Bydd hon yn dal i fynd mil o flynyddoedd ar ôl i ti farw.'

Gosododd Heulwen yr arf ysgafn ar ei gwregys.

'Dw i'n barod . . . dw i'n meddwl.'

Chwarddodd Cwiff. 'Dw i'n amau hynny'n fawr. Does neb byth yn barod i gwrdd â throl.'

'Diolch am roi'r fath hyder i fi.'

'Anwybodaeth yw hyder,' oedd cyngor y gŵr-farch.

'Os wyt ti'n teimlo'n hyderus, mae 'na rywbeth nad wyt ti'n ei wybod.'

Ystyriodd Heulwen ddadlau yn ôl, ond ymataliodd. Efallai ei bod hi'n ryw amau fod Cwiff yn iawn.

Roedd y llifftiau chwistrell yn gweithio wrth i golofnau pwerus o nwy saethu i fyny o grombil y ddaear. Roedd bois technegol y LEP, dan ofal Cwiff wedi creu wyau titanium oedd yn medru hwylio ar gerrynt y nwy. Roedd gan y cerbydau siâp wy eu hinjan annibynnol eu hunain ond er mwyn cyrraedd wyneb y ddaear yn gyflym, doedd dim yn well na chael dy chwistrellu'n gyflym gan chwip o don nwy bwerus.

Arweiniodd Cwiff hi heibio'r storfeydd chwistrellu nes cyrraedd E7. Eisteddai'r cerbyd yn ei grud. Mae'n rhaid cyfaddef nad oedd yn edrych yn ddiogel iawn. Ddim yn ddigon saff i fedru hwylio ar lif magma. Roedd gwaelod y cerbyd wedi ei losgi'n ulw ac roedd tyllau drosto i gyd, o ganlyniad i'r holl dameidiau o gerrig ac ati oedd wedi hyrddio'n ei erbyn ar hyd y blynyddoedd.

Anwesodd y gŵr-farch y cerbyd yn gyfeillgar. 'Mae'r babi yma wedi bod yn gwasanaethu'r tylwyth ers hanner canrif cofia. Y model hynaf sy'n dal i redeg.'

Llyncodd Heulwen. Roedd y llifft a'r ardal chwistrellu yn ei gwneud hi'n ddigon nerfus heb feddwl am orfod teithio mewn hen groc o beth fel hwn. 'Pryd fyddi di'n rhoi'r gorau i'w ddefnyddio?'

Crafodd Cwiff ei fola blewog. 'Â'r system ariannu fel ag y mae ar hyn o bryd, ar ôl i rywun gicio'r bwced ynddo.'

Stryffaglodd Heulwen i agor y drws trwm. Doedd y cerbyd hwn ddim wedi ei gynllunio i fod yn gyfforddus. Prin y gallech chi eistedd oherwydd yr holl ddarnau electronig oedd yn gorwedd ar hyd y lle.

'Beth yw hwnna?' holodd Heulwen, gan bwyntio at staen afiach ar y glustog lle roeddech chi i fod i orffwys eich pen ar y gadair.

Symudodd Cwiff yn anghyfforddus. 'Ym . . . sudd ymennydd, dw i'n meddwl. Roedd problem gyda'r pwysedd ar y daith ddiwethaf. Ond dw i wedi sortio hynny erbyn hyn. Ac mae'r swyddog yn dal yn fyw cofia. Dyw e ddim mor fywiog ag y buodd e, ond mae'n fyw, ac mae'n dal i allu cymryd hylif.'

'Wel, diolch i'r nefoedd am hynny te,' dywedodd Heulwen yn ffraeth, gan wau ei ffordd drwy'r holl wifrau.

Gosododd Cwiff ei gwregys hi yn ei lle gan wneud yn siŵr ei bod yn gwbl ddiogel. 'Barod?'

Nodiodd Heulwen.

Dyma Cwiff yn taro meic yr helmed yn ysgafn. 'Cofia gadw cysylltiad,' meddai, gan gau'r drws.

Paid â meddwl am y peth, meddai Heulwen wrth ei hun. Paid â meddwl am y magma tanllyd fydd yn amgylchynu'r cerbyd bychan hwn. Paid â meddwl am wibio tua'r wyneb gyda nerth MACH 2 fydd yn trio dy droi di tu chwith allan. Ac yn sicr, paid â hyd yn oed dechrau meddwl am y trol a'i ysgithrau afiach sy'n barod i dy rwygo di'n fil o ddarnau mân. Na, paid â meddwl am unrhyw un o'r pethau yna . . . rhy hwyr.

Clywodd Heulwen lais Cwiff drwy'r gwifrau yn ei chlust. 'T-meinws ugain,' meddai. 'Rydyn ni'n defnyddio sianel ddiogel rhag ofn bod Dynion y Mwd yn ein monitro ni. Galli di byth â bod yn rhy saff. Fe wnaeth tancer olew o'r Dwyrain Canol ein codi ni'n darlledu un tro. Dyna lanast oedd hwnnw.'

Addasodd Heulwen y meic oedd ar ei helmed.

'Canolfbwyntia Cwiff, mae fy mywyd i yn dy ddwylo di ar hyn o bryd.'

'Ym . . . ocê, sori. Rydyn ni'n mynd i ddefnyddio'r trac i'th ostwng di i mewn i siafft E7. Mae saethiad ar ei ffordd unrhyw funud. Fe ddylai hynny dy helpu di am y can clic cyntaf, yna fe fyddi di ar dy ben dy hunan.'

Nodiodd Heulwen gan gydio'n dynn yn y llyw.

'Y system wedi'i gwirio. Tania'r peiriant.'

Taniwyd yr injan a daeth sŵn wwwsh enfawr o'r tu allan. Dechreuodd y cerbyd symud a chafodd Heulwen ei hysgwyd fel ffeuen mewn maracas. Prin y gallai glywed Cwiff yn siarad gyda hi.

'Rwyt ti yn yr ail siafft nawr. Bydd yn barod i hedfan, Capten Pwyll!'

Estynnodd Heulwen am silindr rwber a'i osod rhwng

ei dannedd. Doedd dim pwynt cael radio os oeddet ti wedi llyncu dy dafod. Yna, dyma hi'n cynnau'r camerâu allanol er mwyn gwylio'r cyfan ar y sgrin o'i blaen.

Roedd agoriad E7 yn dod yn agosach. Disgleiriai'r aer yn llewyrch y golau glanio. Disgynnai gwreichion gwynboeth i mewn i'r ail siafft. Doedd hi ddim yn gallu clywed y rhuo, ond roedd hi'n gallu dychmygu'r sŵn oedd ganddo. Gwynt amrwd ac afiach fel sŵn miliwn o droliau'n udo.

Tynhaodd ei gafael yn y llyw. Ysgydwodd y cerbyd wrth gyrraedd ymyl y siafft. Gallai Heulwen ei weld yn ymestyn uwch ei phen ac oddi tani. Roedd yn enfawr. Yn ddiddiwedd. Fel gollwng morgrugyn i lawr peipen ddŵr.

'Iawn te.' Roedd llais Cwiff ymhell. 'Dal d'afael ar dy frecwast. Does dim all gymharu â hwn.'

Cytunodd Heulwen. Doedd hi ddim yn gallu siarad, nid â'r rwber yn ei cheg. Beth bynnag, roedd y camera'n caniatáu i Cwiff weld popeth oedd yn digwydd.

'Hwyl fawr Heulwen Ha'!' meddai Cwiff, cyn gwasgu'r botwm.

Gogwyddodd y cerbyd i'r chwith, yna cafodd ei hyrddio a'i dynnu i mewn i'r ehangder mawr. Aeth bola Heulwen yn glymau i gyd wrth i'r grym-G gydio a'i llusgo i lawr tuag at ganol y ddaear. Roedd gan yr Adran Seismoleg dros filiwn o archwilion bach yn y twneli hyn. Roedden nhw'n medru darogan pryd y byddai'r fflachiadau magma yn saethu i'r wyneb. 99.8% o'r amser roedden nhw'n gywir. Ond beth am y pwynt dau y cant arall?

Teimlai Heulwen fel pe bai'n cwympo am oes. Roedd hi eisoes wedi penderfynu ei bod hi'n mynd i gael ei llosgi'n ulw unrhyw eiliad, cyn i'r grym rhyfedd ddod o nunlle. Y cryndod anghofiadwy yna. Y teimlad fod y byd i gyd yn cael ei siglo y tu allan i'r cerbyd bach. Dyma fe'n dod.

'Adenydd,' meddai Heulwen, gan boeri'r gair o amgylch y silindr oedd yn ei cheg. Efallai fod Cwiff wedi ymateb ond doedd hi ddim yn gallu clywed dim byd. Ni allai Heulwen glywed ei hun hyd yn oed, ond fe welodd hi ar y sgrin o'i blaen yr adenydd sefydlogi yn gwibio o'u cilfachau.

Cydiodd y fflachiadau ynddi fel corwynt gan droelli'r cerbyd i bob man, nes i'r adenydd ei sefydlogi. Hyrddiwyd cannoedd o gerrig mân wedi hanner toddi at waelod y cerbyd gan ei wthio'n beryglus o agos at wal y siafft. Ceisiodd Heulwen ddefnyddio'r llyw i stopio'r cerbyd rhag taro'n erbyn yr ochrau.

Ond y gwres! Roedd y gwres yn y cerbyd yn ddigon cynnes i ffrio un o Ddynion y Mwd yn syth bìn. Ond mae ysgyfaint Y Tylwyth yn llawer cryfach. Câi croen Heulwen ei dynnu bob ffordd gan y cyflymdra fel pe bai dwylo anweledig yn ei ymestyn dros ei hwyneb a'i breichiau. Ceisiodd gael gwared ar y chwys oedd yn diferu i'w llygaid a chanolbwyntio ar y monitor. Erbyn hyn, roedd y cerbyd yng nghanol fflach enfawr o fagma a thân – Nerth 7 ar y mesuriadur a 500 metr o led. Chwyrlïai a hisiai magma streipiog oren o'i hamgylch hi, gan chwilio am fan gwan yng nghorff metel y cerbyd.

Cwynai'r cerbyd a'i ddarnau o fetel hanner-canrif oed yn bygwth dod yn rhydd. Ysgydwodd Heulwen ei phen. Y peth cyntaf fyddai hi'n ei wneud ar ôl cyrraedd adref ar ôl y dasg hon fyddai cicio Cwiff yn ei ben-ôl blewog. Teimlai fel cneuen yn ei chragen, a honno'n eistedd rhwng dannedd coblyn. Ar fin cael ei bwyta.

Cwympodd darn o fetel oddi ar y cerbyd, fel petai rhywun wedi ei daro â dwrn enfawr. Ymddangosodd golau ar y botwm 'pwysedd'. Gallai Heulwen deimlo'i phen yn cael ei wasgu. Ei llygaid fyddai'n mynd yn gyntaf – yn popio fel aeron aeddfed.

Edrychodd ar y deialau o'i blaen. Dim ond am ugain eiliad arall oedd angen iddi fod yn y magma. Yn araf, araf cyfrodd yr eiliadau. Seliodd Heulwen ei helmed er mwyn diogelu'i llygaid wrth i'r clwstwr olaf o greigiau a cherrig boeri tuag ati.

Ac yn sydyn iawn, roedd hi'n glir, yn hwylio'n ysgafn ar rubanau o aer cynnes. Gwasgodd Heulwen y sbardun. Doedd dim amser i'w wastraffu yn arnofio ar y gwynt er mor hyfryd oedd hynny.

Uwch ei phen hi, roedd cylch o oleuadau neon yn ei harwain hi at y man glanio. Wedi troi'r cerbyd fel ei fod yn hedfan yn llorweddol, anelodd Heulwen y clymau glanio at y goleuadau. Roedd angen bod yn ofalus wrth wneud hyn. Roedd nifer o beilotiaid Recon wedi cyrraedd mor bell â hyn ac yna wedi gwneud smonach ohoni a cholli amser. Ond medrai Heulwen gyflawni'r dasg heb unrhyw drafferth. Yn wir, hi oedd y gorau yn ei blwyddyn yn yr Academi.

Gwasgodd y sbardun unwaith yn rhagor a gadael i'r cerbyd lithro ar hyd y can metr olaf. Wrth wasgu'r pedalau o dan ei thraed, gallai wneud i'r cerbyd ddawnsio drwy'r cylchoedd golau a glanio'n gyfforddus yn ei grud. Cysylltodd gwaelod y cerbyd yn y tyllau pwrpasol. Diogel.

Dyma Heulwen yn ei bwrw ei hunan ar ei brest, i ryddhau'r gwregys diogelwch. Wrth i sêl y drws agor, llanwyd y caban gan awyr iach yr wyneb. Anadlodd Heulwen yn ddwfn gan wthio holl awyr afiach y cerbyd o'i hysgyfaint. Pam yn y byd wnaeth Y Tylwyth adael yr wyneb? Weithiau, roedd Heulwen yn teimlo y byddai'n well petai ei hynafiaid wedi aros i frwydro yn erbyn Dynion y Mwd, ond roedd gormod ohonyn nhw. Yn wahanol i'r tylwyth oedd ond yn gallu cael plentyn bob ugain mlynedd, roedd Dynion y Mwd yn gallu cael degau ohonyn nhw. Roedden nhw'n medru cenhedlu fel llygod mawr.

Er bod Heulwen yn mwynhau awyr y nos, roedd hi'n gallu blasu'r llygredd oedd yn yr aer. Roedd Dynion y

Mwd yn dinistrio popeth. Wrth gwrs, doedden nhw ddim yn byw mewn mwd rhagor, ddim yn y wlad hon o leiaf. O na! Roedd gan rhain dai mawr crand erbyn hyn ac ystafelloedd ar gyfer gwahanol bethau – ystafell i gysgu ynddi, ystafell fwyta, ystafell i fynd i'r tŷ bach hyd yn oed! Tu fewn! Gwgodd Heulwen. Dychmygwch fynd i'r tŷ bach tu mewn i'ch cartref eich hun. Afiach! Yr unig beth da am fynd i'r tŷ bach oedd sicrhau fod mineralau yn mynd yn ôl i'r tir. Ond roedd Dynion y Mwd wedi llwyddo i wneud llanast o hynny hefyd, drwy drin y . . . stwff . . . gyda photeli o gemegolion glas. Twp, dyna'r unig air i'w disgrifio nhw.

Datgysylltodd Heulwen bâr o adenydd o'u bachyn. Adenydd hirgrwn gyda modur clogyrnaidd oedden nhw. Ochneidiodd Heulwen. Adenydd Gwas y Neidr. Roedd hi'n casáu'r math yma. Injan betrol, myn dian i. Ac mor drwm! Cymaint â mochyn wedi'i orchuddio mewn mwd. Nid trafnidiaeth oedd hwn. Trafnidiaeth oedd Peiriant Aderyn y Si Z7. Roedd un o'r rheiny mor dawel â sibrydiad a rhedai ar fatri lloeren. Byddai'n gallu hedfan o amgylch y byd ddwywaith. Ond oherwydd toriadau pellach yng nghyllid yr Adran . . .

Clywodd y lleolwr ar ei garddwrn yn gwichian. Roedd hi yn yr ardal gywir, felly. Cerddodd Heulwen o'r cerbyd i'r lanfa. Ar hyn o bryd, roedd hi'n sefyll mewn bryncyn o bridd cuddiedig a gâi ei alw'n Dwmpath y Tylwyth. Bu'r Tylwyth yn byw yn y bryniau hyn nes iddyn nhw gael eu gyrru'n ddyfnach o dan y ddaear. Doedd dim technoleg ar gael y dyddiau hynny. Dim ond ambell fonitor a botwm i chwalu'r cyfan yn belen o dân pe deuai rhywun ar eu traws.

Doedd dim byd ar y sgriniau. Popeth yn glir. Roedd y drysau trydan wedi eu malu ychydig oherwydd y ffordd roedd y trol wedi bustachu drwyddyn nhw. Ond, ar wahân i hynny, roedd popeth yn ymddangos fel pe bai'n gweithio. Gosododd Heulwen yr adenydd ar ei chefn a mentro i'r byd y tu allan.

Yno, roedd awyr y noson Eidalaidd yn llawn arogleuon olewydd a gwinllannoedd. Gallai Heulwen glywed sŵn clician sioncyn y gwair a hedfanai ambell wyfyn yng ngolau'r lloer. Gwenodd Heulwen. Roedd hi'n werth mentro.

A sôn am fentro . . . edrychodd Heulwen ar ei lleolwr. Roedd yn gwichian yn gryfach nawr. Mae'n rhaid bod y trol bron â chyrraedd waliau'r dref! Byddai'n medru mwynhau a gwerthfawrogi byd natur ar ôl cwblhau'r dasg. Doedd dim amser i'w golli.

Tynnodd Heulwen gordyn injan ei hadenydd. Dim. Gwylltiodd yn gacwn, heb ddweud gair. Roedd gan bob plentyn yn Hafan Adenydd Aderyn y Si a hynny ar gyfer gwyliau unwaith y flwyddyn. A dyma aelod o'r LEP yn ceisio gweithio gyda modur oedd yn dda i ddim o'r cychwyn cyntaf. Tynnodd Heulwen y cordyn unwaith eto ac eto. Wedi'r drydedd ymgais fe ddaeth y modur yn fyw gan boeri cymylau o fwg du, drewllyd i'r nos. 'Hen bryd hefyd,' rhochiodd Heulwen, gan agor y throtl led y pen. Fflapiodd yr adenydd am hydoedd cyn dechrau symud ar rythm gyson a chydag ymdrech lew codwyd Capten Heulwen Pwyll i'r awyr.

Byddai hi wedi bod yn ddigon hawdd ffeindio'r trol heb y lleolwr. Roedd ei ôl yn amlwg ar draws y tir. Hedfanodd Heulwen yn isel, gan sgipio dros bocedi o niwl ac ambell goeden wrth ddilyn trywydd y bwystfil. Gwelodd Heulwen fod y creadur gwyllt wedi twrio trwy winllan, wedi troi wal gerrig enfawr yn fynydd o gerrig mân ar y llawr ac wedi peri i gi oedd ar wyliadwraeth, guddio mewn cornel yn mwmian fel baban. Yna, hedfanodd hi dros y gwartheg. Am olygfa. Heb fanylu, digon yw dweud nad oedd llawer ohonyn nhw ar ôl heblaw am y cyrn a'r carnau.

Canai'r lleolwr yn uwch nawr. Golygai hynny ei bod hi'n agosach fyth erbyn hyn. Gallai Heulwen weld y dref oddi tani, wedi ei hadeiladu ar fryn isel a'i hamgylchynu â wal o'r Oesoedd Canol. Roedd nifer o'r ffenestri wedi'u goleuo o hyd. Amser ar gyfer ychydig o hud a lledrith.

Mae llawer iawn o'r hud sy'n cael ei gysylltu gyda'r Tylwyth yn gelwydd neu'n ofergoeliaeth. Ond mae ganddyn nhw rai pwerau – y pŵer i iacháu, y *mesmer* a'r darian yw'r rhai mwyaf poblogaidd. Mae tarian yn enw hollol amhriodol mewn gwirionedd. Yr hyn a wna'r

Tylwyth yw dirgrynu ar y fath gyflymder fel nad ydyn nhw'n aros mewn un lle yn ddigon hir i rywun fedru eu gweld nhw. Weithiau bydd pobl yn sylwi ar rywbeth yn disgleirio yn yr awyr ond hyd yn oed wedyn maen nhw'n ddigon hapus i feddwl mai anweddiad sydd yno. Mae hyn yn nodweddiadol o Ddynion y Mwd. Rhoi eglurhad cymhleth i'r ffenomenon mwyaf syml.

Trodd Heulwen ei chuddiwr ymlaen. Teimlai'n fwy blinedig nag arfer wrth wneud hynny a gallai deimlo'r straen yn y peli bychain o chwys oedd ar ei thalcen. Mae'n *rhaid* i mi gyflawni'r Ddefod, meddyliodd. Cyn gynted â phosib.

Torrwyd ar draws ei synfyfyrio gan glindarddach o'r ddaear islaw. Sŵn nad oedd yn asio ag alawon braf y nos. Hedfanodd Heulwen i lawr yn agosach er mwyn cael golwg fanylach. Dim ond edrych, atgoffodd ei hun. Dyna oedd ei gwaith hi heno. Tasg y swyddog Recon oedd teithio i fyny'r siafft er mwyn cadarnhau union leoliad y targed cyn i'r Sgwad Adfer gyrraedd wedi taith digon pleserus mewn gwennol foethus.

Roedd y trol yn union oddi tani, ac yn pwnio wal allanol y dref yn ddibaid gan wneud i ddarnau mawr o'r cerrig ddod yn rhydd. Ebychodd Heulwen mewn braw. Roedd y boi 'ma'n fwystfil! Mor fawr ag eliffant a deng gwaith yn fwy blin. Ond roedd y bwystfil hwn yn waeth byth. Roedd hwn wedi cael ei ddychryn.

'Prif Swyddfa,' meddai Heulwen i'r meic. 'Wedi canfod y rhedwr. Sefyllfa ddifrifol ar yr wyneb.'

Gwreiddyn ei hun oedd ar yr ochr arall.

'Eglurwch, Capten.'

Pwyntiodd Heulwen y linc fideo at y trol.

'Mae'r rhedwr yn ceisio malu wal y dref. Cysylltiad ar fin digwydd. Pa mor bell mae'r Sgwad Adfer?'

'Pum munud, o leiaf. Rydyn ni'n dal i fod ar y wennol.'

Cnôdd Heulwen ei gwefus. Oedd Gwreiddyn yn teithio gyda nhw?

'Mae hynny'n ormod o amser, Comander. Mae'r holl dref yn mynd i ffrwydro mewn deg eiliad . . . dw i'n mynd i mewn.'

'Negyddol, Heulwen . . . Capten Pwyll. Does gen ti ddim gwahoddiad. Rwyt ti'n gwybod beth yw'r ddeddf. Aros lle rwyt ti.'

'Ond, Comander –'

Torrodd Gwreiddyn ar ei thraws. 'Na! Dim "ond", Capten. Aros yn ôl. Rwy'n dy ORCHYMYN di!'

Teimlai corff Heulwen i gyd fel curiad calon. Roedd arogl mwg y petrol yn ffrio'i phen hi. Beth allai hi wneud? Beth oedd y dewis cywir? Bywydau pobl ynteu ufuddhau i orchymyn?

Yna, torrodd y trol drwy'r wal a chlywyd sŵn llais plentyn fel llafn drwy'r nos.

'*Aiuto!*' sgrechiodd.

❧ • ✦ ◊ • ꝼ 🦀 ◊ ◉ 🦋 ß • 🦀 • ⚜ ⚘ Θ ß

Help. Gwahoddiad. I bob pwrpas.

'Dw i'n flin Comander, ond mae'r trol yn orffwyll. Ac mae 'na blant i mewn yn fan 'na.'

Gallai ddychmygu wyneb Gwreiddyn, yn borfforgynddeiriog wrth iddo boeri i mewn i'r meic. 'Fe fyddi di'n colli dy streips, Pwyll! Fe fyddi di'n glanhau'r carthffosiaeth yn Hafan am y can mlynedd nesaf!'

Ond doedd dim pwynt. Roedd Heulwen wedi datgysylltu ei meic ac yn plymio i lawr at y trol.

Gan wneud ei chorff hi'n fain, fain, hedfanodd Capten Pwyll drwy'r twll roedd y trol wedi'i greu yn y wal. Edrychai fel petai hi mewn bwyty. Bwyty oedd yn llawn pobl. Dallwyd y trol dros dro gan y golau trydan a chwyrlïai o amgylch y lle gan daro yn erbyn popeth.

Roedd cwsmeriaid y bwyty wedi'u syfrdanu. Roedd hyd yn oed cri'r plentyn a waeddodd am help wedi tawelu erbyn hyn. Eisteddent yno'n fud, eu hetiau parti yn gam ar eu pennau. Rhewodd y gweinyddwyr gyda phlatiau llawn pasta yn crynu yn eu dwylo. Cuddiai plant bach eu hwynebau gyda'u bysedd bach tewion. Dyma fel mae hi ar y dechrau bob tro: tawelwch syn. Cyn i'r sgrechian gychwyn.

Cwympodd potel o win i'r llawr gan chwalu'n ddeilchion. Dyna dorri'r mudandod a dechrau'r helbul. Gwingodd Heulwen. Roedd creaduriaid fel y trol yn casáu sŵn bron gymaint ag yr oedden nhw'n casáu golau.

Cododd y trol ei ysgwyddau mawr blewog a daeth crafangau miniog i'r golwg â sŵn *ssshiiicc* bygythiol. Ymddygiad naturiol unrhyw anifail ysglyfaethus. Roedd y bwystfil ar fin ymosod.

Gafaelodd Heulwen yn ei harf a gwasgu'r ail fotwm. Doedd dim hawl ganddi i ladd trol, yn enwedig er mwyn achub Dynion y Mwd. Ond fe allai ei wneud yn anymwybodol hyd nes y byddai'r Sgwad Adfer yn cyrraedd.

Anelodd Heulwen at y man gwan ar waelod penglog y trol, yna gwasgu'r botwm a thanio pelydr ïon dwys tuag ato am rai eiliadau. Cerddodd y trol yn sigledig am ychydig, yna baglodd a gwylltio'n ffyrnig.

Popeth yn iawn, meddyliodd Heulwen, mae gen i'r tarian. Dw i'n anweledig. Dim ond llafn o olau glas gall unrhyw un ei weld.

Trodd y trol tuag ati a'i gudynnau o wallt cnotiog yn chwifio fel canhwyllau.

Paid â phanicio. Dyw e ddim yn gallu fy ngweld i.

Cododd y trol fwrdd.

Anweledig. Hollol anweledig.

Tynnodd ei freichiau yn ôl a thaflu'r celficyn.

Dim ond rhywbeth bach yn disgleirio yn yr awyr.

Anelodd y bwrdd tuag at ei phen.

Symudodd Heulwen. Eiliad yn rhy hwyr. Tarodd y bwrdd ei bag cefn a'i hadenydd gan fwrw'r tanc petrol oddi arnyn nhw'n llwyr. Troellodd y tanc drwy'r awyr gan sbydu hylif fflamadwy dros bob man.

Fel sy'n arferol mewn bwyty Eidalaidd, roedd canhwyllau ymhob man. Gwibiodd y tanc petrol drwy candelabrwm crand. Ffrwydrodd yn fflamau cochion, fel tân gwyllt peryglus. Glaniodd y rhan fwyaf o'r petrol ar y trol. A glaniodd Heulwen arno hefyd.

Gallai'r trol ei gweld hi. Doedd dim modd gwadu'r peth. Edrychai arni drwy'r golau cas, ei lygaid yn gweiddi poen a braw. Roedd y tarian wedi chwythu'i blwc. Roedd ei hud wedi dod i ben.

Ceisiodd Heulwen ymryddhau ei hun o afael y trol, ond yn ofer. Bysedd maint banana oedd ganddo, ond nid bysedd meddal. Roedden nhw'n llwyddo i wthio'r anadl ohoni heb ymdrech yn y byd. Crafai ei grafangau, miniog ddefnydd gwydn ei dillad gwaith hi. Gwyddai y byddai'r ewinedd yn torri drwyddo unrhyw eiliad. A dyna fyddai'r diwedd.

Ni allai Heulwen feddwl. Roedd yn anodd credu'r anhrefn oedd yn y bwyty. Ar hyn o bryd, roedd y trol yn rhincian ei ddannedd llym seimllyd ac yn ceisio cael gafael yn ei helmed hi. Gallai Heulwen wynto'i anadl drewllyd drwy'r ffilteri. Gallai wynto blew yn llosgi hefyd, wrth i'r tân ledaenu dros gefn y trol.

Llyfodd y bwystfil ei dafod gwyrdd ar draws fisor Heulwen gan adael sleim afiach arnynt. Y fisor! Dyna'r ateb. Ei hunig gyfle a dweud y gwir. Sleifiodd ei llaw rydd at y botymau ar flaen ei helmed. Y goleuadau twnnel. Pelydrau llachar.

Gwthiodd Heulwen y botwm yn betrus a daeth 800 wat o olau llachar drwy'r ddwy sbotlamp uwchben ei llygaid.

Baglodd y trol yn ei ôl a ffrwydrodd gwaedd ddirdynnol o'i enau danheddog. Chwalwyd poteli gwin a gwydrau yn yfflon yn eu hunfan. Roedd y golau'n ormod i'r bwystfil druan. Roedd wedi'i syfrdanu, wedi'i roi ar dân ac erbyn hyn, wedi'i ddallu hefyd. Treiddiodd y sioc a'r boen i'w ymennydd bychan bach a'i orchymyn i roi'r gorau iddi. Ufuddhaodd y trol a chwympo i'r llawr, mor anystwyth â choes brwsh. Roedd hi bron iawn yn ddoniol edrych arno. Rowliodd Heulwen o'r ffordd, er mwyn osgoi un o'i ysgithrau miniog.

Cafwyd tawelwch llwyr, ar wahân i sŵn gwydr yn tincial, sŵn blew yn dal i losgi ac anadl o ryddhad gan bawb yn yr ystafell. Cododd Heulwen ar ei thraed yn simsan braidd. Roedd hi'n gwybod yn iawn fod llawer o lygaid yn ei gwylio hi erbyn hyn – llygaid Dynion y Mwd. Roedden nhw'n gallu gweld pob modfedd ohoni. A pheth arall, doedd y Dynion hyn ddim yn mynd i gadw'n dawel am yn hir. Doedd Dynion y Mwd byth yn cadw'n dawel. Byddai'n rhaid gweithredu er mwyn cyfyngu'r peth y tu fewn i'r waliau hyn.

Cododd Heulwen ei chledrau gweigion a'u dangos nhw i bawb. Arwydd o heddwch.

• ✿ ◊ ♧ ▧ ✿ • ✿ ▱ ß • ✿ ▧ ✿ ß • ▮ △ ▮

'*Scustemi tutti*,' meddai hi, mewn Eidaleg perffaith.

Jiw, jiw, peidiwch â phoeni, geiriodd yr Eidalwyr bonheddig.

Yn mhoced Heulwen roedd pelen fechan. Estynnodd amdani a'i rhoi yng nghanol y llawr.

'*Guardate*,' meddai hi. Edrychwch.

A dyna wnaeth pawb yn y bwyty, gan bwyso ymlaen i syllu ar y belen arian fechan. Roedd hi'n tician, yn gynt ac yn gynt. Yn cyfri i lawr. Trodd Heulwen oddi wrthi. Tri, dau, un . . .

BŴM! FFLACH! Pawb yn anymwybodol. Doedd neb wedi marw, ond byddai pawb yn dioddef o ben tost ofnadwy mewn rhyw ddeugain munud. Ochneidiodd Heulwen. Diogel. Am nawr. Rhedodd at y drws a thynnu'r bollt. Roedd hi am sicrhau na fyddai neb yn cyrraedd nac yn gadael. Heblaw am drwy'r twll enfawr yn y wal. Yna, aeth ati i chwistrellu'r trol myglyd gyda chynnwys diffoddwr tân y bwyty, gan obeithio na fyddai'r powdr oer yn adfywio'r creadur.

Edrychodd Heulwen ar yr ystafell. Y fath lanast! A hi oedd yn gyfrifol. Roedd hyn yn waeth na Hambwrg. Byddai Gwreiddyn yn gandryll. Byddai'n well ganddi wynebu'r trol. Dyma ddiwedd ei gyrfa hi, yn sicr. Yna'n sydyn iawn, doedd hynny ddim yn bwysig iawn gan fod ei hasennau'n boenus ac roedd ganddi gur pen ofnadwy. Efallai y gallai hi gael hoe fach, dim ond am eiliad, nes i'r Sgwad Adfer gyrraedd. Aeth hi ddim i chwilio am gadair. Yn hytrach, ymlaciodd ei choesau a suddodd i'r llawr sgwariau du a gwyn.

Nid yw deffro a gweld wyneb Comander Gwreiddyn yn brofiad pleserus. Byddai'n gwneud y tro mewn hunllef yn iawn. Yn ara' deg agorodd Heulwen ei llygaid ac am eiliad, roedd hi'n siŵr y gallai weld gofid a phryder yn ei lygaid. Gyda hynny, fe ddiflannodd a daeth yr olwg danllyd, gyfarwydd yn ôl. Roedd e'n gandryll.

'Capten Pwyll!' rhuodd, heb boeni am y cur pen oedd ganddi. 'Beth ar wyneb y ddaear ddigwyddodd fan hyn?'

Cododd Heulwen ar ei thraed yn simsan. 'Fe wnes i . . . wnaeth . . . Roedd 'na . . .' Doedd y brawddegau ddim yn fodlon llifo o'i cheg.

'Fe wnest ti anwybyddu gorchymyn. Fe ddwedais i y dylet ti aros lle roeddet ti! Rwyt ti'n gwybod yn iawn ei bod hi yn erbyn pob rheol i fynd i adeilad un o Ddynion y Mwd heb wahoddiad.'

Rhwbiodd Heulwen y cysgodion o'i llygaid.

'Fe ges i fy ngwahodd. Galwodd plentyn am help.'

'Rwyt ti ar dir peryglus, Pwyll.'

'Mae yna gynsail, syr. Corporal Rhys yn erbyn y wladwriaeth. Fe ddyfarnodd y rheithgor y gallai galwad am help gan fenyw oedd yn gaeth gael ei chyfrif fel gwahoddiad i fynd i mewn i adeilad. Beth bynnag, ry'ch chi i gyd yma nawr, sy'n golygu eich bod chi wedi derbyn y gwahoddiad hefyd.'

'Hmm,' meddai Gwreiddyn yn amheus. 'Roeddet ti'n lwcus y tro 'ma. Fe allai pethau fod wedi bod yn llawer gwaeth.'

Syllodd Heulwen o'i hamgylch. Doedd hi ddim yn siŵr a oedd hi'n cytuno. Roedd yr adeilad wedi ei falu'n racs ac roedd deugain o Ddynion y Mwd yn anymwybodol ar y llawr. Wrth iddi edrych, gwelai'r bechgyn technoleg yn rhoi gwifrau glanhau'r cof ar dalcennau'r Dynion anymwybodol.

'Rydyn ni wedi llwyddo i ddiogelu'r ardal, er bod hanner trigolion y dref wedi bod yn curo ar y drws.'

'Beth am y twll?'

Chwarddodd Gwreiddyn yn goeglyd. 'Cer i weld.'

Edrychodd Heulwen. Roedd y Sgwad Adfer wedi rhoi gwifren hologram yn socedi trydan y bwyty a thaflunio wal ddi-nam dros y twll. Roedd hologramau'n bethau defnyddiol iawn er mwyn datrys problem dros dro, dim ond i chi beidio ag edrych yn rhy ofalus. Roedd modd gweld mai llun o'r darn o wal nesaf at y twll oedd yr hologram. Yn yr achos yma, roedd dwy we pry-copyn oedd yn union yr un fath yn ogystal â dau brint o'r un llun gan Rembrandt. Ond doedd y criw yn y tŷ bwyta heno ddim mewn unrhyw stâd i asesu ac astudio waliau, ac erbyn iddyn nhw ddeffro byddai'r wal wedi ei hail-osod gan yr Adran Telekineteg a'r profiad arallfydol wedi ei lanhau'n llwyr o'u meddyliau.

Daeth aelod o'r Sgwad Adfer o'r tai bach â golwg bryderus ar ei wyneb. 'Comander!'

'Ie, Sarjant?'

'Mae 'na berson yma, syr. Mae'n ymddangos na welodd y person hwn y belen arian. Mae e'n dod, syr. Y funud yma, syr!'

'Tarian!' cyfarthodd Gwreiddyn. 'Pawb!'

Fe wnaeth Heulwen ei gorau. Ei gorau glas. Ond doedd ei chuddiwr hi ddim yn fodlon gweithio. Roedd ei hud a'i lledrith wedi mynd. Cerddodd bachgen bach i'r ystafell, ei lygaid yn drwm a chysglyd. Pwyntiodd fys tew at Heulwen.

'*Ciao, folletta*,' meddai, cyn dringo i gôl ei dad a mynd nôl i gysgu.

Disgleiriodd yr awyr a daeth Gwreiddyn yn ôl i'r golwg. Roedd e'n borffor. Yn gandryll. Yn wirioneddol gandryll y tro 'ma.

'Beth ddigwyddodd i dy guddiwr di, Pwyll?'

Llyncodd Heulwen.

'Straen, Comander,' cynigiodd yn obeithiol.

Ond doedd dim diddordeb gan Gwreiddyn. 'Fe ddwedaist ti gelwydd, Capten. Dwyt ti ddim yn llawn hud o gwbl wyt ti?'

Ysgydwodd Heulwen ei phen yn fud.

'Faint o amser sy ers i ti gyflawni'r Ddefod?'

Cnôdd Heulwen ei gwefus. 'Ym, rhyw . . . bedair blynedd, syr.'

Bu bron i un o wythiennau Gwreiddyn ffrwydro.

'Pedair . . . Pedair blynedd? Mae'n syndod dy fod ti wedi para cyhyd! Gwna fe nawr. Heno! Chei di ddim dod o dan ddaear heb dy bwerau eto. Mae'r peth yn warthus. Rwyt ti'n rhoi dy hun mewn perygl, ac yn waeth byth rwyt ti'n peryglu swyddogion eraill!'

'Ydwsyr.'

'Cer i nôl Adenydd Aderyn y Si gan y Sgwad Adfer a cher ar dy union i'r henwlad. Mae yna leuad llawn heno.'

'Iawnsyr.'

'A phaid ti â meiddio meddwl mod i wedi anghofio am y shambls hyn. Gawn ni air ar ôl i ti gyrraedd yn ôl.'

'Iawnsyr. Deallsyr.'

Trodd Heulwen gan fwriadu gadael, ond dyma Gwreiddyn yn pesychu er mwyn cael ei sylw. 'O, a Capten Pwyll. . .'

'Iesyr?'

Doedd wyneb Gwreiddyn ddim mor borffor erbyn hyn ac edrychai fel pe bai rhywfaint o gywilydd i'w weld yno.

'Da iawn gyda'r busnes achub bywyd. Gallai pethau fod wedi bod yn waeth. Lot gwaeth.'

Gwenodd Heulwen y tu ôl i'w fisor. Efallai na fyddai hi'n cael ei hanfon i Recon wedi'r cyfan.

'Diolch, syr.'

Rhochiodd Gwreiddyn, a dychwelodd y lliw porffor

i'w fochau. 'Nawr, cer o 'ma, a phaid â dod 'nôl nes dy fod ti'n llawn dop o hud a lledrith!'

Ochneidiodd Heulwen. Doedd diolchgarwch ddim yn para'n hir.

'Iawn, syr. Ar fy ffordd, syr.'

Pennod 4: TYLWYTH-LADRAD

 PROBLEM fwyaf Artemis oedd lleoliad – ble allai e ffeindio leprechaun? Criw bach cudd oedd y Tylwyth 'ma. Cudd iawn, o ystyried eu bod nhw wedi byw ers milenia a bod dim un llun na ffilm fideo ohonyn nhw ar gael yn unman. Dim llun ffug Loch-Nesaidd hyd yn oed. Doedden nhw ddim yn griw cymdeithasol iawn felly, ond roedden nhw'n alluog. Wedi'r cyfan, doedd Artemis erioed wedi clywed am unrhyw un oedd wedi cael ei fachau ar aur y Tylwyth. Na neb oedd wedi cael gafael ar y Llyfr chwaith. Ac roedd hi dipyn haws datrys posau os oedd gennych chi'r allwedd.

Galwodd Artemis Gwesyn a Gwen i'w ystafell yn syth a'u hannerch o'r tu ôl i'w ddesg ddarllen.

'Mae yna rai defodau y mae'n rhaid i bob aelod o'r Tylwyth eu cwblhau, er mwyn adnewyddu eu hud a'u lledrith,' eglurodd Artemis.

Nodiodd Gwesyn a Gwen fel petaen nhw'n gyfarwydd â chlywed y math hyn o beth bob dydd.

Chwiliodd Artemis drwy ei gopi caled o'r Llyfr a dewis darn i'w ddarllen.

'O'r ddaear y daw dy bŵer yn llif,
Bydd ddiolchgar am rodd garedig,
Adeg lleuad lawn, cymer yr hedyn hud
Ble daw derwen gam a ffrwd droellog ynghyd.
Cladda'r deunydd ymhell o'i gynefin,
Gan roi d'anrheg yn ôl i'r pridd.'

Caeodd Artemis y Llyfr. 'Ydych chi'n gweld?'

Gwenodd Gwesyn a Gwen a nodio eto gan roi'r argraff eu bod nhw'n gweld yn iawn, er nad oedden nhw'n deall gair.

Ochneidiodd Artemis. 'Mae'n rhaid i'r Tylwyth ymrwymo i rai defodau. Defodau go benodol, a dweud y gwir. Ac felly, bydd hyn yn ei gwneud hi'n haws i ni ddal un ohonyn nhw.'

Cododd Gwen ei llaw, er ei bod hi bedair blynedd yn hŷn nag Artemis.

'Ie?'

'Wel, y peth ydy, Artemis,' meddai hi'n bwyllog, gan droi cudyn o wallt melyn yn ei bysedd. Roedd nifer o'r bechgyn lleol wrth eu boddau gyda'i gwallt melyn hi. 'Ti'n gwybod be wedest ti am y Tylwyth?'

Gwgodd Artemis. Arwydd gwael. 'Ie, Gwen?'

'Wel, Tylwyth Teg. Ti yn gwybod nad ydyn nhw'n bodoli yndwyt ti Artemis?'

Gwingodd Gwesyn. Ei fai e oedd hyn mewn gwirionedd. Doedd e ddim wedi llwyddo i drafod y materion hyn gyda'i chwaer eto.

Syllodd Artemis arno'n feirniadol. 'Ro'n i'n meddwl fod Gwesyn yn mynd i siarad gyda ti am hyn Gwen. Ydy e wedi gwneud?'

'Naddo. Oeddet ti i fod i siarad gyda fi am hyn Gwes?'

'Oedd, yn sicr. Efallai ei fod e'n meddwl y byddet ti'n chwerthin am ei ben.'

Teimlodd Gwesyn yn annifyr. Dyna'n union beth yr oedd e'n feddwl. Gwen oedd yr unig berson byw fyddai'n meiddio chwerthin am ei ben gan godi cywilydd arno dro ar ôl tro. Dim ond unwaith fyddai unrhyw un arall yn cael gwneud. Unwaith.

Pesychodd Artemis a chlirio'i wddwg. 'Gadewch i ni fynd ymlaen gyda phawb yn gytûn fod y Tylwyth yn bodoli ac nac ydw i'n fwlsyn twpach na thwp.'

Cytunodd Gwesyn yn egwan. Doedd Gwen ddim mor siŵr.

'Iawn. Nawr, fel roeddwn i'n sôn, mae'n rhaid i'r Tylwyth gyflawni rhai defodau er mwyn adfywio eu pwerau. Yn ôl yr hyn dw i wedi ei ddarllen, mae'n rhaid iddyn nhw bigo hedyn hen dderwen sy'n sefyll ger tro mewn afon. Ac mae'n rhaid gwneud hyn pan fydd y lleuad yn llawn.'

Goleuodd llygaid Gwesyn. 'Felly'r unig beth sy'n rhaid i ni ei wneud yw . . .'

'. . . yw rhedeg gwahanol gyfuniadau drwy'r lloeren dywydd. Ac fel mae'n digwydd, dw i eisoes wedi gwneud hyn. Credwch neu beidio, does dim llawer o goed derw hynafol, hynny yw, can mlwydd oed ac yn hŷn, ar ôl yn y byd. Gan fod yn rhaid i'r dderwen fod ger tro mewn afon, a bod angen lleuad lawn hefyd, dw i wedi amcangyfrif fod cant dauddeg naw lleoliad posibl yng Nghymru.'

Gwenodd Gwesyn. Amser eu dal nhw. Roedd Artemis yn siarad iaith roedd e'n ei deall nawr.

'Mae angen i ni baratoi ar gyfer arhosiad ein hymwelwyr ni,' meddai Artemis, gan roi darn o bapur A4 i Gwen. 'Rhaid gwneud y newidiadau yma i'r seler. Dy gyfrifoldeb di, Gwen. Dilyna bob un gair.'

'Iawn, Arti.'

Gwgodd Artemis, ond dim ond ychydig. Am ryw reswm annealladwy, doedd dim ots ganddo bod Gwen yn ei alw'n Arti, fel y byddai ei fam yn ei wneud.

Dyma Gwesyn yn dechrau crafu'i ên yn feddylgar. Sylwodd Artemis ar hyn. 'Cwestiwn?'

'Wel. Y dylwythen yn Ninas Ho Chi Minh . . .'

Nodiodd Artemis. 'Dw i'n gwybod. Pam na wnaethon ni ei dwyn hi a dod â hi yma?'

'Ie, syr.'

'Yn ôl *Almanac y Tylwyth* gan Chi Lun, sef llawysgrif o'r seithfed ganrif a ddaeth o ddinas golledig Sh'shamo: "Unwaith y bydd aelod o'r Tylwyth yn rhannu ei enaid gydag un o Ddynion y Mwd," – ni yw Dynion y Mwd, gyda llaw – "bydd yn farw gelain i'w brodyr a'i chwiorydd am byth". Ac felly Gwesyn, mae'n anodd iawn dweud a fyddai'r dylwythen honno wedi bod gwerth un darn o aur erbyn y diwedd. Na, fy hen ffrind, mae'n rhaid i ni gael gafael ar waed newydd. Wyt ti'n deall?'

Nodiodd Gwesyn.

'Da iawn. Nawr, fe fydd angen i ti gael gafael ar nifer o eitemau cyn i ni fynd ar ein gwibdaith golau leuad.'

Edrychodd Gwesyn dros y darn papur yn gyflym: offer elfennol ar gyfer gwaith maes, ambell beth oedd yn codi gwrychyn, ond dim byd fyddai'n rhy anodd ei ganfod heblaw am . . .

'Sbectol haul? Yn y nos?'

Pan fyddai Artemis yn gwenu, fel y gwnâi ar yr eiliad hon, roedd hi'n hawdd dychmygu dannedd miniog fampir yn ymddangos o'i geg!

'Ie, Gwesyn. Sbectol haul. Mae'n rhaid i ti ymddiried ynof i.'

Ac roedd Gwesyn yn ymddiried ynddo. Yn ddwfn ym mêr ei esgyrn.

Dyma Heulwen yn fflicio switsh y torch gwresogi yn ei siwt yna esgyn 4,000 o fetrau i'r awyr. Roedd yr Adenydd Aderyn y Si yn gweithio'n wych. Roedd pedair stribed coch ar y batri – digon o bŵer ar gyfer trip bach ling-di-long o amgylch Ewrop a thiroedd Prydain. Wrth gwrs, roedd y rheolau'n glir. Hedfan dros y môr yr oeddech chi i fod ei wneud, ond doedd Heulwen ddim yn gallu atal ei hun rhag hedfan dros y tir a chael taro'r eira oddi ar gopa uchaf yr Alpau.

Roedd ei siwt yn ei diogelu hi rhag y tywydd mwyaf garw ond roedd hi'n dal yn gallu teimlo'r oerfel yn treiddio i'w hesgyrn. Edrychai'r lleuad yn anferthol o'r uchder yma ac roedd modd gweld pob twll a manylyn oedd ar ei hwyneb. Heno, roedd hi'n hollol grwn. Lleuad lawn, hudol. Gwyddai Heulwen y byddai'r criw oedd yng ngofal ymfudo yn cael trafferthion o dan y ddaear heno wrth i gannoedd o Dylwyth hiraethus gael eu denu i'r wyneb. Byddai nifer fawr yn llwyddo gan greu hafoc llwyr. Roedd mantell y ddaear wedi ei phupro a mân dwneli cudd. Roedd hi'n amhosibl eu rheoli nhw i gyd.

Dilynodd Heulwen arfordir yr Eidal hyd at Monaco ac oddi yno i'r Alpau a draw i Ffrainc. Nefoedd oedd hedfan, roedd pob tylwythen yn teimlo felly. Yn ôl y Llyfr, roedd adenydd gan y Tylwyth gwreiddiol ond eu bod nhw wedi diflannu wrth iddyn nhw esblygu. Heblaw am y Tylwyth Hedfan wrth gwrs. Roedd hi wedi darllen yn rhywle fod rhai arbenigwyr yn meddwl fod y Tylwyth yn hannu'n wreiddiol o'r deinosoriaid oedd yn gallu hedfan. Pterodactylau efallai. O edrych ar siâp esgyrn y Tylwyth, roedd nifer o bethau yn debyg rhyngddynt. Byddai'r theori hyn yn egluro pam fod yna ymchwydd bychan ar esgyrn ysgwyddau'r Tylwyth.

Hmm, tybed a allai hi alw yn Disneyland ym Mharis. Roedd gan y LEP nifer o dditectifs cudd yn gweithio yno'n barod, yn arddangosfa Eira Wen. Dyna un lle yn y byd lle roedd y Tylwyth yn gallu crwydro ar yr wyneb heb neb yn gofyn cwestiynau lletchwith. Ond pe bai ryw dwrist yn llwyddo i gael llun ohonyn nhw a bod y llun yn ymddangos ar y We, byddai Gwreiddyn yn siŵr o fynd â'u bathodynau nhw. Gydag ochenaid siomedig, hedfanodd Heulwen heibio i'r miri a'r tân gwyllt lliwgar islaw.

Wedi cyrraedd y Sianel, hedfanodd Heulwen yn isel iawn, gan gyffwrdd ag ambell don. Galwodd ar y dolffiniaid ac fe ddaethon nhw i wyneb y dŵr gan nofio a neidio yn ei chwmni. Roedden nhw'n gyflym, yn gallu dal i fyny gyda hi'n hawdd. Gallai weld ôl llygredd ar eu cyrff. Eu crwyn wedi gwynnu a briwiau coch ar eu cefnau. Ac er iddi wenu, roedd ei chalon hi'n torri. Gwae Dynion y Mwd, meddyliodd.

Yna'n sydyn, gallai weld tiroedd Cymru. Yr henwlad. Tir y beirdd a'r canu. Y lle mwyaf hudol ar y ddaear. Fan hyn yr oedd y Brenin Arthur wedi byw. Fan hyn yr oedd straeon am y Tylwyth yn fyw hyd heddiw. Straeon yr oedd y Cymry'n eu hadrodd fel chwedloniaeth, ond bod pob gair yn wir. Cymru, lle roedd Bendith y Mamau yn byw ar fynyddoedd a bryniau'r de. Cymru, lle roedd Tylwyth y Llyn yn byw mewn dyfroedd dyfnion. Yn dal i fyw yno, a dweud y gwir. Ond yn anffodus, roedd pobl y wlad hon hefyd yn deall ychydig yn fwy na phobl gwledydd eraill am yr hud. Golygai hynny wrth gwrs, fod mwy o bobl yn gweld y Tylwyth yma nac yn unrhyw le arall ar y ddaear. Diolch i'r nefoedd, roedd pawb arall yn meddwl mai lol botes oedd straeon y Cymry, a doedd y Cymry ddim yn poeni fod pobl yn meddwl fel hyn amdanyn nhw chwaith. Am ryw reswm, roedden nhw'n meddwl fod pob tylwythyn neu dylwythen yn cario aur gyda nhw i bob man. Tra bod yna wirionedd yn y ffaith fod arian wrth gefn gan bob LEP am fod eu gwaith nhw o risg uchel, doedd yr un dyn wedi llwyddo i gael gafael ar yr aur yna eto. Wrth gwrs, byddai'r Cymry, a'r Gwyddelod hefyd, yn ddall i hyn tra'u bod nhw'n brysur yn chwilio am botiau o aur ar derfyn enfys.

Ac ar ben hyn i gyd, roedd y Tylwyth yn hoff iawn o'r Cymry. Efallai am eu bod nhw'n genedl mor hynafol a bod barddoniaeth oedd yn tarddu o'r 6ed ganrif ganddyn nhw ar gadw. Neu efallai am eu bod nhw'n llawn hwyl a direidi. Ac os oedd hi'n wir, fod Dynion y Mwd a'r Tylwyth yn perthyn, roedd Heulwen yn sicr mai yn y fan hon yr oedden nhw'n perthyn agosaf.

Edrychodd Heulwen ar fap oedd wedi ymddangos ar y lleolwr oedd ar ei garddwrn. Gwasgodd ambell fotwm er mwyn chwilio am y mannau hudol gorau. Y lle delfrydol fyddai'r afon Llwchwr yn ardal Abertawe, ond gwyddai Heulwen yn iawn y byddai pob tylwythen draddodiadol arall wedi meddwl yr un peth. Roedd gormod o Ddynion y Mwd yn byw yno beth bynnag.

Roedd yna le arall nid nepell o'r fan hon. Yn ddyfnach yng nghefn gwlad, mewn ardal hudol iawn. Sir Gaerfyrddin a'r afon Tywi. Afon oedd yn dueddol o fod yn heddychlon gyda'r nos am fod pobl Caerfyrddin a'r cylch yn addfwyn ac yn dawel. Gofalodd Heulwen ei bod hi'n hedfan yn arafach a disgynnodd nes ei bod hi ryw wythdeg metr o'r llawr. Gwibiodd dros goedwig fechan cyn glanio mewn cae yn ardal Dryslwyn. Ac yno'n swatio'n braf ar lwybr troellog yr afon, roedd derwen fawr.

Syllodd Heulwen yn gyflym ar ei lleolwr er mwyn gwneud yn siŵr nad oedd yr un person byw gerllaw. Unwaith iddi benderfynu nad oedd y ddwy fuwch oedd mewn cae cyfagos yn ormod o fygythiad, dyma hi'n glanio'n dwt wrth droed y dderwen gam.

Pedwar mis o geisio dal un o'r Tylwyth. Roedd hyd yn oed Gwesyn wedi dechrau cael llond bol ar y nosweithiau hir o ddioddef traed llaith a brathiadau gwybed. Diolch i'r drefn, doedd y lleuad ddim yn llawn bob nos.

Yr un fyddai'r drefn bob tro. Y ddau ar eu cwrcwd a'u hetiau tin-ffoil am eu pennau – Gwesyn yn sicrhau bod yr offer yn iawn ac Artemis yn syllu'n ddidor drwy'r sbienddrych. Ar adegau fel hyn, roedd tawelwch byd natur yn fyddarol. Ysai Gwesyn am gael siarad, neu chwibanu o leiaf. Unrhywbeth i dorri'r distawrwydd annaturiol. Ond roedd Artemis yn rhy brysur yn canolbwyntio. Doedd e ddim am dynnu ei lygad oddi ar y dderwen, ddim am un eiliad.

Heno, roedden nhw wedi dod i ardal Dryslwyn, y lle mwyaf tawel yn Sir Gaerfyrddin. Roedd yn rhaid iddynt barcio'r car ymhell o'r cae ac felly bu'n rhaid i Gwesyn wneud tri thrip er mwyn cario'r offer i gyd o'r car a hynny ar draws dau gae, cors a chamfa. Roedd ei drowsus a'i sgidiau'n socian. A nawr, roedd yn rhaid iddo eistedd mewn cuddfan â'i ben-ôl mewn dŵr ffos. Ac Artemis? Rhywfodd, roedd e wedi llwyddo i aros yn lân ac yn sych.

Roedd y guddfan roedd Artemis wedi'i chynllunio yn werth chweil, ac roedd nifer o gwmnïau wedi cysylltu gyda theulu'r Gwarthiaid gan ddangos diddordeb yn ei chynhyrchu ar raddfa fawr. Pobl yn gysylltiedig â'r weinyddiaeth amddiffyn oedd rhain yn bennaf. Ond roedd Artemis wedi penderfynu gwerthu'r patent i gwmni chwaraeon byd enwog. Ffoil elastig oedd y defnydd a hwnnw wedi ei osod ar ffrâm gwydr ffibr hyblyg. Roedd y ffoil yn debyg i'r hyn a ddefnyddir gan

NASA. Medrai gadw'r gwres i mewn ac ar yr un pryd sicrhau nad oedd y defnydd cuddliw ar y tu allan yn gor-dwymo. Golygai hyn na fyddai unrhyw anifail oedd yn sensitif i wres yn medru dod o hyd iddo. Oherwydd bod y colfachau mor hyblyg gallai'r guddfan symud fel dŵr bron iawn, gan addasu i unrhyw safle newydd. Y cyfan oedd eisiau ei wneud oedd gollwng y bag i dwll a thynnu'r cortyn. Perffaith.

Ond er yr holl glyfrwch, roedd yna awyrgylch rhyfedd yn y guddfan heno. Roedd rhywbeth ar feddwl Artemis yn ôl y crychau oedd yn datblygu ar hyd ei wyneb o gorneli ei lygaid gleision.

Wedi llawer noson o chwilio'n ofer am un o'r Tylwyth, mentrodd Gwesyn ddweud . . .

'Artemis,' dechreuodd yn betrus, 'dw i'n deall mai nid fy lle i ydy gofyn, ond dw i'n gwybod fod rhywbeth o'i le. Oes unrhyw beth alla i ei wneud . . .'

Ni siaradodd Artemis am rai eiliadau. Yn ystod yr eiliadau hynny, sylweddolodd Gwesyn ei fod e'n syllu ar fachgen ifanc. Y bachgen ifanc y gallai Artemis Gwarth fod wedi bod.

'Mam, Gwesyn,' meddai o'r diwedd, 'dw i'n dechrau poeni na fydd hi fyth yn –'

Yna, fflachiodd golau coch y larwm. Roedd rhywun yn agos.

Dyma Heulwen yn bachu ei hadenydd ar gangen isel a rhyddhau ei helmed er mwyn i'w chlustiau gael awyr iach. Roedd gofyn bod yn ofalus gyda chlustiau coblynaidd – ar ôl awr neu ddwy o dan yr helmed roedden nhw'n dechrau sychu a chrafu. Rhwbiodd Heulwen flaenau ei chlustiau am eiliad. Dim croen sych ar hyn o bryd. Am fod ganddi hylif arbennig i roi arnyn nhw bob dydd, siŵr o fod. Roedd hi'n ofalus, yn wahanol iawn i rai o ddynion y LEP. Pan fydden nhw'n diosg eu helmedau, gallech daeru ei bod hi'n bwrw eira.

Oedodd Heulwen am eiliad wedyn, i edrych ar yr olygfa. Cymru oedd y lle harddaf yn y byd, meddyliodd. Doedd hyd yn oed Dynion y Mwd ddim wedi llwyddo i ddistrywio hynny. Ddim eto beth bynnag . . . ymhen canrif neu ddwy, mae'n siŵr. Llifai'r afon o'i blaen hi fel neidr arian, a daeth sŵn hisian i'w chlustiau wrth i'r dŵr fyrlymu dros ei gwely caregog. Gallai glywed y dderwen yn gwneud sŵn uwch ei phen, ei brigau'n crafu yn erbyn ei gilydd yn yr awel fain.

Nawr te, amser gweithio. Gallai fod yn dwrist ar ôl gwneud y gwaith caled. Hedyn. Roedd angen hedyn arni. Plygodd Heulwen i'r ddaear, gan symud dail sych a brigau oedd wedi cwympo. Cydiodd mewn mesen lefn. Doedd hynny ddim yn rhy anodd wedi'r cyfan. Yr unig beth oedd ar ôl i'w wneud oedd plannu'r fesen yn rhywle arall a byddai'r pwerau yn dod yn ôl i'w chorff mewn dim.

Edrychodd Gwesyn ar y radar-symudol, gan gadw'r swn yn isel rhag ofn i'r offer ddatgelu lle'r oedden nhw'n cuddio. Symudodd y fraich goch ar draws y sgrin yn boenus o araf, ac yna . . . *Fflach!* Ffigwr yn sefyll ger y goeden. Ffigwr oedd yn rhy fach i fod yn oedolyn. Ond dangosai siâp y corff nad plentyn oedd yno chwaith. Cododd ei fodiau ar Artemis. Bingo, o bosibl.

Cytunodd Artemis, gan osod y sbectol adlewyrchu ar ei drwyn. Gwnaeth Gwesyn yr un fath a thynnu'r cap oddi ar scôp golau-seren ei arf. Nid reiffl dart arferol oedd hwn. Cafodd ei greu yn arbennig ar gyfer heliwr ifori o Kenya. Medrai wneud cymaint o ddifrod â Kalashnikof. Roedd Gwesyn wedi ei brynu'n rhad oddi wrth swyddog yn y llywodraeth ar ôl i'r heliwr ifori gael ei ddienyddio.

Dyma nhw'n sleifio drwy'r nos mewn tawelwch. Tynnodd y ffigwr bychan o'u blaenau rhyw declyn o'i ysgwyddau yna codi helmed oddi ar ei ben. Nid pen dyn oedd hwn, roedd hynny'n sicr. Lapiodd Gwesyn strapen y reiffl o amgylch ei arddwrn ddwywaith gan wthio bôn y gwn i'w ysgwydd. Trodd switsh y scôp ymlaen ac ymddangosodd dotyn bychan ar gefn y corff bach. Nodiodd Artemis a saethodd Gwesyn.

Er mai un siawns mewn miliwn oedd methu iddo, ar yr union eiliad honno, dyma'r ffigwr yn plygu i'r llawr.

*

Gwibiodd rhywbeth dros ben Heulwen, rhywbeth oedd yn disgleirio yng ngolau'r lloer. Roedd Heulwen yn ddigon profiadol i wybod fod rhywun wedi ceisio ei saethu hi. Sgrialodd i'r llawr gan rowlio'i chorff bychan yn belen er mwyn lleihau'r targed.

Tynnodd ei gwn o'i phoced, a rowlio tuag at loches bonyn y goeden. Pwy oedd yn saethu ati a pham?

Roedd rhywbeth yn llechu y tu ôl i'r goeden. Rhywbeth oedd tua'r un maint â mynydd – ond mynydd oedd yn gallu symud.

'Gwn tatws bach neis gen ti,' gwenodd y ffigwr, gan gydio yn Neutrino Heulwen gyda'i fysedd maint melon.

Llwyddodd Heulwen i dynnu ei bysedd hi'n rhydd, eiliad cyn iddyn nhw gael eu malu fel darnau brau o sbageti.

'Mae'n siŵr nad oes gwerth holi a fyddet ti'n fodlon ildio'n heddychlon?' holodd llais oeraidd y tu ôl iddi.

Trodd Heulwen, yn barod i ymladd.

'Na,' ochneidiodd y bachgen yn felodramatig, 'fel roeddwn i wedi amau.'

Ceisiodd Heulwen edrych yn ddewr. 'Arhosa yn ôl, Ddyn y Mwd. Does gen ti ddim syniad â beth rwyt ti'n delio.'

Chwarddodd y bachgen. 'Dw i'n meddwl, Dylwythen, mai ti yw'r un sydd ddim yn deall y sefyllfa.'

Tylwythen? Roedd e'n gwybod ei bod hi'n Dylwythen?

'Mae gen i hud a lledrith, mwydyn y mwd. Digon i dy droi di a dy fwnci yn faw mochyn.'

Camodd y bachgen yn nes. 'Geiriau dewr, miss. Ond celwydd. Pe bai gen ti hud a lledrith, dw i'n meddwl y byddet ti wedi ei ddefnyddio erbyn hyn. Na, dw i'n amau dy fod ti wedi bod yn rhy hir heb weithredu'r Ddefod. Rwyt ti yma i adfywio dy bwerau.'

Roedd Heulwen wedi ei syfrdanu. Roedd Dyn y Mwd yn sefyll o'i blaen hi, ac yn siarad am gyfrinachau cysegredig fel petai hynny y peth mwyaf naturiol yn y byd. Roedd hyn yn drychinebus. Roedd hyn yn fwy na thrychineb. Dyma ddiwedd cenedlaethau o heddwch. Os oedd Dynion y Mwd yn ymwybodol o'r arallfyd oedd o dan eu traed, roedd hi'n anochel y byddai rhyfel yn dechrau. Roedd yn rhaid iddi wneud rhywbeth, a dim ond un arf oedd ar ôl ganddi.

Er mwyn defnyddio'r *mesmer* doedd angen braidd dim hud na phŵer arni. Byddai ambell un o Ddynion y Mwd yn gallu ei wneud, hyd yn oed. A dweud y gwir, mae'n bosibl i unrhyw aelod o'r Tylwyth, hyd yn oed aelod heb bŵer yn ei fys bach, ddrysu meddwl Dyn y Mwd yn lân gyda'r *mesmer*.

Galwodd Heulwen ar bob diferyn o hud oedd yn ei chorff. 'Ddyn,' meddai, ei llais hi'n isel, yn wahanol i'r arfer, 'fi bia dy ewyllys.'

Gwenodd Artemis, yn ddiogel y tu ôl i'r sbectol

adlewyrchu. 'Dw i'n amau hynny'n gryf,' meddai, cyn nodio'i ben yn swta.

Teimlodd Heulwen y dart yn torri trwy ddefnydd gwydn ei siwt gan ollwng y tawelydd curare a succinylcholine clorid i'w hysgwydd. Yna, dyma'r byd yn toddi ac yn troi'n gyfres o swigod lliwgar, ac er iddi drio, un syniad yn unig oedd yn ei phen. A'r syniad hwnnw oedd: sut oedden nhw'n gwybod? Chwyrlïai'r cwestiwn yn ei phen nes iddi suddo'n dawel i'r llawr, yn anymwybodol. Sut oedden nhw'n gwybod? Sut oedden nhw'n . . .

Sylwodd Artemis ar y boen oedd yn llygaid y creadur wrth i'r pigiad gael ei wthio i'w chorff. Ac am eiliad, dechreuodd deimlo'n euog. Merch. Doedd e ddim wedi disgwyl hynny. Merch, fel Gwen, neu Mam. Yna, hedfanodd yr euogrwydd o'r fan a theimlodd fel fe ei hun eto.

'Saethu da,' meddai, gan fynd ar ei gwrcwd er mwyn astudio eu carcharor. Merch, yn sicr. Un bert hefyd. Er ei bod hi'n finiog yr olwg, a bod ei thrwyn hi fel bachyn.

'Syr?'

'Hmm?'

Pwyntiodd Gwesyn at helmed y creadur. Roedd hi wedi'i chladdu mewn twmpath o ddail lle roedd y dylwythen wedi ei gollwng. Roedd swn gwichian yn dod ohoni.

Cododd Artemis y teclyn, a chwilio am darddiad y swn. 'A, dyma ni.' Tynnodd y camera o'i slot, gan wneud yn siwr nad oedd e'n pwyntio'r lens tuag ato'i hun. 'Technoleg y Tylwyth. Diddorol iawn, campus hefyd,' mwmianodd i'w hun gan dynnu'r batri o'i grud. Gwichiodd y camera, cyn crynu a marw.

'Pwer niwclear sy'n gyrru hwn, ddyweden i. Bydd yn rhaid i ni fod yn ofalus. Mae'r creaduriaid yma'n glyfar.'

Nodiodd Gwesyn, wrth wthio'r carcharor i fag brethyn enfawr. Grêt. Un peth arall i'w lusgo ar draws dau gae, cors a chamfa.

Pennod 5: AR GOLL AR FAES Y GAD

 Svgnai Comander Gwreiddyn ar sigâr o ffwng arbennig o afiach. Oherwydd hyn, roedd nifer o fois y Sgwad Adfer yn agos at lewygu wrth deithio yn ôl i Hafan ar y wennol. Roedd arogl y sigâr hyd yn oed yn waeth na chorff drewllyd y trol oedd mewn cyffion. Wrth gwrs, ddywedodd neb yr un gair, am fod eu bos yn agos iawn at ffrwydro fel ploryn coch maint mynydd ar ben-ôl buwch.

Ond roedd Cwiff, ar y llaw arall, wrth ei fodd yn tynnu coes ei fos. 'Ych! Chewch chi ddim smygu'r sigâr ddrewllyd 'na mewn fan hyn, Comander!' brefodd, wrth i Gwreiddyn gerdded i mewn i'r swyddfeydd. 'Dyw'r cyfrifiaduron ddim yn hoffi mwg!'

Dyma Gwreiddyn yn grwgnach yn uchel. Roedd e'n siŵr fod Cwiff yn dweud celwydd. Er hynny, doedd e ddim am gymryd y risg. Doedd e ddim yn gallu fforddio gweld y system gyfrifiadurol yn stopio gweithio yn ystod argyfwng. Gollyngodd ei sigâr i mewn i gwpan coffi coblyn oedd yn digwydd cerdded heibio.

'Nawr te Cwiff, beth yw'r mater brys 'honedig' yma? Well dy fod ti'n iawn fod yna broblem y tro 'ma!'

Roedd hi'n wir bod tueddiad gan Cwiff i gyffroi'n ormodol am y pethau lleiaf o bryd i'w gilydd. Unwaith, aeth i Deheucon Dau am fod lloerennau Dynion y Mwd wedi diflannu oddi ar y radar.

'Mae 'na broblem. Problem eithaf difrifol a dweud y gwir.'

'Pa mor ddifrifol?'

Pwysodd Cwiff rai botymau ac ymddangosodd Cymru ar yr Ewroloeren. 'Rydym ni wedi colli cysylltiad gyda Capten Pwyll.'

'Pam nad ydw i'n synnu?' cwynodd Gwreiddyn, gan gladdu'i ben yn ei ddwylo.

'Roedd y radar yn ei dangos hi'n mynd dros yr Alpau.'

'Yr Alpau? Hedfanodd hi dros y tir?'

Nodiodd Cwiff. 'Yn erbyn y rheolau, dw i'n gwybod. Ond mae pawb yn gwneud.'

Cytunodd Gwreiddyn, er nad oedd am wneud. Pwy allai beidio hedfan dros olygfa o'r fath? Pan oedd e'n ifanc, roedd e wedi derbyn rhybudd am wneud yr un peth yn union.

'Ocê, caria 'mlaen. Lle gollon ni hi?'

Agorodd Cwiff focs fideo ar y sgrin fawr.

'Dyma'r lluniau o'r camera fideo ar ei helmed hi. Dyma hi'n hedfan dros Disneyland ym Mharis . . .' Gwasgodd Cwiff y botwm er mwyn gwibio'r fideo ymlaen ryw ychydig. 'Nawr y dolffiniaid, ac yn y blaen. Arfordir Cymru. Dim byd i boeni yn ei gylch fan hyn. Edrychwch, mae ei lleolwr hi yn y siot yn fan'na. Mae hi'n amlwg yn chwilio am lefydd hudol er mwyn gallu glanio. Mae glanfa 57 yn fflachio'n goch, ac mae hi'n anelu at y fan honno.'

'Pam na aeth hi i'r Llwchwr?'

Pesychodd Cwiff trwy'i drwyn. 'Y Llwchwr? Bydd pob tylwythen hipi yn ne Cymru yn dawnsio ar yr afon yn fan'na. A'r cuddwyr! Bydd cymaint ohonyn nhw nes gwneud i'r lle edrych fel pe bai o dan ddŵr.'

'Iawn,' meddai Gwreiddyn yn anfodlon. 'Caria 'mlaen wnei di, yn enw'r Tylwyth!'

'Ocê, ocê, peidiwch â chlymu'ch clustiau mewn cwlwm.' Aeth Cwiff ymlaen drwy funudau o dâp. 'Nawr te, dyma'r darn diddorol . . . Glanio'n ogoneddus, tynnu ei hadenydd. Heulwen yn tynnu'r helmed.'

'Torri rheolau,' ebychodd Gwreiddyn. 'Ni ddylai swyddog LEP ddiosg ei helmed. Rheol cant a . . .'

'Ni ddylai swyddog LEP ddiosg ei helmed ar wyneb y ddaear oni bai fod y penwisg yn ddiffygiol,' ychwanegodd Cwiff y rheol yn ei chyfanrwydd. 'Ie, Comander, ry'n ni i gyd yn gwybod beth yw cynnwys y cyfeirlyfr. Ond ydych chi'n ceisio dweud wrtha i nad ydych chi wedi tynnu'ch helmed er mwyn cael ychydig o awyr iach ar ôl hedfan am oriau?'

'Nac ydw,' cyfaddefodd Gwreiddyn. 'Pam wyt ti'n ei hamddiffyn hi fel hyn? Gwibia i'r lle pwysig os gweli di'n dda!'

Chwarddodd Cwiff y tu ôl i'w law. Gwylltio Gwreiddyn oedd un o bleserau bychain ei swydd. Byddai neb arall yn meiddio rhag ofn iddo gael ei ddiswyddo. Ond ni fyddai Cwiff byth yn colli ei swydd. Fe oedd wedi adeiladu'r holl system, gan ddechrau o'r dechrau. Pe bai unrhyw un arall yn ceisio ei newid byddai feirws mileinig yn chwalu popeth.

'Y lle pwysig. Dyma ni. Edrychwch. Yn sydyn, mae Heulwen yn colli'r helmed. Mae'n rhaid ei bod wedi glanio â'r lens tua'r llawr gan fod y llun yn diflannu. Ond mae'r sŵn gennym ni o hyd. Gwrandewch ar hyn.'

Taniodd Cwiff declyn oedd yn eu galluogi nhw i wrando'n astud ar y sŵn a ddaeth o'r helmed, heb unrhyw sŵn cefndir. 'Dyw e ddim o'r safon gorau. Mae'r meic yn y camera, ac roedd hwnnw yn y mwd hefyd.'

'Gwn tatws bach neis gen ti,' meddai llais. Dyn, yn sicr. Llais dwfn. Roedd hynny'n golygu 'mawr' gan amlaf.

Cododd Gwreiddyn ei aeliau. 'Gwn tatws?'

'Bratiaith am gwn.'

Gwawriodd difrifoldeb yr esboniad ar Gwreiddyn. 'Fe dynnodd hi ei gwn!'

'Arhoswch am eiliad, mae'n gwaethygu.'

'Mae'n siŵr nad oes gwerth holi a fyddet ti'n fodlon ildio'n heddychlon?' gofynnodd ail lais. Roedd gwrando ar y llais yn ddigon i wneud i Gwreiddyn grynu. 'Na,' meddai'r llais eto, 'fel roeddwn i'n amau.'

'Mae hyn yn ofnadwy,' meddai Gwreiddyn, ei wyneb yn anarferol o wyn. 'Mae'n ymddangos fel petai'r ffyliaid hyn wedi bod yn aros amdani. Sut mae hynny'n bosibl?'

Clywyd llais Heulwen wedyn, yn nodweddiadol o haerllug yn wyneb perygl. Ochneidiodd y Comander. O leia, roedd hi'n fyw. Ond roedd pethau'n gwaethygu wrth i'r ddwy ochr hyrddio bygythiadau at ei gilydd. Roedd gan yr ail ddyn wybodaeth anarferol am faterion y Tylwyth. 'Mae e'n gwybod am y Ddefod!'

'Mae'r rhan gwaethaf i ddod, Comander.'

Safodd Gwreiddyn yno'n gegrwth. 'I ddod?'

Clywyd llais Heulwen eto, ond y tro 'ma, wedi'i daenu â'r *mesmer*.

'Ha! Mae'n amen arnyn nhw nawr,' chwarddodd Gwreiddyn.

Ond na. Roedd y *mesmer* yn gwbl aneffeithiol ac roedd Dynion y Mwd fel petaen nhw'n chwerthin am ei phen hi!

'Dyna'r cyfan oddi wrth Heulwen,' meddai Cwiff. 'Mae un o Ddynion y Mwd yn chwarae gyda'r meic ac yna ry'n ni'n colli pob dim.'

Rhwbiodd Gwreiddyn y crychau oedd rhwng ei lygaid. 'Dim llawer o gliwiau yn fan'na. Methu gweld wynebau, dim enw. Fedrwn ni ddim bod yn hollol siŵr ein bod ni mewn sefyllfa ddifrifol.'

'Ydych chi eisiau tystiolaeth?' holodd Cwiff, gan ddechrau troi'r tâp fideo yn ôl. 'Wel, fe ddangosa i dystiolaeth i chi.'

Chwaraeodd y fideo. 'Gwyliwch hwn. Dw i'n mynd i arafu'r holl beth. Un ffrâm yr eiliad.'

Pwysodd Gwreiddyn ymlaen yn agos at y sgrin, bron na fedrai weld pob un picsel yn y llun.

'Mae Capten Pwyll yn hedfan ac yn glanio. Mae hi'n tynnu'r helmed. Dyma hi'n plygu i lawr, i godi mesen o'r llawr dw i'n cymryd, a . . . nawr!'

Pwniodd Cwiff y botwm er mwyn rhewi'r sgrin. 'Ydych chi'n gweld rhywbeth anarferol?'

Teimlodd Gwreiddyn yr wlser yn ei fol yn troi ac yn trosi wrth iddo wylltio. Roedd rhywbeth wedi dod i'r golwg yng nghornel uchaf y sgrin, ar y chwith. I ddechrau, edrychai fel saeth o olau, ond golau o ble, neu golau oedd wedi'i adlewyrchu oddi ar beth?

'Alli di chwyddo'r llun?'

'Dim problem.'

Aeth Cwiff ati'n gyflym, gan chwyddo'r darn bychan

ar y sgrin bedwar cant o weithiau. Llanwyd y sgrin gyfan â golau.

'O, na,' anadlodd Gwreiddyn.

Yno, o'u blaenau, wedi ei rewi ar y sgrin, roedd dart heipodermig. Doedd dim modd gwadu'r peth. Roedd Capten Pwyll ar goll ar faes y gad. Wedi marw, o bosibl, ond yn sicr wedi ei dal gan rym anghyfeillgar.

'Dwed wrtha i bod ei lleolwr hi'n dal i weithio.'

'Ydy. Mae'r signal yn gryf. Mae e'n symud i'r gogledd, ryw 80 clic yr awr.'

Tawelodd Gwreiddyn am eiliad, wrth benderfynu ar ei strategaeth.

'Rhaid i ti danio'r rhybudd coch, mae'n argyfwng. Galwa ar y Sgwad Adfer. Mae angen iddyn nhw ddod yn ôl yma. Paratoa nhw ar gyfer saethiad i'r wyneb. Galwa'r Criw Tactegol a rhai o fois y Criw Technegol. A thithau hefyd, Cwiff. Mae'n bosib y bydd yn rhaid i ni stopio amser ar gyfer hwn.'

'Ar unwaith, Comander. Fyddwch chi angen y Recon y tro yma?'

Nodiodd Gwreiddyn. 'Byddaf.'

'Fe ffonia i Capten Gwythïen. Mae e'n feistr yn y maes.'

'O na,' meddai Gwreiddyn, 'ar gyfer swydd fel hon, mae angen y gorau arnom ni. A fi ydy hwnnw. Dw i'n ail-fywiogi fy hun.'

Roedd Cwiff mewn cymaint o sioc, ddaeth dim smic o'i geg.

'Rydych chi . . . yn . . . yn . . .'

'Ydw, Cwiff. Paid ag edrych mewn cymaint o sioc. Dw i'n fwy profiadol a llwyddiannus nag unrhyw swyddog yn hanes y lle 'ma. Ac, yng Nghymru y cefais fy hyfforddiant sylfaenol. Yn ôl yn y dyddiau da.'

'Ie, ond roedd hynny bum can mlynedd yn ôl, a doeddech chi ddim yn eich clytiau bryd hynny hyd yn oed, os ydych chi'n deall be sy gen i!'

Gwenodd Gwreiddyn â golwg beryglus yn ei lygaid. 'Paid â phoeni, Cwiff. Dw i'n dal i losgi'n goch fel tân. Ac fe wna i'n siŵr mod i'n cario gwn mwy nag arfer, oherwydd fy oed! Nawr, cer i nôl cerbyd i mi. Dw i'n gadael ar yr awel magma nesaf.'

Gwnaeth Cwiff yn union fel y dywedodd y Comander. Pan fyddai llygaid Gwreiddyn yn disgleirio, roedd rhaid cytuno, cydymffurfio a bwrw iddi. Ond roedd rheswm arall gan Cwiff i fod yn dawel. Trawyd ef gan y syniad ofnadwy fod Heulwen Pwyll mewn perygl gwirioneddol. Doedd gŵr-feirch ddim yn gwneud ffrindiau'n aml iawn, ac roedd e'n poeni ei fod mewn perygl o golli un o'r ychydig rai oedd ganddo.

Roedd Artemis wedi dyfalu y byddai'r Tylwyth wedi datblygu offer technolegol newydd, ond doedd e erioed wedi dychmygu trysorau fel y rhai oedd yn gorwedd o'i flaen ar fwrdd blaen y car.

'Jiw, jiw,' mwmianodd, 'fe allen ni roi'r ffidil yn y to nawr, a gwneud ffortiwn wrth werthu'r offer hyn i gwmnïau mawrion.'

Gwibiodd Artemis y baryn sganio dros y freichled oedd ar arddwrn y dylwythen. Yna, bwydodd y geiriau anghyfarwydd i'r cyfieithydd ar ei gyfrifiadur. 'Rhyw fath o leolwr yw hwn. Dw i bron yn sicr fod ffrindiau'r dylwythen hon yn dilyn ein llwybr ni wrth i mi siarad.'

Llyncodd Gwesyn. 'Nawr, syr?'

'Mae'n ymddangos felly. Neu, maen nhw'n sicr yn gallu dilyn llwybr y lleolwr . . .'

Oedodd Artemis am eiliad, a chollodd ffocws yn ei lygaid, wrth i'r trydan yn ei benglog danio syniad arall.

'Gwesyn?'

Teimlodd Gwesyn ei galon yn curo'n gynt. Roedd e'n adnabod y dôn yna yn llais ei fos. Roedd rhywbeth ar droed.

'Ie, Artemis?'

'Y llong hela morfilod 'na o Japan. Yr un sy wedi ei dal gan awdurdodau'r glannau. Ydy hi yn y dociau o hyd?'

Edrychodd Gwesyn arno. 'Ydy, dw i'n meddwl.'

Chwyrlïodd Artemis y lleolwr o amgylch ei fynegfys.

'Grêt. Cer â ni yno. Dw i'n meddwl ei bod hi'n

amser i ni ddangos i'n cyfeillion bychain eu bod nhw'n delio â phobl beryglus.'

Dyma Gwreiddyn yn taro stamp ar ei daflen adfywio ei hun fel milgi – roedd hynny'n anarferol i un o reolwyr y LEP. Fel arfer, roedd hi'n cymryd am byth iddyn nhw gytuno fod rhywun yn cael ymuno gyda sgwad Recon. Yn lwcus, roedd gan Gwreiddyn ychydig o ddylanwad i'r perwyl hwnnw.

Teimlai Gwreiddyn yn dda yn ei wisg maes, er iddo orfod darbwyllo'i hun nad oedd y siwt yn fwy tynn nag yr oedd hi'n arfer bod. Roedd yr ymchwydd, penderfynodd, yn bodoli oherwydd fod cymaint o arfau newydd wedi eu gwthio i'r gwahanol bocedi ar hyd y defnydd. Yn bersonol, doedd dim amynedd gan Gwreiddyn gyda'r dechnoleg newydd. Dim amynedd o gwbl. Yr unig beth oedd o ddiddordeb i Gwreiddyn oedd y gwn amlgyfrwng oedd yn gorwedd yn dwt ger ei glun. Gwn tri-barel a oedd yn cael ei gadw'n oer gan system ddŵr oedd yn ei amgylchynu. Y gwn mwyaf pwerus o dan y ddaear. Er bod yr arf yn hen, roedd Gwreiddyn yn ddigon hapus am fod y gwn hwn wedi ei helpu mewn dwsin o frwydrau ac yn fwy na hynny, gwnâi iddo deimlo fel swyddog maes unwaith eto.

E1: Llwchwr oedd yr orsaf agosaf at lle'r oedd Heulwen. Nid y lleoliad gorau ar gyfer y dasg enfawr hon. Ond doedd dim dewis gyda nhw, dim ond dwy awr o olau leuad oedd yn weddill. Er mwyn sicrhau eu bod nhw'n datrys yr achos yma cyn iddi wawrio, byddai'n rhaid mynd ati fel slecs. Mynnodd Gwreiddyn fod gwennol E1 yn cael ei chadw ar gyfer ei dîm, gan wthio o flaen grŵp o dylwyth-dwristiaid oedd wedi bod yn aros mewn rhes ers bron i ddwy flynedd.

'Tyff tatws,' chwyrnodd Gwreiddyn ar y ddynes-trefnu-gwyliau. 'Ac yn fwy na hynny, dw i'n gohirio pob un taith wennol nad yw'n achos brys. Hyd nes i'r argyfwng hwn ddod i ben.'

'A phryd fydd hynny felly?' gwichiodd y coblyn candryll, gan estyn am lyfr bychan a phen, yn barod i wneud cwyn.

Poeroedd Gwreiddyn rhan olaf ei sigâr i'r llawr a'i gwasgu gyda sawdl ei esgid. Roedd y symboliaeth yn llawer rhy amlwg.

'Fe fydd y lifftiau'n ailagor, Madam, pan fydda i'n barod i'w hagor nhw,' chwyrnodd y Comander, 'ac os na wnewch chi a'ch siwt lachar symud o'n ffordd ni, fe wna i'n siŵr y bydd eich bathodyn chi'n diflannu ac y cewch chi'ch hyrddio i gell am rwystro swyddog LEP rhag gwneud ei waith.'

Gwywodd y ddynes-trefnu-gwyliau o'i flaen a gwibio yn ôl i'w lle yn y rhes. Pam fod yn rhaid i'w gwisg hi fod mor binc, meddyliodd.

Roedd Cwiff yn aros ger y cerbyd. Er mor ddifrifol oedd yr achos hwn, doedd dim modd gwadu pa mor ddoniol yr edrychai Gwreiddyn yn ei hen siwt. Roedd ei fol yn symud yn barhaus, fel jeli o dan flanced.

'Ydych chi'n siŵr am hyn, Comander? Fel arfer, dim ond un teithiwr sy'n cael mynd ym mhob cerbyd.'

'Beth wyt ti'n feddwl?' holodd Gwreiddyn yn flin. 'Dim ond un . . .' Yna, sylweddolodd Gwreiddyn fod Cwiff yn edrych yn fwriadol ar ei fol. 'O, da iawn. Doniol iawn. Dere â rhagor ohonyn nhw Cwiff! Hyn a hyn alla i gymryd.'

Ond bygythiad gwag oedd e, ac roedd pawb yn gwybod hynny. Nid yn unig am mai Cwiff oedd wedi adeiladu'r rhwydwaith cyfathrebu ond am ei fod e hefyd yn arbenigwr ar ddarogan pryd byddai'r fflamau magma a'r awyr gynnes yn codi tuag at wyneb y ddaear. Heb Cwiff, byddai technoleg Dynion y Mwd yn dal i fyny gyda stwff y Tylwyth yn go glou.

Rhoddodd Gwreiddyn ei wregys amdano. Roedd e'n eistedd yn dwt yn y cerbyd. Dim cerbyd hanner-canrif oed i'r Comander wrth gwrs. Dim ond y gorau. Hwn oedd y cerbyd mwyaf modern yn yr holl le. Sgleiniai'n arian i gyd. Ar ei flaen roedd math newydd o sefydlogwyr, oedd yn medru darogan y saethiadau magma'n awtomatig. Cwiff oedd yn gyfrifol am eu creu, wrth gwrs. Ers canrif, roedd Cwiff wedi canolbwyntio ar wneud cerbydau oedd yn edrych fel petaen nhw'n perthyn i'r dyfodol. Goleuadau neon a digon o rwber. Ond erbyn hyn, roedd e wedi penderfynu callio a gosod seddau lledr a byrddau blaen wedi eu gwneud o bren da ynddyn nhw. Hoffai Gwreiddyn edrychiad y cerbydau newydd.

Gafaelodd yn dynn yn y llyw, a sylweddoli'n sydyn nad oedd wedi gyrru cerbyd ar yr awelon cynnes ers blynyddoedd. Gwelodd Cwiff ei fod yn anghyfforddus. 'Peidiwch â phoeni, syr,' meddai heb drio gwneud jôc am unwaith. 'Mae'n union fel mynd ar gefn uncorn – wnewch chi fyth anghofio sut mae gwneud.'

Rhochiodd Gwreiddyn, heb gael ei ddarbwyllo. 'Dechreua'r cerbyd wnei di?' mwmianodd, 'cyn i mi newid fy meddwl.'

Gyda'i holl nerth, tynnodd Cwiff y drws a'i gau nes clywed sŵn y rwber yn sugno wrth suddo i'w le a selio'r cerbyd gyda sŵn hisian niwmatig. Roedd gwawr werdd ar wyneb Gwreiddyn drwy'r ffenestri cwarts. Doedd e ddim yn edrych yn frawychus rhagor. I'r gwrthwyneb a dweud y gwir.

Wrthi'n dawel bach, roedd Artemis yn ceisio gwneud ryw newidiadau i leolwr y Tylwyth. Doedd hi ddim yn hawdd newid unrhyw beth heb ddistrywio'r mecanwaith yn llwyr. Roedd y dechnoleg oedd gan ddynion yn hollol wahanol i dechnoleg y Tylwyth. Dychmyga ddefnyddio gordd i wneud llawdriniaeth ar y galon.

Y broblem gyntaf oedd ceisio agor y peth. Doedd yr un sgriwdreifer oedd gan ddyn yn gallu gwneud unrhyw wahaniaeth. Doedd dim un o'r allweddi Allen oedd gan Artemis yn gallu cydio yn y rhychiau bychain chwaith. Meddylia am dechnoleg y dyfodol, meddai Artemis wrtho'i hun.

Yna, ar ôl ystyried am rai munudau . . . Bollt magnetig. Roedd hi'n amlwg mewn gwirionedd. Ond sut oedd creu maes magnetig yng nghefn y car? Amhosibl. Yr unig ateb oedd cwrso'r sgriwiau â magned llaw.

Chwiliodd Artemis am y magned yn ei focs offer a gosod y ddau begwn wrth y sgriwiau bychain. Symudodd y sgriwiau ryw ychydig oherwydd y pegwn negyddol. Roedden nhw wedi eu rhyddhau digon fel ei fod yn medru gafael yn eu pennau gyda gefel bychan bach. Ac yn wir, cyn pen dim, roedd wyneb y lleolwr wedi ei godi oddi arno.

Y tu mewn i'r lleolwr, roedd y peirianwaith yr un maint â phin. Doedden nhw ddim yn defnyddio solder. Mae'n rhaid eu bod nhw'n defnyddio dull arall i uno'r weiars. Pe bai mwy o amser gydag e, byddai'n medru darganfod yn union sut roedd y peiriant yn gweithio. Ond am heddiw, byddai'n rhaid iddo wneud ei orau â'r wybodaeth fras oedd ganddo. Byddai'n rhaid iddo ddibynnu ar ddiffyg sylw rhai eraill. Ac os oedd y Tylwyth yn debyg i Ddynion y Mwd mewn unrhyw ffordd, roedden nhw'n gweld beth roedden nhw'n dewis ei weld.

Ceisiodd Artemis astudio wyneb y lleolwr o dan y golau gwan oedd yn disgleirio o lamp y car. Roedd e'n lled-glir. Byddai'n rhaid iddo wneud y tro. Gwthiodd ambell i weiren fechan sgleiniog o'r neilltu a gosod camera maint botwm i'r gwagle. Gosododd ychydig o silicon oddi tano er mwyn sicrhau ei fod e'n sownd yn ei le. Braidd yn flêr, ond digon effeithiol. Gobeithio.

Doedd y sgriwiau ddim yn fodlon mynd yn ôl i'w lle felly doedd dim dewis gan Artemis ond eu glynu nhw yn ôl gydag ychydig o lud. Llanast? Oedd, ond byddai neb yn sylwi oni bai eu bod nhw'n edrych yn ofalus. A phe bai rhywun yn sylwi? Wel, byddai'n colli un mantais nad oedd e wedi disgwyl ei chael yn y lle cyntaf.

Diffoddodd Gwesyn brif oleuadau'r car wrth iddyn nhw yrru yng nghyffiniau dinas Abertawe. 'Dociau bron yn y golwg, Artemis,' meddai dros ei ysgwydd. 'Dw i'n siŵr y bydd swyddogion y tollau yn yr ardal yn rhywle.'

Nodiodd Artemis. Roedd hynny'n gwneud synnwyr. Roedd torcyfraith a digwyddiadau amheus yn rhemp yn y porthladd. Ar hyd yr hanner milltir hyn o arfordir, roedd dros hanner cant y cant o nwyddau gwaharddedig y wlad yn dod i'r lan.

'Rhaid i ni dynnu eu sylw nhw at rywbeth arall felly, Gwesyn. Dim ond dwy funud fydd angen arna i.'

Ystyriodd y gwas yn ofalus.

'Yr un peth ag arfer?'

'Dw i ddim yn gweld pam lai, Gwesyn. Cer amdani! Neu'n hytrach, amdanyn nhw!'

Chwaraeodd Artemis â'i wallt. Dyna'r ail jôc roedd e wedi ei dweud yn ddiweddar. A'r un gyntaf yn uchel. Roedd angen iddo fod yn fwy gofalus. Nid dyma'r amser ar gyfer jôcs.

*

Roedd y criw ar y doc yn rowlio sigaréts. Doedd hynny ddim yn hawdd gyda bysedd yr un maint â bariau o blwm, ond roedden nhw'n llwyddo bob tro. A phe bai ychydig o dybaco'n cwympo i'r llawr, beth fyddai'r ots? Roedd bagiau ohonyn nhw ar gael gan ddyn bach nad oedd yn ffwdanu ychwanegu treth y llywodraeth at eu pris hwy, beth bynnag.

Cerddodd Gwesyn at y criw'n hamddenol, ei lygaid yn cuddio o dan ymyl yr het oedd ar ei ben.

'Noson oer,' meddai wrth y smygwyr.

Atebodd neb. Roedd heddlu o bob lliw a llun i'w cael yn y byd.

Aeth y dyn dieithr enfawr yn ei flaen. 'Mae gweithio hyd yn oed yn well na sefyll yn yr oerfel hyn heno.'

Cytunodd un o'r gweithwyr mwyaf twp. Pwy allai beidio, meddyliodd. Teimlodd benelin un o'i ffrindiau yn ei asennau.

)͜ . ☽ • ⚬⚬ 🝐 🜂 • 🦀 ꕔ • ⚔ 🍴 ▢ 🝐 ꝴ ☽

'Er,' aeth y dieithryn yn ei flaen, 'dw i'n siŵr na wnaethoch chi ferched ddiwrnod caled o waith yn eich byw.'

Eto, dim ymateb. Ond y tro hwn, am fod y gweithwyr yn sefyll yno â'u cegau led y pen ar agor . . .

'Ry'ch chi'n edrych yn griw pathetig os weles i un erioed,' aeth Gwesyn yn ei flaen yn sionc. 'Dw i'n siŵr eich bod chi'n meddwl eich bod chi'n ddynion, ond nid fel 'na ry'ch chi'n edrych. O na. Ry'ch chi'n debycach i fechgyn bach gwan, sy'n crio eisiau mami.'

'Arrrh,' meddai un o ddynion y dociau. Dyna'r oll allai ddweud.

Cododd Gwesyn un o'i aeliau. 'Arrrh! O diar! Nid yn unig yn bathetig, ond hefyd yn amhosibl eich deall. Cyfuniad hyfryd. Mae'n rhaid fod eich mamau chi'n browd.'

Dyna fe, wedi croesi'r llinell sanctaidd. Doedd dim a allai ei achub rhag cael ei guro nawr.

Dyma'r dynion yn taflu eu sigaréts ar lawr a gwasgaru nes eu bod nhw'n sefyll mewn hanner cylch. Chwech yn erbyn un oedd hi. Roedd rhaid teimlo'n flin drostyn nhw. Ond doedd Gwesyn ddim wedi gorffen eto.

'Nawr, cyn i ni fynd ati, ferched – dim crafu, dim poeri a dim cwyno eich bod chi eisiau mami.'

Dyna ddiwedd arni. Rhedodd y dynion tuag ato, fel un. Pe baen nhw wedi bod yn canolbwyntio yr eiliad cyn iddyn nhw daro'r corff enfawr, fe fydden nhw wedi sylweddoli fod eu gwrthwynebydd wedi symud ei bwysau. Fe fydden nhw hefyd wedi sylwi ei fod wedi tynnu'i ddwylo o'i bocedi â'u bod yr un maint â rhawiau. Ond doedd neb yn cymryd sylw o Gwesyn — roedden nhw'n rhy brysur yn gwylio'u ffrindiau, er mwyn gwneud yn siŵr nad oedd neb yn ymosod ar ei ben ei hun.

Mae'n rhaid i dric-tynnu-sylw, dynnu sylw. A thynnu sylw mewn ffordd ddramatig hefyd. Nid dyna oedd steil Gwesyn fel arfer. Byddai'n well ganddo fe fod wedi saethu'r criw i gyd o 500 metr i ffwrdd gyda gwn dartiau. Os na fyddai hynny'n bosibl, byddai pwniad cloi i'r clystyrau o nerfau ar waelod eu gyddfau gyda'i fawd wedi bod yn ddigon. Roedd modd gwneud hyn mor dawel â llygoden eglwys. Ond dyna'r drafferth. Ni fyddai hynny'n tynnu sylw.

Ac felly, yn erbyn ei reddf, dechreuodd Gwesyn weiddi fel ellyll a defnyddio'r dulliau ymladd mwyaf dros ben llestri. Efallai eu bod nhw'n ddulliau braidd yn gyffredin, ond roedden nhw'n effeithiol. Mae'n siŵr y byddai rhai pobl wedi rhagweld y symudiadau ffôl, ond nid y docwyr yma. A bod yn deg, doedden nhw ddim yn hollol sobor.

Syrthiodd un i'r llawr ar ôl y pwniad gyntaf. Bwrodd Gwesyn bennau dau arall at ei gilydd, yn union fel sy'n digwydd mewn cartŵn. Cafwyd gwared ar y pedwerydd gyda chic carate dramatig, er i Gwesyn ddiawlio'i hun am wneud. Ond daeth y weithred fwyaf rhodresgar wrth ddelio â'r pâr olaf. Rowliodd y gwas enfawr ar ei gefn cyn gafael yn y dynion gerfydd coleri eu siacedi a'u taflu nhw, plop, i mewn i harbwr Abertawe. Sblash! Digon o weiddi. Perffaith.

Ymddangosodd goleuadau o'r tu ôl i gysgod bocs cargo a sgrialodd car y llywodraeth ar draws yr harbwr. Fel roedd Gwesyn wedi disgwyl, swyddogion y tollau yn chwilio am ddrwgweithredwyr. Gwenodd Gwesyn, wedi ei foddhau gan y sefyllfa. Diflannodd rownd y gornel. Roedd e wedi hen fynd erbyn i'r swyddogion perthnasol fflipio'u bathodynau a dechrau holi. Ni fyddai eu hymchwiliad nhw'n dwyn ffrwyth. Doedd 'mor fawr â thŷ', ddim yn ddisgrifiad oedd yn mynd i'w helpu nhw ryw lawer.

Erbyn i Gwesyn gyrraedd y car, roedd Artemis wedi cwblhau ei dasg yntau.

'Da iawn, hen ffrind,' oedd sylw Artemis, 'er, dw i'n siŵr y byddai dy hyfforddwr milwrol di yn y coleg yn troi yn ei fedd. Cic droelli? Sut allet ti?'

Cnôdd Gwesyn ei dafod, a bagio'r car yn ôl dros y llawr pren. Wrth iddyn nhw yrru heibio'r harbwr edrychodd Gwesyn i lawr ar yr hwrli-bwrli yr oedd e wedi'i greu. Roedd swyddogion y tollau yn tynnu dynion o'r dŵr brwnt.

Bu'n rhaid i Gwesyn greu'r cythrwfl yma er mwyn rhoi cyfle i Artemis wneud rhywbeth. Ond roedd

Gwesyn yn gwybod yn iawn nad oedd pwynt holi beth yr oedd Artemis wedi'i wneud. Doedd ei gyflogwr ddim yn hoffi rhannu ei gynlluniau nes fod yr amser yn iawn. A phan fyddai Artemis Gwarth yn meddwl fod yr amser yn iawn, roedd e fel arfer yn llygad ei le.

Camodd Gwreiddyn o'r cerbyd yn grynedig. Doedd e ddim yn cofio teimlo fel hyn yn yr hen amser. Er, a bod yn onest, roedd hi siŵr o fod yn llawer iawn gwaeth bryd hynny. Doedd dim gwregys polymer yn yr hen ddyddiau da, dim gwibwyr awtomatig ac yn sicr dim monitor allanol. Dilyn eich greddf roeddech chi'n ei wneud yr adeg honno, gyda chymorth ychydig o swyn. Roedd yn well gan Gwreiddyn hynny. Roedd gwyddoniaeth yn sugno'r hud a lledrith o bob dim.

Baglodd i lawr y twnnel. Gan fod Llwchwr yn le mor boblogaidd gan y Tylwyth, roedd yna lolfa arbennig ar gyfer teithwyr. Deuai chwe taith yr wythnos o Ddinas Hafan yn unig. Nid ar donnau'r magma wrth gwrs. Dydy twristiaid sy'n talu ddim yn hoffi cael eu taflu dros bob man. Oni bai eu bod nhw ar drip anghyfreithlon i Disneyland.

Roedd Twmpath y Tylwyth yn llawn dop o deithwyr oedd wedi dod i weld y lleuad lawn. Roedden nhw'n cwyno am y ffaith bod y teithiau gwennol wedi'u gohirio wrth un ellyllen fechan oedd yn sefyll y tu ôl i'r cownter.

'Does dim pwynt i chi gwyno wrtha i,' gwichiodd yr ellyllen druan. 'Dyna'r tylwythyn dylech chi fod yn siarad ag e.'

Pwyntiodd fys gwyrdd, sigledig at y Comander oedd yn dod tuag ati. Trodd pob gremlin yn y lle tuag ato, ond pan welon nhw'r gwn tri-barel ar ei lun dyma nhw'n ailfeddwl a throi yn ôl!

Estynnodd Gwreiddyn am y stand a'r meicroffôn oedd ar y ddesg.

'Nawr, gwrandewch,' rhuodd, ei lais garw'n adleisio o gwmpas yr orsaf. 'Fi yw Comander Gwreiddyn o'r LEP. Mae sefyllfa ddifrifol iawn wedi codi ar wyneb y ddaear a buaswn i'n ddiolchgar am gydweithrediad ein holl ddinasyddion. Yn gyntaf, dw i eisiau i chi i gyd stopio prepian a sgwrsio, er mwyn i mi allu clywed fy hun yn meddwl!'

Arhosodd Gwreiddyn er mwyn sicrhau fod ei ddymuniad yn cael ei wireddu. Tawelodd pawb.

'Yn ail, hoffwn eich gweld chi i gyd, gan gynnwys y babanod sgrechlyd 'na, yn eistedd yn dawel nes i mi adael y lle 'ma. Yna, fe gewch chi gario 'mlaen i stwffio'ch boliau â bwyd, neu beth bynnag arall ry'ch chi ddinasyddion yn ei wneud gyda'ch amser.'

Doedd neb wedi cyhuddo Gwreiddyn o fod yn wleidyddol gywir erioed. A doedd neb yn debygol o wneud hynny chwaith.

'A dw i am i bwy bynnag sy'n gyfrifol am y lle 'ma ddod ata i. Nawr!'

Taflodd Gwreiddyn y stand a'r meic yn ôl ar y ddesg gan greu sŵn uchel, ofnadwy oedd yn brifo'ch clustiau. O fewn eiliadau, roedd ellyll/coblyn allan-o-anadl yn bob-bobio wrth ei benelin.

'Unrhyw beth allwn ni ei wneud, Comander?'

Nodiodd Gwreiddyn, a gosod sigâr yn y twll oedd o dan ei drwyn. 'Dw i am i chi agor twnnel drwy'r lle 'ma i mi. Dw i ddim am gael fy hambygio gan Swyddogion y Tollau a'r Awdurdodau Mewnfudo. Symudwch bawb o dan ddaear, yr eiliad y daw fy mechgyn i.'

Llyncodd cyfarwyddwr yr orsaf. 'Pawb?'

'Ie. Ac mae hynny'n cynnwys staff. Ac ewch â phopeth allwch chi. Mae'n rhaid i chi wacáu'r lle.' Oedodd Gwreiddyn a syllu i lygaid porffor gwelw'r cyfarwyddwr. 'Nid ymarfer yw hwn.'

'Ry'ch chi'n dweud fod . . .'

'Ydw,' meddai Gwreiddyn, gan symud i ffwrdd ar y grisiau symudol. 'Mae Dynion y Mwd wedi cyflawni gweithred anghyfeillgar ysgeler a bwriadol. Pwy â ŵyr beth sy'n mynd i ddigwydd nesaf.'

Edrychodd yr ellyll/coblyn ar Gwreiddyn wrth iddo ddiflannu mewn cwmwl o fwg sigâr. Gweithred anghyfeillgar ysgeler a bwriadol? Gallai hynny olygu rhyfel. Pwniodd rif ei gyfrifydd ar ei ffôn symudol.

'Brwyn? Ie. Nimbws sy 'ma. Dw i am i chi werthu unrhyw gyfranddaliadau sydd gen i yn yr orsaf a'r wennol. Ie, pob un ohonyn nhw. Mae gen i deimlad y bydd y pris yn gostwng yn sylweddol cyn bo hir.'

Teimlai Heulwen Pwyll fel petai rhyw fath o falwoden afiach yn sugno'i hymennydd drwy ei chlust. Fe geisiodd ddirnad beth oedd yn gyfrifol am y boen, ond doedd ei chof hi ddim wedi dechrau gweithio'n iawn eto. Gorwedd ac anadlu oedd yr unig bethau y gallai hi eu gwneud ar hyn o bryd.

Amser i geisio dweud gair. Rhywbeth byr efallai. Help, penderfynodd, fyddai'r gair mwyaf addas. Tynnodd anadl grynedig ac agor ei cheg.

'Mmyp,' ysgydwodd ei gwefusau hi. Ofnadwy. Hollol annealladwy – gwaeth na choblyn meddw hyd yn oed.

Beth oedd yn digwydd fan hyn? Roedd hi'n fflat ar ei chefn, yn wannach na chlwtyn sychu llestri. Beth allai fod wedi gwneud hyn iddi? Pwy? Ceisiodd beidio â meddwl am y boen oedd yn ei llethu.

Y trol? Ai'r trol wnaeth hyn? Efallai ei bod hi wedi cael ei dyrnu ganddo yn y tŷ bwyta? Byddai hynny'n egluro'r cyfan. Ond na. Roedd ganddi atgof o'r henwlad. A'r Ddefod. Ac roedd rhywbeth yn gwasgu'n galed i mewn i'w phigwrn.

'Helô?'

Llais. Nid ei llais hi. Nid llais un o'r Tylwyth.

'Rwyt ti wedi deffro felly?' Un o'r ieithoedd Ewropeaidd oedd hwn. Lladin. Na, Saesneg, na nid Saesneg. Nid yn Lloegr roedden nhw felly.

'Roeddwn i wedi amau y byddai'r dart yn dy ladd di. Mae tu mewn êliyns yn wahanol i'n rhai ni. Gwelais i hynny ar y teledu ryw dro.'

Lol botes. Êliyns, tu mewn? Am beth roedd y creadur yn siarad?

'Rwyt ti'n edrych yn eithaf ffit. Fel Maria Muchacho, y taflwr codwm o Mecsico!'

Griddfannodd Heulwen. Mae'n rhaid bod ei dawn hi i siarad ieithoedd wedi diflannu. Roedd hi'n amser gweld pa mor wyllt a gwallgof oedd y sefyllfa hon. Gan ganolbwyntio'i holl nerth at flaen ei phen, cilagorodd Heulwen un llygad. Yna fe'i caeodd hi eto. Roedd hi'n ymddangos fel petai cleren enfawr â gwallt melyn yn edrych i lawr arni.

'Paid â bod ofn,' meddai'r gleren, 'dim ond sbectol haul ydyn nhw.'

Agorodd Heulwen ddwy lygad y tro hwn. Roedd y creadur yn tapio un o'i llygaid arian enfawr. Na, dim llygad. Lens. Lens oedd yn adlewyrchu. Fel y lensys roedd y ddau arall yn eu gwisgo . . . Daeth popeth yn ôl fel mellten i'w phen. Gwibiodd yr wybodaeth i'w chof. Dau o Ddynion y Mwd, wedi'i herwgipio hi wrth iddi gyflawni'r Ddefod. Dau o Ddynion y Mwd oedd â gwybodaeth anghyffredin am fyd y Tylwyth.

𝕏 𝕏 · 🦀 · 𝕏 𝕏 𝕏 · 🦀 𝕏 · 𝕏 𝕏 𝕏 𝕏 𝕏) ·

Ceisiodd Heulwen siarad eto. 'Ble . . . Ble ydw i?'

Chwarddodd y person uwch ei phen. Roedd hi wrth ei bodd, a chlapiodd ei dwylo gyda'i gilydd. Sylwodd Heulwen ar ei hewinedd hi. Rhai hir, wedi'u peintio'n lliwgar.

'Rwyt ti'n siarad Cymraeg. Ond pa fath o acen yw honna? Rwyt ti'n swnio fel 'chydig bach o bopeth.'

Gwgodd Heulwen. Roedd llais main y ferch yn pigo i ganol ei phen tost. Cododd ei braich. Dim lleolwr.

'Lle mae fy mhethau i?'

Siglodd y ferch ei bys, fel mae rhywun yn ei wneud o flaen plentyn drwg.

'Mae Artemis wedi mynd â'r gwn bach gydag e, a'r holl deganau eraill 'na. Doedden ni ddim am i ti frifo dy hun.'

'Artemis?'

'Artemis Gwarth. Ei syniad e oedd hyn. Ei syniad e yw popeth, bob amser.'

Crychodd Heulwen ei hwyneb. *Artemis Gwarth*. Am ryw reswm, roedd clywed yr enw hyd yn oed, yn gwneud iddi grynu. Doedd hynny ddim yn arwydd da. Doedd greddf y Tylwyth byth yn anghywir.

'Fe fyddan nhw'n dod ar fy ôl i, ti'n gwbod,' meddai hi, ei llais yn crafu drwy ei gwefusau sych. 'Dydych chi ddim yn sylweddoli beth ry'ch chi wedi'i wneud.'

Edrychodd y ferch arni a gwgu. 'Rwyt ti'n iawn. Does gen i ddim syniad beth sy'n digwydd. Felly, does dim pwynt i ti fy mwydro i am y peth.'

⏁⏃⏚⏁⏃⏁⏃⏚⏁⏚⏃ · ◉ ⏚⏚⏚ · ◉ ·

Gwgodd Heulwen y tro hwn. Roedd hi'n amlwg yn wastraff amser llwyr ceisio chwarae gemau meddyliol gyda'r person hyn. Y *mesmer*, dyna oedd ei hunig obaith nawr. Ond doedd y *mesmer* ddim yn gallu treiddio heibio i ddeunydd oedd yn adlewyrchu. Sut yn y byd mawr crwn oedd y Dynion hyn yn gwybod hynny? Ond gallai boeni am hynny eto. Am y tro, roedd yn rhaid iddi ffeindio ffordd o ddwyn perswâd ar y ferch dwp yma i dynnu'i sbectol.

'Rwyt ti'n berson pert,' meddai, ei llais yn sebonllyd ac yn dlws.

'Diolch . . ?'

'Heulwen.'

'Wel, diolch, Heulwen. Roeddwn i yn y papur lleol un tro. Fi oedd Miss Prydferth Pontypastwn Un-naw-naw-naw.'

'Ro'n i'n meddwl. Harddwch naturiol. Dw i'n siŵr fod dy lygaid di'n anhygoel o bert.'

'Dyna mae pawb yn ei ddweud,' cytunodd Gwen. 'Pob un amrant fel sbring cloc.'

Ochneidiodd Heulwen. 'Pe bawn i ond yn gallu eu gweld nhw.'

'Pam lai!' Gafaelodd Gwen yng nghoes ei sbectol. Yna, oedodd. 'Well i mi beidio.'

'Pam? Am eiliad yn unig?'

'Sa i'n siŵr. Dywedodd Artemis y dylen i eu gwisgo nhw bob amser.'

'Jiw, does dim angen iddo fe wybod.'

Pwyntiodd Gwen at y camera oedd ar y wal. 'O, fe fydde fe'n gwybod. Mae Artemis yn gwybod popeth.' Pwysodd Gwen yn agos at y dylwythen. 'Weithiau dw i'n meddwl ei fod e'n gallu gweld i mewn i'm mhen i hefyd.'

Daeth gwg hyll dros wyneb Heulwen. Roedd y creadur Artemis hyn wedi ennill eto. 'O dere 'mlaen. Dim ond am eiliad. Be sy'n bod ar hynny?'

Dyma Gwen yn rhoi'r argraff ei bod yn meddwl am y peth. 'Dim, sbo. Oni bai dy fod ti'n gobeithio fy hoelio i gyda'r *mesmer*. Pa mor dwp wyt ti'n meddwl ydw i?'

'Mae gen i syniad arall,' meddai Heulwen, ei llais yn llawer mwy difrifol y tro hwn. 'Pam na wna i godi o'r fan hyn, dy fwrw di i'r llawr a thynnu'r sbectol hurt na oddi ar dy wyneb di?'

Chwarddodd Gwen eto, fel petai dyma'r peth mwyaf gwirion roedd hi wedi'i glywed yn ei bywyd. 'Da iawn, dylwythen fach.'

'Dw i o ddifri calon, berson.'

'Wel, os wyt ti o ddifri,' ochneidiodd Gwen, gan estyn y tu ôl i lens ei sbectol er mwyn sychu deigryn, 'dyma ddau reswm. Un, yn ôl Artemis mae'n rhaid i ti wneud beth bynnag rydym ni'n ei ddweud, tra dy fod ti mewn tŷ pobl. A dw i am i ti aros yn y crud yna.'

Caeodd Heulwen ei llygaid. Cywir eto. Lle yn y byd oedd rhain yn cael eu gwybodaeth nhw?

'Ac yn ail.' Gwenodd Gwen eto, ond y tro 'ma roedd yna arlliw o'i brawd yn ei ddannedd mawr. 'Am fy mod i wedi cael yr un hyfforddiant â Gwesyn, a dw i'n awyddus iawn i drio symudiad y gyrrwr gwyllt ar rywun.'

Gawn ni weld am hynny, berson, meddyliodd Heulwen. Doedd Capten Pwyll ddim yn teimlo'n holliach eto ac roedd rhywbeth yn dal i wasgu yn erbyn croen ei phigwrn. Roedd hi'n meddwl ei bod hi'n gwybod beth oedd yno, ac os oedd hi'n gywir, gallai fod yn ddefnyddiol iawn wrth iddi feddwl am gynllun.

Roedd gan Comander Gwreiddyn union leoliad lleolwr Heulwen ar sgrin ei helmed. Cymerodd hi'n hirach na'r disgwyl i gyrraedd Abertawe. Yr adenydd newydd hyn oedd ar fai. Roedden nhw'n llawer mwy cymhleth na'r hen rai ac roedd bai arno yntau am beidio mynychu cyrsiau hyfforddi'n rheolaidd. Wrth hedfan ar yr uchder cywir, gallai rhoi'r map neon ar ei fisor a dilyn pob ffordd, cae a stryd wrth hedfan drostyn nhw. Roedd e bron yn ffitio'n berffaith. Bron.

'Cwiff, y gŵr-farch balch,' cyfarthodd Gwreiddyn i mewn i'r meic.

'Problem, bos?' oedd yr ateb.

'Problem? Gei di ddweud hynny eto. Pryd oedd y tro diwethaf iti ddiweddaru ffeiliau Abertawe?'

Gallai Gwreiddyn glywed sŵn sugno yn ei glust. Oedd Cwiff yn bwyta cinio wrth siarad?

'Sori, Comander. Gorffen moronen ydw i. Ym . . .
Abertawe, gadewch i mi weld. Saith-deg-pump . . . Un-
wyth-saith-pump.'

'Ro'n i'n meddwl! Mae'r lle ma'n hollol wahanol
erbyn hyn. Mae'r dynion wedi llwyddo i newid siâp yr
arfordir.'

Aeth Cwiff yn dawel am eiliad. Gallai Gwreiddyn ei
ddychmygu fe nawr, yn ceisio ymresymu'r broblem.
Doedd Cwiff ddim yn hoffi unrhyw un yn dweud wrtho
fod y system ar ei hôl hi.

'Ocê,' meddai o'r diwedd. 'Dyma be dw i am wneud.
Mae Scôp gyda ni ar loeren deledu sy'n darlledu i
Gymru.'

'Dw i'n gweld,' meddai Gwreiddyn yn dawel, er nad
oedd e'n deall gair.

'Dw i'n mynd i e-bostio'r hyn gafon ni o'r lloeren yr
wythnos diwethaf ac fe fyddwch chi'n medru ei weld ar
y fisor. Diolch i'r drefn, mae 'na gerdyn fideo ymhob
helmed newydd. Lwcus a dweud y gwir.'

'Lwcus iawn.'

'Yr hyn fydd yn anodd yw sicrhau bod y fideo yn
dilyn yr un llwybr â chi.'

Roedd Gwreiddyn wedi cael llond bol. 'Faint o amser,
Cwiff?'

'Ym . . . dwy funud, oni bai . . .'

'Oni bai beth?'

'Ym, oni bai mod i heb amcangyfri'n gywir.'

'Gwell i ti obeithio dy fod ti'n gywir, felly. Fe wna i hofran fan hyn, nes i ni gael gwybod.'

Cant dau ddeg pedwar o eiliadau'n ddiweddarach, diflannodd y map du a gwyn oddi ar fisor Gwreiddyn. Yn ei le, daeth delwedd golau dydd lliw-llawn. Pan symudai Gwreiddyn, roedd y map yn symud, a symudai dot coch lleolwr Heulwen hefyd.

'Wel, wel. Campus wir!' meddai Gwreiddyn.

'Beth, Comander?'

'Campus, ddwedais i,' gwaeddodd Gwreiddyn. 'Ond paid â gadael i dy ben di chwyddo.'

Clywodd y Comander sŵn chwerthin mwy nag un person, a sylweddolodd fod Cwiff wedi'i roi e ar yr uwchseinydd yn y swyddfa. Roedd pawb wedi'i glywed e'n canmol y gŵr-farch. Byddai Cwiff yn sôn am hyn am fis o leiaf. Ond roedd e werth e. Roedd y fideo oedd ar ei fisor yn hollol gywir, nawr. Os oedd Capten Pwyll yn cael ei dal mewn adeilad, byddai'r cyfrifiadur yn gallu cynnig delwedd 3D o'r lle yn syth bìn. Doedd dim modd i unrhywbeth fynd o'i le. Ar wahân i . . .

'Cwiff, mae'r dotyn coch wedi mynd i'r môr. Be sy'n digwydd?'

'Cwch neu long, dyna 'swn i'n tybio.'

Rhegodd Gwreiddyn. Pam nad oedd e wedi meddwl am hynny? Byddai pawb yn y swyddfa yn chwerthin eto. Wrth gwrs mai llong oedd hi. Mentrodd Gwreiddyn yn agosach at y môr a hedfan i lawr nes ei fod yn gallu gweld amlinelliad o'i siâp hi drwy'r niwl. Llong hela morfilod oedd hi. Efallai fod technoleg wedi newid, ond doedd dim byd yn fwy effeithiol na harpŵn er mwyn lladd y mamal mwyaf ar y ddaear.

'Mae Capten Pwyll yno yn rhywle, Cwiff. O dan fwrdd y llong efallai. Beth alli di ddweud wrtha i?'

'Dim, syr. Mae'r llong yn symud, felly mae'n amhosibl ei sganio hi. Erbyn i ni ei chofrestru hi yn y system, bydd hi'n rhy hwyr.'

'Beth am ddelwedd thermol?'

'Na, Comander. Mae'r llong yma tua hanner canrif oed. Plwm ymhob man. Does dim modd mynd drwy'r haen gyntaf hyd yn oed. Mae gen i ofn eich bod chi ar eich pen eich hun.'

Ysgydwodd Gwreiddyn ei ben. 'Ar ôl yr holl filiynau o bunnoedd ry'n ni wedi eu rhoi i dy adran di. Cofia f'atgoffa i haneru'r cyllid sy'n dod i'r adran pan ddof i yn ôl.'

'Iawn, syr,' oedd yr ateb sarrug. Doedd Cwiff ddim yn gallu dioddef jôcs am ei gyllideb.

'Gwna'n siŵr fod y Sgwad Adfer ar gael yr eiliad fydda i eu hangen nhw – iawn?'

'Fe wna i'n siŵr, syr.'

'Gwell i ti fod yn siŵr.'

Roedd Gwreiddyn ar ei ben ei hun. Ac a dweud y gwir, fel hyn roedd e'n hoffi pethau. Dim gwyddoniaeth. Dim gŵr-farch yn cwyno yn ei glust. Dim ond

Tylwythyn Teg, ei reddf a'i synhwyrau ac ychydig o hud a lledrith.

Dyma addasu'r adenydd ychydig yn rhagor, gan adael i'r niwl gosi ei fol wrth iddo ddisgyn. Doedd dim angen iddo fod yn ofalus, gyda'r darian yn gweithio. Roedd e'n anweledig i Ddynion y Mwd. Hyd yn oed ar y radar mwyaf sensitif, dim ond ystum bychan dros dro fyddai'n ymddangos. Gwibiodd yn is, tuag at gynwal y llong. Roedd hi'n llong hyll ag arogl marwolaeth a phoen yn lledu dros y bwrdd oedd wedi'i staenio â gwaed. Byddai nifer o anifeiliaid anrhydeddus wedi marw yma. Wedi eu lladd er mwyn gwneud bariau sebon ac ychydig o olew gwresogi. Ysgydwodd Gwreiddyn ei ben. Roedd Dynion y Mwd yn anwariaid.

Roedd lleolwr Heulwen yn fflachio'n wyllt erbyn hyn. Roedd hi'n agos. Yn agos iawn. 200 metr i ffwrdd roedd Capten Pwyll yn aros amdano, ac yn dal i anadlu, gobeithio. Ond heb fap o'r llong byddai'n rhaid iddo chwilio'i chrombil ar ei ben ei hun, heb gymorth.

Glaniodd Gwreiddyn yn ysgafn ar fwrdd y llong. Glynodd ei draed ychydig yn yr hylif gludiog oedd ar y llawr. Cymysgedd rhyfedd o floneg morfil a sebon wedi sychu. Doedd neb ar y llong, yn ôl pob golwg. Dim gwyliwr ar y bompren a dim bosyn ar y bont, dim golau yn unman. Ac eto, doedd hyn ddim yn rheswm i beidio â phoeni. Gwyddai Gwreiddyn yn rhy dda fod dynion yn dueddol o ymddangos pan nad oeddech chi'n eu disgwyl nhw. Ryw dro, amser maith yn ôl, pan roedd rhai o'r Sgwad Adfer ac yntau'n glanhau llanast cerbyd oddi ar wal twnnel, daeth criw o Ddynion y Mwd o nunlle. Wedi bod yn tyllu oedden nhw. Ac am lanast gafwyd y diwrnod hwnnw. Histeria llwyr, gyrru'n wyllt ar eu holau nhw, glanhau cof y grŵp cyfan. Y cyfan oll. Crynodd Gwreiddyn. Roedd diwrnodau felly yn britho dy wallt di dros nos.

Gan gadw'r darian ymlaen, rhoddodd Gwreiddyn ei adenydd i ffwrdd a chropian ar hyd bwrdd y llong. Doedd dim golwg o unrhyw un ar y sgrin ond, fel roedd Cwiff wedi dweud yn barod, doedd dim modd gweld trwy gorff plwm y llong. Roedd plwm yn y paent hyd yn oed! Y llong fwyaf angharedig i'r amgylchedd a fu erioed. Ond y pwynt oedd, roedd yn ddigon posib fod yna gannoedd o filwyr arfog yng nghrombil y llong, a'r helmed yn methu ffeindio'r un ohonyn nhw! Dyna gysur, meddyliodd Gwreiddyn. Roedd hyd yn oed mesurydd Heulwen yn wannach nag y dylai fod, ac roedd hwnnw'n cael ei bweru gan fatri niwclear. Doedd Gwreiddyn ddim yn hapus gyda'r sefyllfa. Paid â chynhyrfu, dwrdiodd ei hun. Mae tarian amdanat. Does dim un dyn yn y byd yn gallu dy weld di nawr.

Llusgodd Gwreiddyn y drws isel cyntaf ar agor. Agorodd yn ddigon hawdd. Dyma arogli am ychydig. Roedd Dynion y Mwd wedi taenu olew morfil dros golyn y drws. Oedd yna bendraw i'w herchyllterau nhw?

Roedd y coridor wedi ei foddi mewn tywyllwch, felly ffliciodd Gwreiddyn y ffilter isgoch ar ei fisor. Ocê, efallai fod technoleg yn ddefnyddiol. Weithiau. Ond doedd e ddim yn bwriadu dweud hynny wrth Cwiff. Lledodd golau coch annaturiol dros y pibau a'r bariau metel o'i flaen. Yr eiliad nesaf, roedd e'n difaru ei enaid ei fod e wedi canmol technoleg y gŵr-farch. Roedd y ffilter isgoch wedi drysu ei allu i fesur pellter a maint ac roedd e wedi bwrw ei ben yn erbyn dwy bibell yn barod.

Dim arwydd o fywyd hyd yma. Dim bywyd tylwythen nac un o Ddynion y Mwd. Roedd digon o anifeiliaid fodd bynnag. Llygod yn bennaf. A phan nad wyt ti'n llawer mwy na metr o ran taldra, mae llygoden fawr yn gallu bod yn fygythiad a hanner. Yn enwedig am fod llygod mawr yn un math o anifail sy'n gallu gweld heibio'r darian. Tynnodd Gwreiddyn ei wn o'r gwregys a gwthio'r botwm i lefel 3. Taniodd a tharo un llygoden yn ei phen-ôl. Fel rhybudd i'r gweddill, meddyliodd. Byddai'r llygoden fyw ond byddai'n sicr wedi dysgu ei gwers. Peidiwch â chroesi un o'r Tylwyth.

Dechreuodd Gwreiddyn symud yn gynt. Dyma le da er mwyn dal rhywun. Roedd e'n ddall i bob pwrpas ac roedd yr allanfa y tu ôl iddo. Hunllef i unrhyw Recon. Pe bai un o'i ddynion ei hun wedi ymgymryd â'r swydd hon, byddai wedi tynnu ei streipiau oddi arno. Ond roedd gofyn mentro mewn argyfwng. Roedd hynny'n hanfodol i reolwr.

Aeth heibio nifer o ddrysau gan adael i olau'r lleolwr ei arwain. Deg metr nawr. Roedd drws isel wedi'i wneud o haearn o'i flaen. Ac ar ochr arall y drws? Capten Pwyll – neu gorff Capten Pwyll.

Dyma bwyso'i ysgwydd yn erbyn y drws. Agorodd heb ymdrech. Arwydd drwg. Pe bai'r gwystl yn fyw, byddai'r drws ar gau. Gwthiodd y Comander bŵer y gwn i lefel pump cyn camu drwy'r drws isel. Hymiai'r arf yn dawel. Roedd digon o bŵer ar gael yn awr i droi tarw eliffant yn bwff o fwg, gydag un gwasgiad o'r botwm.

Dim arwydd o Heulwen. Dim arwydd o ddim byd. Roedd Gwreiddyn yn sefyll mewn rhyw fath o oergell. Digleiriai'r stalecteits oedd yn hongian oddi ar y pibau uwch ei ben. Daeth cymylau gwyn o geg Gwreiddyn wrth iddo anadlu. Sut byddai hynny'n edrych i un o Ddynion y Mwd? Anadl o ddim unman.

'A,'meddai llais cyfarwydd. 'Mae'r ymwelydd wedi cyrraedd.'

Disgynnodd Gwreiddyn ar un pen-glin gan anelu'r gwn i gyfeiriad y llais.

'Wedi dod i achub dy swyddog coll, mae'n siŵr.'

Llifodd deigryn o chwys dros lygad Gwreiddyn. Chwys? Yn yr oerfel hyn?

'Wel, mae gen i ofn dy fod ti wedi dod i'r lle anghywir.'

Deuai'r llais o ryw declyn. Swniai'n artiffisial. Edrychodd Gwreiddyn ar ei leolwr am arwydd o fywyd. Dim byd. Nid yn yr ystafell hon beth bynnag. Roedd e'n cael ei fonitro. Oedd yna gamera yma yn rhywle? Wedi ei guddio gan y plethwaith o bibau oedd uwch ei ben? Camera a allai ei weld er gwaetha'r darian?

'Lle wyt ti? Dangos dy hun!'

Chwarddodd y llais gan adleisio'n annaturiol o amgylch yr ystafell eang. 'O na. Ddim eto, fy nhylwyth teg bach i. Ond cyn bo hir. Wedyn fe fyddai'n well gennyt fod wedi peidio fy nghyfarfod i.'

Dilynodd Gwreiddyn y llais. Rhaid iddo gario ymlaen i siarad, meddyliodd. 'Beth wyt ti eisiau?'

'Hmm. Beth ydw i ei eisiau? Eto, fe gei di wybod cyn bo hir.'

Roedd yna gawell plastig yn gorwedd yng nghanol yr ystafell. Arno roedd bag llaw lledr a hwnnw ar agor.

'Pam wyt ti wedi dod â mi yma?'

Gwthiodd Gwreiddyn y bag gyda'i wn. Ddigwyddodd dim byd.

'Dw i wedi dod â thi yma er mwyn dangos rhywbeth i ti.'

Pwysodd y Comander dros y bag agored. Y tu mewn iddo roedd pecyn wedi'i bacio'n dynn a thrawsgludydd VHF, tri band. Ar ben hwnnw roedd lleolwr Heulwen. Ochneidiodd Gwreiddyn. Ni fyddai Heulwen wedi rhoi'r lleolwr i neb o'i gwirfodd; ni fyddai unrhyw swyddog LEP yn gwneud hynny.

'Beth wyt ti moyn dangos i mi, y ffŵl gwirion?'

Eto, chwarddiad oeraidd. 'Eisiau dangos fy ymrwymiad llwyr i'r hyn dw i ei eisiau.'

Dylai Gwreiddyn fod wedi dechrau poeni am ei iechyd ei hun yr eiliad honno, ond roedd e'n rhy brysur yn meddwl am iechyd Heulwen.

'Os wyt ti wedi niweidio un darn o glustiau hir fy swyddog i . . .'

'Dy swyddog *di*? O, dw i'n gweld. Mae un o'r tîm rheoli yma. Am fraint. Gorau i gyd. Haws o lawer i mi wneud fy mhwynt i.'

Canodd clychau larwm ym mhen Gwreiddyn. 'Dy bwynt?'

Roedd y llais oedd yn llifo o'r peiriant sain alwminiwm mor oer â rhyfel niwclear. Roedd hwn o ddifrif. 'Fy mhwynt, mister tylwyth teg bach, yw nad ydw i'n rhywun i chwarae gemau gydag e. Nawr, os wnei di edrych ar y pecyn yn fwy gofalus.'

Gwnaeth Gwreiddyn hynny. Doedd y siâp ddim yn gyfarwydd. Fflat, fel darn o glai, neu . . . o na.

O dan y deunydd gludiog, gwelodd Gwreiddyn olau coch yn cynnau.

'Hedfana, dylwythyn bach,' meddai'r llais. 'A dwed wrth dy ffrindiau fod Artemis Gwarth, mab Gwarth ap Gwarthus yn cofio atyn nhw.'

Wrth ochr y golau coch, gwelodd Gwreiddyn symbolau gwyrdd yn clicio drwy'r drefn. Gwyddai Gwreiddyn beth oedd yn digwydd, am ei fod yn gallu cofio cynnwys un o'i wersi yn yr Academi flynyddoedd yn ôl. Rhifau oedden nhw. Yn mynd am yn ôl. Yn cyfri i lawr!

'D'Arvit!' chwyrnodd Gwreiddyn. (Does dim pwynt cyfieithu gair fyddai'n cael ei sensro).

Trodd a dianc i fyny'r coridor, gyda llais Artemis Gwarth yn gwatwar ar ei ôl.

'Tri,' meddai'r Dyn. 'Dau . . .'

'D'Arvit,' meddai Gwreiddyn eto.

Ymddangosai'r coridor yn llawer hirach nawr. Gallai weld darn o'r awyr serennog drwy gil y drws o'i flaen. Cychwynnodd Gwreiddyn ei adenydd. Byddai'n rhaid iddo hedfan yn go ffansi nawr. Doedd coridor y llong ddim llawer lletach na'i adenydd Aderyn y Si.

'Un.'

Daeth gwreichion o bob man a chrafodd yr adenydd yn erbyn y pibau oedd ar ochr y coridor. Trodd Gwreiddyn mewn cylchoedd, nes cael rheolaeth arno'i hun yn MACH 1.

'Dim . . .' meddai'r llais. 'Bang!'

Y tu mewn i'r pecyn rhyfedd, taniwyd ffrwydrydd gan ffrwydro kilogram o Semtecs pur. Llyncodd yr adwaith crasboeth yr ocsigen o'i amgylch mewn dim gan wthio'i hun yn drahaus i fyny'r coridorau, tuag at Comander LEP Gwreiddyn.

Gosododd Gwreiddyn ei fisor am ei lygaid ac agor y throtl i'w lawn botensial. Dim ond rhai metrau i ffwrdd oedd y drws erbyn hyn. Nawr, pa un fyddai'n cyrraedd y drws yn gyntaf – y tylwythyn neu'r tân.

Llamodd Gwreiddyn drwy'r drws. O drwch blewyn. Gallai deimlo'r ffrwydrad yn crynu trwy ei gorff a thaflwyd ef i'r awyr gan droi a throsi am yn ôl. Llyfodd y fflamau goesau ei siwt. Cariodd Gwreiddyn ymlaen gyda'i droi a'i drosi yn yr awyr nes iddo gwympo'n galed i'r dŵr rhewllyd gan regi.

Uwch ei ben, roedd y llong hela morfilod yn un fflam afiach enfawr.

'Comander,' meddai llais yn ei glust. Cwiff oedd yno. Roedden nhw'n gallu clywed ei gilydd eto.

'Comander. Beth yw'ch statws chi?'

Tynnodd Gwreiddyn ei hun o'r dŵr. 'Fy statws, Cwiff, yw candryll. Cer at dy gyfrifiaduron. Dw i am wybod popeth sydd i'w wybod am un o Ddynion y Mwd. Artemis Gwarth. A dw i eisiau gwybod cyn cyrraedd yn ôl i'r swyddfa.'

'Iawnsyr, Comander. Yn syth.'

Dim jôc. Roedd hyd yn oed Cwiff yn gwybod nad heno oedd yr amser i wneud jôc.

Roedd Gwreiddyn yn hofran ryw 300 metr uwchben tir a môr. Gallai weld o bell, bod fflamau'r llong yn denu cerbydau argyfwng fel gwyfyn i olau. Glanhaodd y defnydd llosg o'i ddwy benelin gyda'i ddwylo. Gwnaeth Gwreiddyn addewid i'w hun yr eiliad honno. Addewid y deuai dydd y farn i Artemis Gwarth. Heb os nac onibai!

Pennod 6: GWARCHAE

 Pwysodd Artemis yn ôl yn ei gadair ledr a gwenu. Perffaith. Dylai'r ffrwydrad bychan yna fod wedi rhoi digon o fraw i'r Tylwyth. Ac ar ben hynny, roedd un llong hela morfilod yn llai i'w chael yn y byd. Doedd Artemis ddim yn hoffi dynion oedd yn hela morfilod. Roedd yna ffyrdd llawer mwy caredig o greu deunyddiau o olew.

Roedd y camera maint pen nodwydd yr oedd wedi'i guddio yn y lleolwr wedi gweithio'n dda. Oherwydd ansawdd y camera, roedd Artemis wedi gallu ffeindio crisialau bychain o anadl y tylwythyn.

Edrychodd Artemis yn gyflym ar y sgrin a ddangosai llawr isaf y plasty. Roedd ei garcharor yn eistedd ar y crud erbyn hyn, â'i phen yn ei dwylo. Gwgodd Artemis. Doedd e ddim wedi disgwyl i un o'r Tylwyth fod mor . . . mor ddynol. Cyn hyn, doedden nhw'n ddim mwy nag ysglyfaeth iddo. Anifeiliaid i'w hela. Ond nawr, o weld un ohonyn nhw, yn amlwg yn anhapus, teimlai Artemis yn wahanol.

Diffoddodd y cyfrifiadur a cherdded tuag at y prif ddrysau. Amser i gael sgwrs gyda'r gwestai arbennig. Wrth i'w fysedd lanio ar y dolennau pres, hedfanodd y drws ar agor o'i flaen. Daeth Gwen drwyddo, ei bochau'n goch gan frys.

'Artemis,' ochneidiodd. 'Dy fam. Mae hi'n . . .'

'Ie?'

'Wel, Artemis, mae hi'n dweud . . . Artemis, bod dy . . .'

'Er mwyn y mawredd, Gwen, beth sy?'

Gosododd Gwen ei dwylo hi dros ei cheg a cheisio tawelu'r cynnwrf a deimlai. Disgleiriai ei hewinedd lliwgar wrth iddi siarad drwy wagle bychan rhwng ei bysedd.

'Dy dad, syr. Gwarth ap Gwarthus. Mae Madam Gwarth yn dweud ei fod wedi dod yn ei ôl!'

Am eiliad, roedd Artemis yn siŵr fod ei galon wedi stopio. Dad? Yn ôl? Oedd hynny'n bosibl? Wrth gwrs, roedd e wastad wedi credu fod ei dad yn dal yn fyw. Ond yn ddiweddar, ers iddo gynllunio'r dasg gyda'r Tylwyth, roedd ei dad wedi diflannu i gefn ei feddwl. Teimlodd Artemis euogrwydd yn troi yn ei fol. Roedd e wedi rhoi'r gorau i gredu. Wedi rhoi'r gorau i feddwl am ei dad ei hun.

'Welest ti fe, Gwen? Gyda dy lygaid dy hun?'

Ysgydwodd y ferch ei phen.

'Naddo, Artemis, syr. Dim ond lleisiau glywais i. Yn yr ystafell wely. Ond dydy hi ddim yn fodlon i fi fynd i mewn drwy'r drws. Ddim hyd yn oed pan dw i'n cynnig dod â diod poeth iddi.'

Ystyriodd Artemis. Dim ond ers awr roedden nhw wedi cyrraedd yn ôl. Byddai ei dad wedi gallu dod i mewn heb i Gwen sylwi. Roedd hynny'n bosibl. Bron yn bosibl. Edrychodd ar ei oriawr, oedd wedi'i chydamseru ag Amser Safonol Greenwich ac a châi ei chywiro gan signal radio bob awr. Tri o'r gloch y bore. Roedd amser yn tician yn ei flaen. Os oedd ei gynllun am weithio roedd yn rhaid i'r Tylwyth wneud eu symudiadau nesaf cyn toriad gwawr.

Oedodd Artemis wrth iddo sylweddoli beth roedd e'n ei wneud. Unwaith eto, roedd e'n gwthio'i deulu i'r naill ochr. Beth oedd yn digwydd iddo? Ei dad oedd y flaenoriaeth, nid rhyw gynllun mawr i wneud arian.

Roedd Gwen yn dal i sefyll wrth y drws, yn syllu arno gyda'i llygaid gleision enfawr. Roedd hi'n aros iddo wneud penderfyniad, fel y byddai'n gwneud ar bob achlysur. Ac am y tro cyntaf erioed, gwelai hi ansicrwydd yn ei wyneb gwelw.

'Iawn,' mwmianodd e o'r diwedd. 'Mae'n well i mi fynd i'w gweld hi'n syth bìn.'

Gwibiodd Artemis heibio i'r ferch, gan gamu i fyny

dau ris ar y tro. Roedd ystafell ei fam ar y trydydd llawr – atig wedi ei droi'n ystafell.

Oedodd ger y drws. Beth fyddai e'n ei ddweud pe bai ei dad yno? Wedi dychwelyd trwy ryw ryfedd wyrth. Beth fyddai'n ei wneud? Doedd dim pwynt meddwl gormod am y peth. Roedd hi'n amhosibl darogan sut y byddai'n ymateb. Cnociodd ar y drws yn ysgafn.

'Mam?'

Dim ymateb, ond roedd e'n siŵr iddo glywed chwerthin ysgafn a gwibiodd yn ôl i'w orffennol. Yn wreiddiol, lolfa ei rieni oedd yr ystafell hon. Fe fydden nhw'n eistedd ar y *chaise longue* am oriau, gan chwerthin yn wirion fel plant ysgol. Pan ddiflannodd Gwarth ap Gwarthus, mynnai Siân Gwarth dreulio mwy a mwy o amser yn y lolfa. Yn y pen draw, gwrthododd hi symud o'r fan honno.

'Mam? Ydych chi'n iawn?'

Lleisiau oddi mewn. Sibrydion cynllwyngar.

'Mam. Dw i'n dod i mewn.'

'Aros am eiliad. Gwthi, paid, y bwystfil. Ma' da ni gwmni.'

Gwthi? Roedd curiad calon Artemis fel drwm yn ei frest. Gwthi, dyna yr oedd hi'n ei alw fe. Gwthi ac Arti. Y ddau ddyn yn ei bywyd. Ni allai aros am eiliad yn rhagor. Ffrwydrodd Artemis drwy'r drysau dwbl.

Y peth cyntaf a wnaeth ei daro oedd golau. Roedd ei fam wedi cynnau'r lampau. Arwydd da, efallai? Gwyddai

Artemis yn iawn ble byddai ei fam. Gwyddai lle dylai edrych. Ond doedd e ddim yn gallu edrych. Beth os . . . Beth os . . .

'Ie, allwn ni'ch helpu chi?'

Trodd Artemis, a'i lygaid yn edrych ar y llawr. 'Fi yw e.'

Dyma'i fam yn chwerthin. Chwerthin ysgafn a chariadus. 'Dw i'n gwybod taw chi sydd yno, Tada. Pam na allwch chi roi noswaith bant i'r bachgen? Dyma ein mis mêl ni wedi'r cyfan.'

Dyna pryd y gwyddai Artemis. Roedd ei fam yn fwy gwallgof nag erioed. Tada? Roedd Siân Gwarth yn meddwl mai ei dad-cu ei hun, oedd wedi marw ers deng mlynedd, oedd yno. Cododd ei lygaid yn araf.

Eisteddai ei fam yno, ar y *chaise longue*, yn ysblennydd yn ei ffrog briodas, gyda cholur wedi ei daenu'n flêr dros ei hwyneb. Ond nid dyna'r peth gwaethaf.

Wrth ei hymyl roedd delw o'i dad, wedi ei chreu o'r siwt wisgodd e un bore hyfryd bedair mlynedd ar ddeg yn ôl. Roedd y dillad wedi eu llenwi â phapur tisw. Uwchlaw'r siwt roedd gobennydd â llun wyneb wedi ei ddynnu gyda minlliw. Roedd e'n edrych bron iawn yn chwerthinllyd. Tagodd Artemis wrth geisio peidio beichio crio. Diflannodd ei obeithion fel haul tan gwmwl.

'Beth wyt ti'n ei feddwl, Tada?' holodd Siân mewn llais isel, gan symud y gobennydd wrth ei hymyl hi fel merch fach yn chwarae gyda doliau. 'Un noson o hoe i'ch mab chi, ie?'

Nodiodd Artemis. Beth arall allai e ei wneud? 'Un noson felly. Ac yfory hefyd. Byddwch lawen. Mwynhewch.'

Tywynodd wyneb ei fam gydag hapusrwydd diffuant. Neidiodd o'i sedd a chofleidio'r mab nad oedd hi'n ei adnabod. 'Diolch, Tada. Diolch.'

Gafaelodd Artemis yn ei fam hefyd, er bod hynny'n teimlo fel twyll. 'Croeso, Ma – Siân. Nawr, bydd yn rhaid i mi adael. Mae gen i waith i'w wneud.'

Eisteddodd ei fam eto, gan ddal ei gŵr ffug yn agos ati. 'Iawn, Tada. Cerwch chi, peidiwch â phoeni, fe fyddwn ni'n dau'n hapus gyda'n gilydd.'

Aeth Artemis o'r ystafell heb edrych 'nôl. Roedd pethau ganddo i'w gwneud. Tylwyth Teg i'w bygwth. Doedd ganddo ddim eiliad arall i'w wastraffu ym myd ffantasi ei fam.

*

Roedd Capten Heulwen Pwyll yn dal ei phen yn ei dwylo. Un llaw, a bod yn fanwl gywir. Roedd y llall yn chwilio yn ei hesgid hi, heb i'r camera allu ei gweld. Mewn gwirionedd, roedd ei phen hi mor glir â chrisial, ond byddai'n gwneud dim drwg i'r gelyn feddwl ei bod hi'n dal yn methu gwneud dim. Efallai y bydden nhw'n meddwl nad oedd hi'n beryglus. A dyna fyddai'r camgymeriad olaf fydden nhw'n ei wneud.

Gafaelodd Heulwen yn y peth oedd yn gwasgu'n erbyn ei phigwrn hi. Roedd hi'n gwybod yn iawn beth oedd yn gorwedd yno yn ôl ei siâp e. Y fesen! Mae'n rhaid ei bod wedi cwympo i mewn i'w hesgid hi yn ystod y cythrwfl ar bwys y dderwen. Gallai hwn fod yn ddatblygiad hanfodol bwysig iddi. Yr unig beth oedd ei angen arni nawr oedd darn bychan o dir. Un darn bychan bach o dir a byddai ei phwerau hi'n saethu yn ôl i'w chorff.

Syllodd Heulwen yn ofalus o amgylch ei chell. Concrit ffres yn ôl pob golwg. Dim crac na chornel rhydd o gwbl. Nunlle i gladdu ei harf cudd hi. Safodd Heulwen yn betrus, gan geisio rhoi pwysau ar ei choesau. Doedd hi ddim yn rhy ddrwg; ei phennau gliniau ychydig yn sigledig, ond fel arall roedd hi'n teimlo'n iawn. Croesodd draw at y wal gan wasgu'i boch a chledrau ei dwylo ar yr arwyneb llyfn. Oedd, roedd y concrit yn ffres ac ychydig yn llaith mewn mannau. Roedden nhw wedi paratoi'r carchar hwn yn arbennig ar ei chyfer hi, yn amlwg.

'Chwilio am rywbeth?' holodd llais. Llais oeraidd, calon galed.

Camodd Heulwen oddi wrth wal. Roedd y bachgen ifanc yn sefyll rhyw ddau fetr oddi wrthi. Roedd ei lygaid wedi eu cuddio y tu ôl i bâr o sbectol adlewyrchu. Rhyfedd, meddyliodd Heulwen, fod un o Ddynion y Mwd wedi gallu dod i mewn i'r ystafell heb iddi sylwi.

'Eistedda, os gweli di'n dda.'

Doedd Heulwen ddim eisiau eistedd os gwelai hi'n dda. Yr hyn yr oedd hi eisiau ei wneud oedd dysgu gwers go iawn i'r ci bach haerllug o'i blaen gyda'i phenelin. Gallai Artemis weld hyn yn ei llygaid hi. Roedd e eisiau chwerthin.

'Cael syniadau, ie, Capten Pwyll?'

Dangosodd Heulwen ei dannedd, roedd hynny'n ddigon o ateb.

'Rydym ni'n dau'n hollol ymwybodol o'r rheolau, Capten. Fy nhŷ i yw hwn. Mae'n rhaid i ti wneud fel dw i'n dymuno. Dy gyfraith di sy'n mynnu hyn, nid fy un i. Wrth gwrs, dydw i ddim yn dymuno cael fy mrifo, nac yn dymuno dy weld di'n gadael y lle 'ma.'

Roedd Heulwen yn syfrdan.

'Sut wyt ti'n gwybod fy –'

'Dy enw? Dy statws?' Gwenodd Artemis, er nad oedd e'n mwynhau gwneud. 'Os wyt ti'n gwisgo bathodyn gyda dy enw arno. . .'

Heb feddwl am y peth, rhoddodd Heulwen ei llaw dros y darn bach metel ar ei siwt.

'Ond mae hwn wedi ei sgwennu yn –'

'Iaith y Coblynnod? Dw i'n gwybod. A dw i'n digwydd bod yn rhugl. Fel y mae pawb yn fy rhwydwaith i.'

Roedd Heulwen yn hollol dawel am eiliad, wrth feddwl am fawredd yr hyn roedd hi newydd ei glywed.

'Gwarth,' meddai, yn llawn teimlad, 'does gen ti ddim syniad beth rwyt ti wedi ei wneud. Gallai dod â'r ddau fyd hyn at ei gilydd olygu trychineb i ni gyd.'

Cododd Artemis ei ysgwyddau. 'Dw i ddim yn becso taten am *ni gyd*, dim ond am fi fy hun. A chred ti fi, fydda i'n iawn. Nawr, eistedda, os gweli di'n dda.'

Eisteddodd Heulwen, heb dynnu un llygad oddi ar yr anghenfil bychan oedd yn eistedd o'i blaen hi.

'Felly, beth yw'r cynllun 'ma, Gwarth? Gad i mi ddyfalu: llywodraethu'r byd?'

'Dim byd mor felodramatig,' chwarddodd Artemis. 'Dim ond cyfoeth.'

'Lleidr!' poerodd Heulwen. 'Dwyt ti'n ddim byd ond lleidr!'

Cythruddodd hyn Artemis a daeth golwg chwerw dros ei wyneb, a drodd yn wên wawdlyd. 'Ie. Lleidr os hoffet ti. Ond nid dim ond lleidr cofia. Y lleidr croes-rhywogaeth cyntaf.'

Chwarddodd Heulwen drwy ei thrwyn. 'Y lleidr croes-rhywogaeth cyntaf? Mae Dynion y Mwd wedi bod yn dwyn oddi wrthom ni ers milenia. Pam wyt ti'n meddwl ein bod ni'n byw o dan y ddaear?'

'Gwir. Ond fi fydd y cyntaf i ddwyn aur y Tylwyth.'

'Aur? Aur? Ffŵl o ddyn wyt ti. Dwyt ti ddim yn credu

yn y busnes aur 'na wyt ti? Dydy popeth ddim yn wir wyddost ti.'

Taflodd Heulwen ei phen yn ôl a chwerthin.

Edrychodd Artemis ar ei ewinedd yn amyneddgar, gan aros iddi orffen. Wedi i'r chwerthin stopio, dyma fe'n chwifio'i fynegfys yn negyddol. 'Croeso i ti chwerthin, Capten Pwyll. Sbel yn ôl, roeddwn i'n credu bod aur ar gael mewn pot enfawr o dan enfys, ond erbyn hyn dw i'n gwybod yn well. Erbyn hyn, dw i wedi dysgu am gronfa'r gwystlon.'

Ceisiodd Heulwen beidio dangos unrhyw emosiwn ar ei hwyneb. 'Cronfa'r gwystlon?'

'O, dere 'mlaen, Capten. Pam wyt ti'n esgus nawr? Rwyt ti wedi dweud wrtha i amdano dy hun.'

'F–fi wedi dweud!' herciodd y geiriau o'i cheg. 'Rwtsh!'

'Edrych ar dy fraich.'

Rhowliodd Heulwen fraich ei siwt i fyny. Yno, roedd darn bach o wlân cotwm wedi ei dapio dros wythïen.

'Dyna lle rhoddon ni'r sodiwm pentathol, neu'r hylif gwirionedd fel mae'n cael ei alw'n aml. Fe wnest ti ganu fel eos.'

Roedd Heulwen yn gwybod ei fod yn dweud y gwir. Sut arall fyddai e'n gwybod?

'Rwyt ti'n orffwyll!'

Nodiodd Artemis yn llawn boddhad. 'Os enilla i, dw

ᛒ · ⊙ ᛒ ᛆ ⊖ ᛉ ᛚ ᛗ ᛒ ᛆ · ᛗ ᛁ · 🦀 · ᚢ ᛗ

i'n athrylith. Os golla i dw i'n orffwyll. Dyna sut mae hanes yn cael ei ysgrifennu.'

Wrth gwrs, doedd 'run diferyn o sodiwm pentathol wedi ei ddefnyddio mewn gwirionedd, dim ond pigiad cyflym gyda nodwydd lân. Doedd Artemis ddim yn barod i gymryd y risg o niweidio ymennydd oedd yn rhan mor bwysig o'i gynllun. Ond doedd o ddim chwaith yn gallu datgelu mai'r Llyfr oedd ffynhonnell ei wybodaeth. Roedd yn llawer gwell gwneud i'r gwystl feddwl ei bod wedi bradychu ei phobl ei hun. Neu ei Thylwyth ei hun. Byddai hynny'n siŵr o dorri ei hysbryd hi, a'i gwneud yn fwy parod i gydymffurfio â'r gêmau meddyliol eraill oedd ganddo ar ei chyfer. Ac eto, roedd yr ystryw yn ei frifo. Roedd e'n gwybod ei fod e'n anfaddeuol o gas. Pa mor bell oedd Artemis yn fodlon mynd er mwyn cael ei fachau ar yr aur? Doedd e ddim yn gwybod, a byddai dim modd gwybod nes y byddai'r amser yn dod.

Llithrodd corff Heulwen i'r llawr. Roedd hi wedi cael ei llethu gan y datblygiadau diweddaraf hyn. Roedd hi'n amlwg wedi dweud pob dim wrtho. Roedd hi wedi datgelu cyfrinachau sanctaidd. Hyd yn oed pe bai hi'n llwyddo i ddianc, byddai hi'n cael ei hanfon i fyw mewn twnnel rhewllyd o dan y Cylch Arctig. 'Dyw hyn ddim ar ben, Gwarth,' meddai hi o'r diwedd. 'Mae pwerau gyda ni nad wyt ti'n gwybod dim amdanyn nhw. Byddai'n cymryd diwrnodau i'w disgrifio nhw i gyd.'

Chwerthin wnaeth y bachgen mwyaf mileinig yn y byd. 'Ers pryd wyt ti 'di bod yma?'

Grwgnach wnaeth Heulwen; roedd hi'n gwybod yn iawn beth fyddai'n dweud nesaf. 'Awr neu ddwy?'

Ysgydwodd Artemis ei ben. 'Tridiau,' meddai gan ddweud celwydd noeth. 'Rwyt ti wedi bod ar ddrip ers chwedeg awr . . . nes i ti ddweud popeth wrthon ni. Popeth oedd angen i ni gael gwybod.'

Hyd yn oed wrth i'r geiriau ddod o'i geg, teimlai Artemis yn euog. Roedd y gemau meddyliol hyn yn amlwg yn cael effaith ar Heulwen. Yn ei distrywio hi o'r tu mewn. Oedd wir angen gwneud hyn?

'Tridiau? Fe allet ti fod wedi fy lladd i. Pa fath o . . .'

Wrth i Heulwen orfod chwilio am air digonol i ddisgrifio drygioni'r bachgen, saethodd amheuaeth i ymennydd Artemis. Oedd e'n berson mor felltigedig o ddrwg fel nad oedd gair i'w ddisgrifio?

Calliodd Heulwen.

'Wel, Meistr Gwarth,' poerodd hi, yn llawn dirmyg, 'os wyt ti'n gwybod cymaint â hynny amdanon ni, yna fe fyddi di'n gwybod yn iawn beth fydd yn digwydd pan fyddan nhw'n fy ffeindio i.'

Nodiodd Artemis yn ddifeddwl. 'O ydw, dw i'n gwybod. A dweud y gwir, mae hynny'n rhan o'm cynllun i.'

Tro Heulwen oedd hi i wenu nawr.

'O wir. Dwed wrtha i, fachgen. Wyt ti erioed wedi cyfarfod â throl?'

Am y tro cyntaf, gostyngodd lefel hyder y bachgen.

'Naddo, dim trol.'

Dangosodd Heulwen rhagor o ddannedd.

'Wel, fe fyddi di'n cyfarfod ag un, Gwarth. A dw i'n gobeithio y bydda i yno i weld.'

Erbyn hyn, roedd y LEP wedi sefydlu pencadlys yn E1: Llwchwr.

'Wel?' meddai Gwreiddyn, gan daro'r gremlin parafeddyg oedd yn rhoi eli ôl-llosg ar ei dalcen. 'Gad e. Bydd fy hud i'n gwneud y tric mewn chwinciad.'

'Wel beth?' atebodd Cwiff.

'Paid â dechrau heddiw, Cwiff, oherwydd dydy heddiw ddim yn un o'r diwrnodau o-dw-i-wrth-fy-modd-gyda-thechnoleg-y-ceffyl-yna. Dwed wrtha i, pa wybodaeth ffeindiest ti am y Dyn?'

Gwgodd Cwiff gan wneud yn siŵr fod yr helmed ffoil yn ddiogel ar ei ben. Agorodd liniadur tenau fel papur.

'Dw i wedi hacio i mewn i Interpol. Doedd hynny ddim yn rhy anodd. Man a man iddyn nhw roi mat croeso allan i mi . . .'

Drymiodd Gwreiddyn ei fysedd yn erbyn bwrdd yr ystafell gyfarfod. 'Ac . . ?'

'Iawn. Gwarth. Ffeil deg-gigabeit. Yn nhermau papur, dyna hanner llyfrgell.'

Chwibanodd y comander. 'Dyna Ddyn y Mwd prysur.'

'Teulu,' cywirodd Cwiff. 'Mae teulu'r Gwarthiaid wedi bod yn gwyrdroi cwrs cyfiawnder ers cenedlaethau. Bygwth masnachwyr, smyglo, lladradau arfog. Troseddau corfforaethol yn ystod y ganrif ddiwethaf rhan fwyaf.'

'Felly, oes lleoliad gyda ni?'

'Oes. Plasty Gwarth. Stad dau gan acer, ar gyrion Sir Gaerfyrddin. Dim ond ugain clic o'r fan hon.'

Cnôdd Gwreiddyn ei wefus isaf. 'Dim ond ugain. Fe allwn ni fod yno cyn toriad gwawr, felly.'

'Gallwn. Cyn i bethau fynd yn waeth yng ngolau'r heulwen.'

Nodiodd y comander. Dyma'r peth cyntaf o'u plaid ers i'r strach ddiweddaraf yma gychwyn. Doedd y Tylwyth ddim wedi gweithredu yng ngolau dydd ers canrifoedd. Hyd yn oed pan oedden nhw'n byw uwchben y ddaear, creaduriaid y nos oedden nhw yn y bôn. Roedd yr haul yn dueddol o wanhau eu hud nhw. Ond pe bai'n rhaid iddyn nhw aros am ddiwrnod arall cyn anfon eu milwyr nhw i mewn, pwy â ŵyr pa ddifrod fyddai Gwarth wedi ei wneud?

Roedd yna bosibilrwydd mai'r cyfryngau oedd wrth wraidd yr helynt yma gyda Capten Pwyll ac y byddai lluniau ohoni i'w gweld ar bob un cyhoeddiad dros y byd erbyn nos yfory. Crynodd Gwreiddyn. Fyddai hynny'n golygu diwedd popeth, oni bai fod Dynion y Mwd yn penderfynu cyd-fyw gyda rhywogaethau eraill.

Ond roedd hanes yn dangos nad oedd Dynion y Mwd yn cyd-fyw'n hawdd gyda neb, ddim hyd yn oed gyda'i gilydd yn aml iawn.

'Reit. Pawb, byddwch barod. Taith awyr V. Dw i am i chi sefydlu perimedr ar dir y plas.'

Cytunodd y Sgwad Adfer yn eu dull milwrol arferol drwy greu cymaint o synau clinc-clanc-clonc metelaidd gyda'u harfau ag y gallent.

'Cwiff, cer ar ôl y Bois Technegol. Dilynwch ni i fyny'r twnnel. A dere â'r lloerennau enfawr. Fe wnawn ni gau'r plasty a'r tir o'i amgylch yn gyfangwbl am ychydig er mwyn i ni ennill ychydig o amser.'

'Un peth, Comander,' meddai Cwiff yn ystyrlon.

'Ie?' meddai Gwreiddyn yn ddiamynedd.

'Pam fod y Dyn yma wedi dweud pwy yw e? Roedd e'n siŵr o wybod y bydden ni'n ffeindio gwybodaeth amdano.'

Cododd Gwreiddyn ei ysgwyddau. 'Efallai nad yw e mor glyfar ag y mae e'n 'i feddwl.'

'Na, dw i ddim yn meddwl hynny. Ddim o gwbl. Dw i'n meddwl ei fod e gam ar y blaen bob tro, hyd yn oed nawr.'

'Does dim amser i athronyddu, Cwiff. Mae golau cynta'r dydd yn prysur nesáu.'

'Un peth arall, Comander.'

'Ydy hyn yn bwysig?'

'Ydy, dw i'n meddwl ei fod e.'

'Wel?'

Sgroliodd Cwiff drwy'r wybodaeth am Artemis oedd ar ei liniadur. 'Yr athrylith troseddol yma, yr un sydd y tu ôl i'r cynllun manwl . . .'

'Ie? Beth amdano fe?'

Edrychodd Cwiff i fyny. Roedd ei lygaid yn pefrio, bron mewn edmygedd. 'Dim ond deuddeg mlwydd oed yw e. Ac mae hynny'n ifanc, hyd yn oed i un o Ddynion y Mwd.'

Pesychodd Gwreiddyn, gan wthio batri newydd i'w wn tri barel.

'Gormod o deledu. Dyna'i gyd. Mae e'n meddwl mai fe yw Sherlock Holmes.'

'Yr Athro Moriarty,' cywirodd Cwiff.

'Holmes, Moriarty, maen nhw i gyd yn edrych yr un peth gyda'u crwyn wedi eu llosgi oddi ar eu penglogau nhw.'

A gyda'r ateb urddasol yna, dilynodd Gwreiddyn ei filwyr allan i awyr y nos.

Ffurfiodd y Sgwad Adfer patrwm V gyda Gwreiddyn yn hedfan ar y blaen. Hedfanodd y sgwad tua'r de-orllewin gan ddilyn y map fideo oedd yn cael ei e-bostio i'w helmedau. Roedd Cwiff wedi defnyddio dot coch i nodi lleoliad Plasty Gwarth. Digon hawdd i unrhyw idiot sibrydodd dan ei anadl drwy'r meic, mewn llais oedd yn ddigon uchel i'r comander ei glywed.

Canolbwynt stad y Gwarth oedd castell yn null yr Oesoedd Canol a adeiladwyd gan Yr Arglwydd Gwarthus Gawgfardd yn ôl yn y bymthegfed ganrif. Roedd teulu'r Gwarth wedi llwyddo i gadw'r stad dros y canrifoedd gan oroesi rhyfel, aflonyddwch ymhlith y bobl a nifer o archwiliadau treth. Doedd Artemis Gwarth ddim yn bwriadu colli'r plasty chwaith.

Roedd wal gerrig pum metr o led yn amgylchynu'r stad gyda'r tyrau gwylio a'r llwybrau cerdded gwreiddiol. Glaniodd y Sgwad Adfer y tu mewn i'r wal, a dechrau sganio'r lle am unrhyw enaid anghyfeillgar.

'Ugain metr oddi wrth eich gilydd,' gorchmynnodd Gwreiddyn. 'Sgubwch yr ardal. Pawb i gysylltu 'nôl bob chwe deg eiliad. Deall?'

Nodiodd y criw i gyd. Wrth gwrs eu bod nhw'n deall. Roedden nhw'n griw proffesiynol.

Roedd Is-gapten Cwtshoni, arweinydd y Sgwad Adfer, wrthi'n dringo un o'r tyrau. 'Ti'n gwybod beth ddylen ni wneud, Julius?'

Roedd Gwreiddyn a Cwtshoni wedi astudio gyda'i gilydd yn yr Academi slawer dydd. Roedden nhw hyd yn oed wedi cael eu magu yn yr un twnnel. Cwtshoni oedd un o'r ychydig rai oedd yn cael defnyddio enw cyntaf Gwreiddyn.

'Dw i'n gwybod beth rwyt ti'n meddwl ddylen ni wneud.'

'Ddylen ni ffrwydro'r lle i gyd.'

⟨ ⟩ 𓏠 ⟩ ⟩ ⟩ · 𝕰 ⬡ 🦀 🍂 🍃 · 𝒜 ⟩ · 🐚 ᚦ · 🌰

'Wel, dyna syrpreis.'

'Dyna'r ffordd fwyaf effeithiol. Un golchad las. Cadw'n colledion mor isel â phosib.'

Golchad las oedd y term ym mratiaith y Tylwyth am y bom biolegol a fyddai'n cael ei ddefnyddio ganddyn nhw o dro i dro. Y peth clyfar am y bom bio oedd mai dim ond cnawd byw fyddai'n cael ei effeithio. Roedd y tirlun yn aros yn berffaith.

'Ai colli swyddog neu ddau rwyt ti'n ei feddwl?'

'O ie,' twtiodd Cwtshoni. 'Swyddog Recon benywaidd. Yr Arbrawf. Wel, dw i ddim yn meddwl y gei di broblem cyfiawnhau dewis yr opsiwn tactegol mwyaf synhwyrol.'

Trodd wyneb Gwreiddyn yn borffor tywyll.

'Y peth gorau alli di ei wneud nawr yw aros mas o'r ffordd, neu fydd dim dewis gen i ond hwpo golchad las yn syth i mewn i'r gors 'na rwyt ti'n ei galw'n ymennydd.'

Doedd geiriau'r Comander yn poeni dim ar Cwtshoni. 'Dydy fy ngwawdio i ddim yn newid y ffeithiau, Julius. Rwyt ti'n gwybod beth mae'r Llyfr yn ei ddweud. Chawn ni ddim cyfaddawdu os yw'r isfyd mewn perygl. Gallwn ni ddim gadael i hynny ddigwydd. Stopio amser unwaith. Dyna'r oll gei di neud, ar ôl hynny . . .'

Doedd dim angen iddo ddweud mwy.

'Dw i'n gwybod beth mae'r Llyfr yn ei ddweud,'

cyfarthodd Gwreiddyn. 'Does dim eisiau i ti fynd dros-ben-llestri. 'Swn i'n taeru fod ychydig o waed Dyn y Mwd ynot ti.'

'Does dim angen bod fel 'na,' gwgodd Cwtshoni. 'Dim ond gwneud fy ngwaith ydw i.'

'Digon teg,' cytunodd Gwreiddyn. 'Mae'n ddrwg 'da fi.'

Doedd neb yn clywed Gwreiddyn yn ymddiheuro'n aml, ond roedd yn rhaid iddo gyfaddef ei fod wedi taflu'r sarhad gwaethaf posib tuag at yr is-gapten.

Roedd Gwesyn yn gwylio pob monitor.

'Unrhyw beth?' holodd Artemis.

Neidiodd Gwesyn; doedd e ddim wedi clywed ei feistr ifanc yn dod i mewn.

'Na. Dim byd. Unwaith neu ddwy, roeddwn i'n siŵr i mi weld rhywbeth yn disgleirio, ond doedd dim byd yno wedi'r cyfan.'

'Does dim byd yn ddim byd,' oedd ymateb cryptig Artemis. 'Defnyddia'r camera newydd.'

Nodiodd Gwesyn. Rhyw fis yn ôl roedd Meistr Gwarth wedi prynu sine-camera dros y We. Dwy fil o fframiau yr eiliad, wedi ei gynllunio'n ddiweddar gan Golau a Hud Diwydiannol ar gyfer ffilmio byd natur, Adar y Si ac ati. Gallai brosesu delweddau yn llawer cynt na llygad dyn. Roedd Artemis wedi'i osod y tu ôl i angel marmor oedd uwchben y brif fynedfa.

Gwasgodd Gwesyn fotwm i'w droi ymlaen. 'Ble?'

'Tria'r rhodfa, mae gen i deimlad fod ymwelwyr ar eu ffordd yma.'

Llwyddodd y gwas i symud y ffon fechan gyda'i fysedd anferthol. A gyda hynny, ymddangosodd lluniau byw ar y monitor digidol. 'Dim byd,' mwmianodd Gwesyn. 'Mor dawel â'r bedd.'

Pwyntiodd Artemis at y ddesg reoli. 'Rhewa fe.'

Bu bron i Gwesyn gwestiynu'r gorchymyn. Bron. Yn hytrach, fe ddaliodd ei dafod a gwthio'r botwm. Ar y sgrin, roedd y coed ceirios yn stond, a'u blodau wedi eu rhewi yn yr awyr. Ond yn bwysicach, gwelodd y ddau tua dwsin o ffigyrau duon yn ymddangos ar y rhodfa.

'Beth!' sgrechiodd Gwesyn. 'O ble ddaethon nhw?'

'Maen nhw wedi eu diogelu gan darian,' eglurodd Artemis. 'Maen nhw'n crynu ar gyflymder anhygoel. Yn rhy gyflym i lygad dyn allu eu gweld nhw . . .'

'Ond nid yn rhy gyflym i'r camera,' ychwanegodd Gwesyn. Meistr Gwarth. Roedd e bob amser un cam ar y blaen. 'Pe bai ond yn bosibl i mi ei gario o gwmpas y lle gyda fi.'

'Rwy'n gwybod. Ond mae gyda ni'r peth nesaf at hynny . . .'

Cododd Artemis yr hyn oedd yn weddill o helmed Heulwen oddi ar y bwrdd. Roedd hi'n amlwg y byddai ceisio stwffio'r helmed am ben Gwesyn fel ceisio gwthio taten trwy dwll nodwydd. Dim ond y fisor a'r botymau rheoli oedd yn dal yn gyfan. Roedd strapiau o het galed wedi cael eu gludo i'r fisor er mwyn iddo fedru ffitio am benglog y gwas.

'Mae nifer o ffilterau ar hwn. Rwy'n tybio bod un o'r ffilterau yn medru gweld trwy'r tariannau. Beth am drio er mwyn cael gweld?'

Gosododd Artemis y teclyn am ben Gwesyn.

'Wrth gwrs, gyda rhychwant dy lygaid di, byddi di ddim yn gallu gweld popeth, ond dylai hynny ddim fod yn broblem. Nawr, tro'r camera ymlaen.'

Trodd Gwesyn y camera ymlaen eto, a newidiodd Artemis y ffilter, un ar ôl y llall.

'Nawr?'

'Na.'

'Nawr . . .'

'Mae popeth wedi troi'n goch. Uwchfioled. Dim Tylwyth.'

'Nawr?'

'Na. Polaroid. Dw i'n meddwl.'

'Yr un olaf.'

Gwenodd Gwesyn fel siarc sydd wedi gweld pen-ôl noeth yn y dŵr.

'Ha!'

Roedd Gwesyn yn edrych ar y byd o'r newydd. Gallai weld y tîm LEPadfer cyfan yn cerdded i fyny'r rhodfa.

'Hmm,' meddai Artemis. 'Wedi amrywio'r strôb efallai? Ar amledd uchel iawn, iawn.'

'Dw i'n gweld,' meddai Gwesyn er nad oedd yn deall dim.

'Yn llythrennol felly, neu'n drosiadol?' holodd Artemis gyda gwên.

'Yn union.'

Ysgydwodd Artemis ei hun. Rhagor o jôcs. Beth fyddai nesaf, tybed? Gwisgo esgidiau clown a gwneud campau acrobatig yn y cyntedd? 'Iawn, Gwesyn. Dyna ddigon. Mae'n amser i ti wneud beth rwyt ti'n giamstar yn ei wneud. Mae'n ymddangos fod ymwelwyr ar ein stad . . .'

Safodd Gwesyn. Doedd dim angen i Artemis ddweud gair arall. Dyma dynhau'r strapiau ar ei het galed a cherdded at y drws yn llawn mileindra.

'O, a Gwesyn.'

'Ie, Artemis?'

'Mae'n well gen i "wedi eu brawychu" na "wedi marw". Os yn bosibl.'

Nodiodd Gwesyn. Os yn bosibl.

LEPadfer Un oedd y gorau a'r mwyaf disglair. Breuddwyd pob tylwythyn bychan oedd y byddai rhyw ddydd yn cael gwisgo siwt undarn du y comandos Adfer. Rhain oedd y Tylwyth gorau. Trwbwl oedd eu henwau canol. Yn achos Capten Gwymon, Trwbwl oedd ei enw cyntaf. Roedd e wedi mynnu newid ei enw yn ei seremoni Tylwythyn Dewr pan oedd newydd ei dderbyn i'r Academi.

Arweiniodd Trwbwl ei griw i lawr y rhodfa lydan. Fel arfer, fe oedd ar flaen y gad, yn benderfynol o fod y cyntaf i fod yn rhan o gythrwfl. Roedd e wastad yn gobeithio y byddai cythrwfl.

'Adroddwch nôl,' sibrydodd i'r meic oedd yn troelli fel neidr o'i helmed.

'Negatif ar un.'

'Dim byd, Capten.'

'Dim yw dim yw dim, Trwbwl.'

Gwingodd Capten Gwymon.

'Ry'n ni yn y maes, Corporal. Cadwa at y drefn.'

'Ond, dwedodd Mami!'

'Does dim ots gen i beth ddwedodd Mami, Corporal! Trefn ydy trefn. Rhaid i ti gyfeirio ata i fel Capten Gwymon.'

'Iawnsyr, Capten,' pwdodd y Corporal. 'Ond paid â gofyn i mi smwddio dy siwt di rhagor.'

Aeth Trwbwl i sianel ei frawd gan ddatgysylltu gweddill y sgwad. 'Ca' dy ben am Mami, wnei di? A'r smwddio. Rwyt ti'n lwcus i fod yma. Fe wnes i gais arbennig ar dy gyfer di! Nawr, os nad wyt ti'n mynd i fihafio fel tylwythyn proffesiynol, cer 'nôl i'r perimedr.'

'Ocê, Trwbi.'

'Trwbwl!' gwaeddodd Capten Gwymon. 'Trwbwl yw'n enw i. Nid Trwbi, na Trwb. Trwbwl. Ocê?'

'Ocê. *Trwbwl*. Mae Mami'n iawn. Dim ond babi wyt ti.'

Gan regi'n hollol amhroffesiynol, trodd Capten Gwymon ei holl sianeli ymlaen eto. Mewn pryd i glywed sŵn anarferol.

'Aaarc.'

'Beth oedd hwnna?'

'Beth?'

'Sa i'n gwybod.'

'Dim byd, Capten.'

Ond roedd Trwbwl wedi astudio Adnabod Synau ar gyfer ei arholiad i fod yn gapten, ac roedd e bron iawn yn siŵr mai sŵn rhywun yn cael ei daro yn ei gorn gwddf oedd y sŵn 'Aaarc'. Er roedd yn fwy tebygol mai ei frawd oedd wedi cerdded i mewn i lwyn.

'Brwnt? Wyt ti'n iawn?'

'Corporal Brwnt i ti.'

Ciciodd Gwymon flodyn menyn oedd wrth ei droed.

'Pawb i adrodd nôl mewn trefn.'

'Un, ocê.'

'Dau, iawn.'

'Tri – wedi diflasu ond dal yn fyw.'

'Pump – symud i'r rhan orllewinol.'

Rhewodd Gwymon. 'Arhoswch. Pedwar? Wyt ti yna, Pedwar? Beth yw dy sefyllfa di?'

'..................' Dim ond sŵn statig.

'Iawn. Mae Pedwar i lawr. Efallai nad yw ei offer yn

gweithio. Ond allwn ni ddim fforddio cymryd unrhyw risg. Pawb i gyfarfod wrth y prif ddrws.'

Sleifiodd criw LEPadfer Un gyda'i gilydd, gan wneud llai o sŵn na phry-copyn. Cyfrodd Gwymon yr holl bennau oedd yno. Un-ar-ddeg. Un ar goll. Rhaid bod Pedwar yn crwydro o amgylch y cloddiau rhosod, yn methu deall pam nad oedd neb yn siarad gydag e.

Yna, sylwodd Trwbwl ar ddau beth – yn gyntaf, roedd pâr o sgidiau du i'w gweld o dan lwyn oedd ar bwys y drws, ac yn ail, roedd Dyn anferthol yn sefyll yn y drws o'i flaen. Cydiai'r Dyn yn dynn mewn gwn peryglus iawn yr olwg.

'Pawb yn dawel,' sibrydodd Gwymon, a dyma un tylwythyn ar ddeg yn tynnu fisor wyneb cyfan i lawr er mwyn selio'r sŵn anadlu a chyfathrebu y tu mewn i'w helmedau.

'Nawr, dw i ddim am weld panics piws. Dw i'n meddwl fy mod i'n gwybod beth sy wedi digwydd fan hyn. Mae Pedwar yn sefyll yn ardal y drws tu allan. Mae'r Dyn y Mwd sy o'n blaenau yn agor y drws. Mae Pedwar yn cael ei fwrw yn ei wyneb ac mae e'n glanio mewn llwyn. Dim problem. Mae'n cyfrinachedd ni yn ddiogel. Rwy'n ailadrodd, ry'n ni'n ddiogel. Felly, dim bysedd coslyd, os gwelwch yn dda. Brwnt . . . sori, Corporal Gwymon, dw i am i ti archwilio cyflwr Pedwar. A'r gweddill ohonoch chi, palwch dwll a chadwch yn dawel.'

Camodd y sgwad yn ôl nes eu bod nhw'n sefyll ar y lawnt ddestlus. Roedd y ffigwr o'u blaenau nhw'n wirioneddol anferthol. Heb os, fe oedd y Dyn y Mwd mwyaf roedden nhw wedi'i weld erioed.

'Drato!' anadlodd Dau.

'Pob radio'n dawel heblaw am mewn argyfwng,' mynnodd Gwymon. 'Dyw rhegi ddim yn argyfwng.' Ond yn dawel bach, fodd bynnag, roedd e'n cytuno'n llwyr gyda'r hyn roedd e newydd ei glywed. Roedd e'n falch iawn ei fod e y tu ôl i darian heddiw. Edrychai'r Dyn fel pe bai e'n gallu gwasgu hanner dwsin o Dylwyth yn ei ddwrn.

Daeth Brwnt yn ôl i'w slot. 'Mae Pedwar yn sefydlog. Mae e wedi cael ysgydiad, ond mae'n iawn. Does dim tarian 'da fe, felly dw i wedi'i guddio dan y clawdd.'

'Da iawn, Corporal. Syniad da.'

Y peth olaf oedd ei angen oedd bod sgidiau Pedwar i'w gweld o dan y clawdd.

Symudodd y Dyn, gan gerdded ling-di-long ar hyd y llwybr. Mae'n bosib ei fod e wedi edrych i'r chwith neu i'r dde, roedd hi'n anodd dweud gan fod hwd dros ei lygaid. Rhyfedd fod Dyn yn gwisgo hwd ar noswaith mor braf.

'Tynnwch eich clicied ddiogelwch i ffwrdd,' gorchmynnodd Trwbwl.

Dychmygodd ei fechgyn yn rhowlio'u llygaid. Roedden nhw wedi hen dynnu'r Cogel, roedd e'n siŵr o hynny.

Cogel oedd y gair slang am y Clicied Ddiogelwch. Ac eto, roedd yn rhaid i Trwbwl roi'r gorchymyn rhag ofn y byddai angen cynnal tribiwnlys ar ôl digwyddiadau heno. Rhai lleuadau yn ôl byddai'r Sgwad Adfer yn tanio'u gynnau yn gyntaf ac ateb cwestiynau wedi hynny. Ond dim rhagor. O na. Nawr, roedd wastad rhywun yn pregethu dros hawliau dynol. Hyd yn oed hawliau Dynion y Mwd! Allwch chi gredu'r fath beth?

Arhosodd y Mynydd-Ddyn, yng nghanol y tîm o Dylwyth. Pe bai e'n medru eu gweld nhw, dyna fyddai'r lle mwyaf effeithiol iddo sefyll yn dactegol. Byddai eu gynnau a'u harfau yn werth dim, ac yn brifo'i gilydd yn fwy na brifo'r Dyn.

Diolch i'r drefn, roedd y tîm cyfan yn anweledig, ar wahân i Pedwar oedd wedi'i guddio'n ofalus mewn llwyn rhododendron.

'Eich brigyn braw. Taniwch nhw!'

Dim ond rhag ofn. Doedd dim byd o'i le ar fod yn ofalus.

Ac wrth i'r Swyddogion LEP gyfnewid arfau, a'u dwylo'n ymbalfalu yn eu pocedi, siaradodd Dyn y Mwd.

'Noswaith dda, foneddigion,' meddai, gan dynnu ei hwd yn ôl.

Rhyfedd, meddyliodd Trwbwl. Bron fel petai e'n . . . Yna, gwelodd y sbectol.

'Cuddiwch!' sgrechiodd nerth ei ben. 'Cuddiwch!'

Ond roedd hi'n rhy hwyr. Yr unig ddewis oedd aros

yno, wynebu'r gelyn, ac ymladd. A doedd hynny ddim
yn ddewis chwaith.

Byddai Gwesyn wedi gallu cael gwared arnyn nhw i gyd
o'r parapet. Un ar y tro, gyda gwn yr heliwr ifori. Ond
nid dyna oedd y cynllun. Gwneud argraff oedd y prif
nod. Anfon neges yn ôl at eu pobl, neu eu Tylwyth.
Dyma'r drefn gyda'r heddlu ym mhedwar ban y byd.
Danfon y lluoedd cyn dechrau trafodaethau. Roedden
nhw fwy neu lai'n gwybod y bydden nhw'n cyfarfod â'r
gwrthwynebwyr, ac roedd Gwesyn ond yn rhy hapus i
wneud yn siŵr mai dyna fyddai'n digwydd.

Aeth ar ei gwrcwd a syllu drwy'r twll llythyrau. Dyna
oedd cyd-ddigwyddiad braf. Roedd pâr o lygaid yn syllu
yn ôl arno. Roedd hyn bron yn rhy lwcus a dweud y
gwir.

'Amser gwely,' meddai Gwesyn, gan hyrddio'r drws
ar agor gyda'i ysgwydd enfawr. Hedfanodd y tylwythyn
am rai metrau cyn cwympo i'r clawdd rhododendron.
Byddai Gwen yn torri ei chalon. Roedd hi wedi
gweithio'n galed i dyfu'r planhigion yna. Un i lawr. Sawl
un ar ôl.

Wrth gerdded o'r tŷ, tynnodd Gwesyn ei hwd dros ei
ben. Dyna lle'r oedden nhw. Yn sefyll ar y lawnt fel rhes
o ddoliau plastig. Pe na bai'r arfau brawychus yna'n
gorwedd yn eu gwregysau, byddai wedi bod yn olygfa
eithaf doniol.

Gan osod ei fys yn dwt ar triger ei wn, ymlwybrodd Gwesyn i mewn i'r niwl. Roedd yr un tew oedd yn sefyll i gyfeiriad dau o'r gloch yn sibrwd gorchmynion. Gallai weld y lleill yn troi eu pennau tuag ato.

Gorchmynnodd yr arweinydd eu bod nhw'n estyn am eu harfau-agos. Roedden nhw'n iawn i wneud hynny. Dim ond chwythu nhw'u hunain yn ddarnau fydden nhw gydag arfau-tân. Amser gweithredu.

'Noswaith dda, foneddigion,' meddai Gwesyn. Doedd e ddim yn gallu helpu'i hun, ac roedd y dryswch ar eu hwynebau nhw yn werth ei weld. Yna, cododd ei wn a'i danio i'r awyr.

Capten Gwymon oedd y cyntaf i'r llawr, ar ôl i ddart titaniwm frathu gwddf ei siwt. Suddodd i'r llawr yn ddioglyd fel petai aer wedi troi'n ddŵr. Cwympodd dau arall i'r llawr cyn iddyn nhw gael cyfle i ddeall beth oedd yn digwydd.

Mae'n rhaid ei fod yn drawmatig, meddyliodd Gwesyn yn bwyllog, i golli'r fantais werthfawr rwyt ti wedi'i chadw'n dawel ers canrifoedd.

Erbyn hyn, roedd gweddill Sgwad Adfer 1 wedi codi brigyn braw i'r awyr. Ond fe wnaethon nhw'r camgymeriad o sefyll yn ôl i aros am orchymyn. Rhoddodd hyn gyfle i Gwesyn fynd yn agosach atyn nhw. Er doedd dim angen mantais *arall* arno!

Er hyn, oedodd Gwesyn am eiliad. Roedd y creaduriaid hyn mor fychan. Fel plant. Yna, clipiodd

Brwnt ef ar ei benelin gyda'r brigyn braw a saethodd 1,000 o foltiau dros ei frest. Diflannodd pob gronyn o gydymdeimlad oedd ganddo tuag at y dynion bach ar unwaith.

Gafaelodd Gwesyn yn y pastwn oedd newydd saethu ato, gan ei swingio ef a'i berchennog, uwch ei ben. Gwichiodd Brwnt wrth iddo gael ei ryddhau, cyn iddo hyrddio i mewn i dri o'i gydweithwyr.

Aeth Gwesyn yn ei flaen, gan bwnio dau arall o'r Tylwyth yn eu brestiau gyda'i ddwrn. Dringodd un ohonyn nhw ar ei gefn, gan ei bigo dro ar ôl tro gyda'i bastwn. Syrthiodd Gwesyn arno. Clywodd sŵn crac a daeth y pigiadau i ben.

Yn sydyn, roedd yna wn o dan ei ên. Roedd un o'r Sgwad Adfer wedi llwyddo i godi ei arf.

'Rhewa, Boi'r Mwd,' llifodd y llais o'r tu ôl i ffilter yr helmed. Gwn a hanner, meddyliodd Gwesyn gan sylwi ar yr hylif oeri yn byrlymu ar ei hyd. 'Rho un rheswm i mi.'

Ochneidiodd Gwesyn. Rhywogaeth wahanol, ond yr un hen ystrydebau *macho*. Tarodd y Tylwythyn gyda chledr ei law. I'r boi bach, mae'n siŵr ei fod yn teimlo fel bod yr awyr yn cwympo ar ei ben.

'Hynny'n ddigon o reswm i ti?'

Cododd Gwesyn ar ei draed. Roedd cyrff Tylwyth yn gorwedd o'i amgylch ymhob man. Ambell un mewn sioc ac eraill yn anymwybodol. Wedi cael braw?

Oedden. Wedi marw? Doedd e ddim yn meddwl. Roedd y dasg wedi'i chwblhau.

Ond roedd un boi bach yn ffugio bod yn anymwybodol. Roedd hynny'n amlwg yn ôl y ffordd roedd ei bennau gliniau bychain yn bwrw yn erbyn ei gilydd. Cododd Gwesyn ef gerfydd ei wddf, ei fys a'i fawd yn cyffwrdd yn y cefn. 'Enw?'

'B-Brwnt . . . ym, Corporal Gwymon ddylwn i ddweud.'

'Wel, Corporal, dwed wrth y comander y bydd pethau'n llawer mwy blêr os fydda i'n eich gweld chi yma eto. Dim dartiau, ond bwledi fydd yn saethu trwy'ch arfwisgoedd chi y tro nesaf.'

'Iawnsyr. Bwledi. Dim problem. Swnio'n ddigon teg i mi.'

'Iawn. Dw i'n rhoi caniatâd i chi symud y rhai sydd wedi'u hanafu.'

'Caredig iawn, diolch.'

'Ond os wela i arfau'n disgleirio o bocedi'r doctoriaid, mae'n bosibl y bydda i'n cael fy nhemtio i danio'r ffrwydron tir sydd wedi eu gwasgaru ar draws yr ardd.'

Llyncodd Brwnt, ei fochau'n gwelwi y tu ôl i'w fisor. 'Doctoriaid heb arfau. Deall.'

Rhoddodd Gwesyn y tylwythyn ar y llawr, a thacluso'i wisg gyda'i fysedd enfawr. 'Nawr te. Y peth olaf. Wyt ti'n gwrando?'

Nodio gwyllt.

'Dw i eisiau siarad â rhywun. Rhywun all wneud penderfyniadau. Trafod. Nid swyddog ceiniog-a-dime sydd yn gorfod rhedeg yn ôl i ofyn caniatâd bob wip stitsh. Deall?'

'Iawn. Hynny yw, dw i'n siŵr y bydd hynny'n iawn. Yn anffodus, dw i'n un o'r swyddogion ceiniog-a-dime ry'ch chi newydd eu disgrifio. Ac felly, alla i ddim â dweud yn bendant y bydd popeth yn iawn . . .'

Llanwodd corff Gwesyn â'r dyhead i gicio'r boi bach yma yn ôl i'w wersyll. 'Iawn, dw i'n deall. Nawr . . . ca' dy ben!'

Bu bron i Brwnt gytuno, ond caeodd ei geg yn dynn a nodio unwaith eto.

'Da iawn. Nawr, cyn i ti fynd, casgla'r holl arfau a'u rhoi nhw mewn pentwr draw fan'cw.'

Anadlodd Brwnt yn ddwfn. A wel, gwell fyddai gadael yr hen fyd 'ma fel arwr.
'Galla i ddim â gwneud hynny.'

'O? A pham lai?'

Ceisiodd Brwnt sefyll yn dalach. 'Dydy Swyddog LEP byth yn ildio'i arfau.'

Cytunodd Gwesyn. 'Digon teg. Dim gwaeth o ofyn. Ffwrdd â thi te.'

Er nad oedd e'n deall yn iawn sut roedd e wedi bod mor lwcus, ffodd Brwnt ar frys, yn ôl i'r tŵr rheoli. Fe oedd y tylwythyn olaf ar ei draed. Roedd Trwbwl, ei frawd, yn chwyrnu â'i wyneb yn gorwedd mewn graean, ond roedd e, Brwnt Gwymon, wedi wynebu Bwystfil y Mwd. Arhoswch nes i Mami glywed am hyn.

Eisteddai Heulwen ar erchwyn y gwely, ei bysedd yn gafael yn dynn yn y ffrâm metel. Cododd yn araf, gan symud y pwysau i'w breichiau. Roedd y straen yn bygwth tynnu ei dwy phenelin o'u socedi. Daliodd y gwely am eiliad, cyn ei ollwng yn galed ar y llawr concrit. Teimlai foddhâd wrth weld cwmwl o ddwst a darnau bychain o goncrit yn chwyrlïo wrth ei phennau gliniau.

'Da iawn,' rhochiodd.

Llygadodd Heulwen y camera. Roedden nhw'n ei gwylio hi, yn sicr. Doedd dim amser i'w wastraffu felly. Symudodd ei bysedd yn ôl ac ymlaen, ac yna gollwng ffrâm y gwely ar y concrit eto ac eto ac eto. Erbyn hyn, roedd ôl siâp y ffram yn ddwfn yn ei bysedd hi. Ond gyda phob un tafliad, poerai rhagor o ddarnau concrit o'r llawr ffres.

Yna'n sydyn agorodd drws y gell a daeth Gwen i mewn ar ras. 'Beth wyt ti'n ei wneud?' anadlodd yn gyflym. 'Trio tynnu'r tŷ i lawr?'

'Dw i'n llwgu!' gwaeddodd Heulwen. 'A dw i wedi cael digon o chwifio at y camera twp 'na. Nagych chi'n bwydo carcharorion ffor' hyn? Dw i eisiau bwyd!'

Gwnaeth Gwen ddwrn â'i bysedd. Roedd Artemis wedi ei rhybuddio hi i fod yn gwrtais, ond roedd yna ben-draw i bob amynedd. 'Does dim angen i ti fynd yn honco bost! Jiw jiw! Beth ydych chi Dylwyth yn ei fwyta beth bynnag?'

'Oes gen ti gig dolffin?' holodd Heulwen yn goeglyd.

Crynodd Gwen. 'Nac oes, y bwystfil!'

'Ffrwythau te. Neu lysiau. Ond gwna'n siŵr eu bod nhw wedi eu golchi. Dw i ddim eisiau dim o'ch cemegolion chi yn fy ngwaed i.'

'Ha ha, rwyt ti'n ddoniol, yndwyt? Paid â phoeni, mae'n cynnyrch ni yn cael ei dyfu'n naturiol.' Arhosodd Gwen ar ei ffordd at y drws. 'Paid ti ag anghofio'r rheolau. Dim ceisio dianc o'r tŷ. A does dim angen i ti dorri'r celfi chwaith. Paid â rhoi rheswm i mi ddangos fy noniau ymladd i ti.'

Cyn gynted ag y clywodd Heulwen sŵn traed Gwen yn diflannu, aeth ati i daflu'r gwely at y llawr eto. Tarodd y concrit, dro ar ôl tro. Dyna'r peth am Amodau'r Tylwyth. Roedd yn rhaid edrych i fyw'r llygaid wrth roi cyfarwyddiau. Ac yn fwy na hynny, roedd yn rhaid iddyn nhw fod yn llythrennol gywir. Doedd dweud na ddylai tylwythyn wneud rywbeth ddim hanner digon manwl. A pheth arall, doedd Heulwen ddim yn bwriadu dianc o'r tŷ. Ond doedd hynny ddim yn golygu nad oedd hi'n bwriadu gadael ei chell.

Roedd Artemis wedi gosod monitor arall yn ei swyddfa. Camera oedd yn darlledu'n fyw o ystafell ei fam yn yr atig. Treuliodd rai munudau yn edrych arno. Weithiau, roedd e'n anghyfforddus gyda'r syniad o gael camera yn ei hystafell hi; roedd e'n teimlo fel ei fod e'n ysbïo arni. Ond er ei lles hi oedd hyn. Roedd yna berygl y byddai hi'n brifo ei hun. Ar hyn o bryd, roedd hi'n cysgu'n dawel, ar ôl llyncu'r tabledi cysgu roedd Gwen wedi eu gadael wrth y gwely. Roedd hynny'n rhan o'r cynllun hefyd. Rhan allweddol, fel mae'n digwydd.

Daeth Gwesyn i mewn i'r ystafell reoli. Yn ei ddwrn roedd darnau o dechnoleg y Tylwyth ac roedd e'n crafu ei wddf. 'Hen bethau bach cyfrwys.'

Edrychodd Artemis i fyny arno, ei wyneb yn ddi-fynegiant. 'Unrhyw broblemau?'

'Dim byd mawr. Mae'r pastynau bychain sydd ganddyn nhw'n eithaf pwerus cofia. Sut mae'r carcharor?'

'Iawn. Mae Gwen yn nôl rhywbeth iddi fwyta. Mae gen i ofn fod Capten Pwyll yn mynd yn orffwyll.'

Ar y sgrin, gallai'r ddau weld Heulwen yn taro'i gwely haearn ar y concrit.

'Mae hynny'n ddealladwy,' nododd y gwas. 'Dychmyga pa mor rhwystredig mae hi'n teimlo. Dyw hi ddim yn medru dianc trwy wneud twnnel, ydy hi?'

Gwenodd Artemis. 'Na. Mae'r stad wedi'i adeiladu ar wely o garreg galch. Dw i ddim yn meddwl y byddai coblyn hyd yn oed yn gallu gwneud twnnel drwy'r stwff yna.'

Anghywir, fel mae'n digwydd. Ofnadwy o anghywir. Eiliad dyngedfennol yn hanes Artemis Gwarth.

Roedd gan y LEP ddulliau o weithredu mewn argyfyngau fel hyn. Mae'n rhaid cyfaddef nad yw hynny'n cynnwys gadael i aelodau'r Sgwad Adfer gael eu curo'n ddidrugaredd gan y gelyn. Oherwydd hynny, roedd y cam nesaf yn holl bwysig. Yn enwedig gan fod lliw oren gwelw'n dechrau ymddangos yn yr awyr.

'Amdani?' rhuodd Gwreiddyn i mewn i'r meic, er ei fod yn ddigon sensitif i recordio sibrydiad. Ydyn, ry'n ni'n barod i fynd, meddyliodd Cwiff. Pam fod y bobl milwrol yma'n defnyddio termau mor rhyfedd? Amdani, llwythwch, i'r gad. Termau oedd yn pwysleisio diffyg hyder.

Yn uchel, dywedodd Cwiff, 'Does dim angen gweiddi, Comander. Mae'r meic hyn yn gallu recordio pry copyn yn crafu ym Madagascar.'

'Ac oes 'na bry copyn yn crafu ym Madagascar?'

'Wel . . . dw i ddim yn siŵr. Dydyn nhw ddim yn gallu –'

'Paid â newid y pwnc, Cwiff, ac ateb y cwestiwn!'

Gwgodd y gŵr-farch. Roedd y Comander yn gweld popeth yn ddu a gwyn. Dyma osod plwg modem y lloeren i'w gluniadur.

'Ocê . . . amdani.'

'Hen bryd hefyd. Iawn, bwra'r botwm boio.'

Am y trydydd tro mewn munud, daliodd Cwiff ei dafod ceffylaidd. Fe yn wir oedd yr athrylith mwyaf yn ei faes, a doedd neb oll yn ei werthfawrogi. Nodwedd glasurol o athrylith. Bwra'r botwm, os nad oes ots gen ti. Heb y 'boio', diolch yn fawr. Doedd gan Gwreiddyn ddim digon o allu yn ei benglog i ddeall mawredd yr hyn roedd Cwiff yn ei wneud.

Nid trwy wasgu un botwm yr oedd stopio amser. Roedd nifer fawr o gamau i'w cymryd yn y drefn gywir gyda gofal arbennig. Canlyniad unrhyw gamgymeriad fyddai troi'r safle'n ddim mwy na lludw a slwdj ymbelydrol.

Er bod y Tylwyth wedi bod yn stopio amser ers milenia, roedd hi'n anodd iawn gwneud hynny'n ddi-ffws y dyddiau hyn. Oherwydd lloerennau a'r we fyd eang, roedd hi'n hawdd i Ddynion y Mwd sylwi os oedd rhyw le yn diflannu oddi ar y radar am oriau. Slawer dydd, roeddech chi'n gallu taflu blanced stopio amser dros wlad gyfan heb i Ddynion y Mwd sylwi dim. Neu os fydden nhw'n sylwi fe fydden nhw'n dod i'r casgliad fod y Duwiau'n gandryll. Ond dim rhagor. Heddiw, roedd gan Ddynion declyn i fesur popeth. Ac felly, os oedd yn rhaid stopio amser, roedd yn rhaid bod yn ofalus tu hwnt

Yn yr hen ddyddiau, byddai pump coblyn dewinol yn

ffurfio pentagram o gwmpas y targed cyn taenu tarian hud dros bob man, gan stopio amser yn y man caeëdig.

Dyma ddull oedd yn gweithio'n dda, ar yr amod nad oedd angen i'r coblynnod fynd i'r tŷ bach. Roedd ambell i warchae wedi mynd o ddrwg i waeth achos bod coblyn wedi yfed gormod o win y noson gynt. Problem arall oedd bod coblynnod dewinol yn blino'n gyflym, a'u breichiau nhw'n brifo. Ar ddiwrnod da, roedd gennych ryw awr a hanner – doedd cyn lleied o amser â hynny ddim werth y trwbwl yn y lle cyntaf.

Syniad Cwiff oedd troi'r broses yn un fecanyddol. Trefnodd fod y coblynnod dewinol yn gwthio'u hud i mewn i fatris lithiwm. Yna byddai lloerennau'n cael eu gosod o gwmpas y lle penodedig. Swnio'n syml? Wel, doedd e ddim. Ond roedd yna fanteision amlwg. Yn un peth, doedd dim ymchwydd rhyfedd o bŵer yn dod o nunlle. Ac yn ogystal, doedd dau fatri ddim yn trio cystadlu yn erbyn ei gilydd am sylw. Roedd modd cyfri faint o gelloedd pŵer fyddai eu hangen hefyd, ac erbyn hyn roedd gwarchae'n gallu para am hyd at wyth awr.

Fel mae'n digwydd, roedd stad teulu'r Gwarth yn le gwych i stopio amser – wedi ei hynysu, ond â ffiniau amlwg. Roedd tyrau uchel ar gael ar gyfer y lloerennau hyd yn oed. Gallech chi daeru fod Artemis Gwarth *eisiau* iddyn nhw stopio amser . . . oedodd Cwiff am eiliad. Oedd hynny'n bosibl? Wedi'r cyfan, roedd y bachgen ifanc wedi bod gam ar y blaen ar hyd y daith mor belled.

'Comander?'

'Ydyn ni ar-lein eto?'

'Ddim eto. Mae rhywbeth –'

Bu bron i ymateb Gwreiddyn ddifrodi clustiau Cwiff.

'Na, Cwiff! Does dim "rhywbeth". Dw i ddim am glywed dim un o dy syniadau gwych di, diolch yn fawr. Mae bywyd Capten Pwyll mewn perygl, felly bwra'r botwm 'na cyn i mi ddringo'r twr a'i wasgu gyda dy ben di!'

'W! Cadw dy ddannedd gosod i mewn!' meddai Cwiff, a gwasgu'r botwm.

Edrychodd Is-gapten Cwtshoni ar y lloer-o-medr. 'Mae gen ti wyth awr.'

'Dw i'n gwybod faint o amser sy gen i,' grwgnachodd Gwreiddyn. 'A phaid â nilyn i drwy'r amser. Does dim gwaith gen ti i'w wneud?'

'A gweud y gwir, nawr dy fod ti'n sôn, mae gen i fom biolegol i'w baratoi.'

Trodd Gwreiddyn yn ôl at ei hen ffrind. 'Paid â thynnu arna i, Is-gapten. Dydy dy sylwadau bach clyfar di ddim yn fy helpu i ganolbwyntio. Gwna beth rwyt ti'n teimlo sy angen i ti wneud. Ond bydd yn barod i amddiffyn dy hun mewn tribiwnlys. Os bydd hyn yn mynd yn anghywir, fe fydd pennau ar y bloc.'

'Yn sicr,' mwmianodd Cwtshoni o dan ei anadl. 'Ond fydda i yn ddigon saff.'

Archwiliodd Gwreiddyn yr awyr. Roedd niwl glas, disglair wedi disgyn ar stad teulu'r Gwarth. Da iawn. Roedden nhw mewn limbo. Y tu allan i'r waliau, roedd bywyd yn mynd yn ei flaen ar gyflymder anghredadwy, ond pe bai rhywun yn llwyddo i ddod mewn i'r stad heibio'r waliau enfawr a'r glwyd uchel, ni fyddai unrhyw bobl i'w gweld yno, gan fod pawb wedi eu caethiwo yn y gorffennol.

Ac felly, am yr wyth awr nesaf, y gwyll fyddai'n teyrnasu ar stad teulu'r Gwarth. Ac wedi hynny? Roedd hi'n mynd i fod yn anodd iawn i Gwreiddyn sicrhau diogelwch Heulwen. Oherwydd difrifoldeb y sefyllfa, roedd hi'n bur debyg y byddai Cwtshoni'n cael yr hawl i ollwng ei fom biolegol dros y stad gyfan. Roedd Gwreiddyn wedi gweld golchad las o'r blaen. Fyddai ddim byd byw yn goroesi. Ddim hyd yn oed y llygod mawr.

Cafodd Gwreiddyn gip ar Cwiff wrth iddo gerdded tuag at waelod tŵr y gogledd. Roedd y gŵr-farch wedi parcio gwennol wrth y mur trwchus. Roedd yr ardal yn gybolfa o wifrau a ffibrau optig yn symud yn rhythmig.

'Cwiff? Wyt ti yna?'

Cododd helmed ffoil y gŵr-farch o'r tu ôl i gyfrifiadur oedd wedi'i dynnu'n ddarnau mân. 'Fan hyn,

Comander. Dw i'n cymryd eich bod chi wedi dod i wasgu'r botwm gyda fy mhen.'

Bu bron i Gwreiddyn chwerthin. 'Paid â dweud wrtha i dy fod ti'n disgwyl ymddiheuriad, Cwiff. Dw i wedi defnyddio fy nghwota o'r rheiny am heddiw. Ac roedd hynny gyda ffrind bore oes.'

'Cwtshoni? Maddeuwch i mi, Comander, ond bydden i ddim yn gwastraffu fy anadl yn ymddiheuro iddo fe. Fydd e ddim yn gwastraffu ymddiheuriadau arnoch chi pan fydd e'n eich bradychu di.'

'Ti'n anghywir. Mae Cwtshoni yn swyddog da. Ychydig yn rhy awyddus falle, ond fe fydd e'n gwneud y peth iawn pan mae'n cyfri.'

'Y peth iawn iddo fe efallai. Dw i ddim yn meddwl fod Heulwen ar ben ei restr o flaenoriaethau.'

Atebodd Gwreiddyn ddim. Doedd ganddo ddim ateb.

'A pheth arall. Mae gen i deimlad fod Artemis Gwarth eisiau i ni stopio amser. Wedi'r cyfan, mae popeth arall ry'n ni wedi ei wneud wedi'i siwtio fe i'r dim.'

Rhwbiodd Gwreiddyn ei dalcen. 'Mae hynny'n amhosibl. Sut allai un o Ddynion y Mwd wybod am stopio amser? Beth bynnag, does gen i ddim amser i feddwl am hyn, Cwiff. Mae llai nag wyth awr gennym ni, ac mae'n rhaid glanhau'r llanast yma. Beth sydd gen ti i mi?'

Trotiodd Cwiff draw at yr offer oedd ar y wal. 'Dim arfau trwm, yn sicr. Ddim ar ôl yr hyn ddigwyddodd i

Sgwad Adfer 1. Dim helmed chwaith. Mae'r bwystfil mawr yna yn eu casglu nhw dw i'n meddwl. Na, er mwyn dangos ychydig o ewyllys da, ry'n ni'n mynd i'ch anfon chi i mewn heb arfau.'

Chwyrnodd Gwreiddyn. 'O ba lyfr rheolau ges ti'r syniad yna?'

'Dyna'r drefn arferol. Mae cael y gelyn i ymddiried ynoch chi yn hwyluso cyfathrebu.'

'O, rho'r gore i siarad fel llyfr a dere ag arf i mi.'

'Fel mynnoch chi,' ochneidiodd Cwiff, gan estyn am arf fechan oedd yn edrych fel bys.

'Beth yw hwnna?'

'Bys. Beth arall allai e fod?'

'Bys,' cyfaddefodd Gwreiddyn.

'Ie, ond nid bys arferol.' Syllodd Cwiff o'i amgylch gan wneud yn siŵr fod neb yn gwrando arno. 'Ar ben y bys mae dart. Dim ond unwaith mae e'n gallu saethu. Rydych chi'n bwrw cymal y bys gyda'ch bawd, ac mae rhywun yn mynd i gysgu-shmysgu.'

'Pam nad ydw i wedi gweld hwn o'r blaen?'

'Un o'r pethau dirgel yna . . .'

'A?' meddai Gwreiddyn yn ddrwgdybus.

'Wel, mae damwain neu ddwy wedi digwydd.'

'Dwed wrtha i, Cwiff.'

'Mae'n asiantiaid yn anghofio eu bod nhw'n eu gwisgo nhw.'

'Beth? Maen nhw'n saethu eu hunain?'

Nodiodd Cwiff yn ddigalon. 'Roedd un o'n hasiantiaid gorau ni yn pigo'i drwyn ar y pryd. Roedd ei fywyd yn y fantol am dridiau.'

Gosododd Gwreiddyn y bys rwber â chof ar ei fynegfys, ac ar unwaith edrychai'n union fel ei fys go iawn.

'Paid â phoeni, Cwiff, dw i ddim mor dwp â hynny. Unrhywbeth arall?'

Tynnodd Cwiff declyn rhyfedd oddi ar fachyn ar y wal. Roedd e'n edrych fel pen-ôl ffug.

'Dwyt ti ddim o ddifri! Beth mae hwnna'n ei wneud?'

'Dim,' cyfaddefodd y gŵr-farch. 'Ond mae pawb yn torri eu boliau'n chwerthin o'i weld e mewn parti.'

Chwarddodd Gwreiddyn i'w hun. Ddwywaith! Cywilydd!

'Iawn, digon o'r dwli. Wyt ti'n mynd i roi gwifrau arna i?'

'Yn naturiol. Un camera-cannwyll-y-llygad. Pa liw?' Edrychodd i fyw llygaid y Comander. 'Hmm. Brown fel mwd.' Dewisodd ffiol fechan o'r silff ar y wal a thynnu lens blastig, electronig ohoni. Gan ddal amrannau Gwreiddyn gyda'i fys a'i fawd, gosododd y camera-cannwyll-y-llygad yn ei le. 'Efallai y bydd y lens yn cosi ychydig. Ond peidiwch â chrafu neu fe allai ddianc i gefn y llygad. Yna, byddai'n rhaid i ni edrych i mewn i'ch pen chi. A does dim byd diddorol yn fan 'na, fel ry'n ni i gyd yn gwybod.'

Caeodd Gwreiddyn ei lygaid, a'u hagor eto. Ceisiodd beidio rwbio'i lygad dyfriog. 'Dyna ni?'

Nodiodd Cwiff. 'Allwn ni ddim mentro defnyddio dim byd arall.'

Cytunodd Gwreiddyn er ei fod yn anfodlon. Roedd ei glun yn teimlo'n ysgafn iawn heb gwn tri-barel yn hongian arni. 'Ocê. Bydd yn rhaid i'r dart-bys hwn fod yn ddigon. Dw i'n addo i ti, Cwiff, os ffrwydrith y teclyn yma yn fy ngwyneb i, byddi di ar y wennol nesaf yn ôl i Hafan.'

Ceisiodd Cwiff beidio piffian chwerthin. 'Bydd yn ofalus yn y tŷ bach, dyna'r oll ddyweda i.'

Chwarddodd Gwreiddyn ddim. Roedd rhai pethau na fedrai dyn chwerthin amdanyn nhw.

*

Roedd oriawr Artemis wedi stopio. Fel petai amser Greenwich ddim yno rhagor. Neu efallai, meddyliodd Artemis, mai ni yw'r rhai sydd wedi diflannu. Edrychodd ar CNN. Roedd hwnnw wedi rhewi hefyd. Herciodd llun o Riz Khan ar y sgrin. Ceisiodd Artemis beidio cilwenu'n foddhaol. Roedden nhw wedi cyflawni'r dasg felly, fel roedd y Llyfr yn ei ddweud.

Roedd y LEP wedi stopio amser. Yn unol â chynllun Artemis.

Roedd hi'n hen bryd arbrofi theori oedd ganddo. Aeth ar ei union at ddesg y monitorau. Gwasgodd fotymau Cam Mam a'i gael i fyny ar y sgrin saithdeg centimetr. Doedd Siân Gwarth ddim yn gorwedd ar y *chaise longue* erbyn hyn. Trodd Artemis y camera o amgylch yr ystafell. Roedd yn wag. Roedd ei fam wedi mynd. Wedi diflannu. Lledaenodd ei wên. Perffaith. Fel yr oedd e wedi amau.

Trodd Artemis ei sylw at Heulwen Pwyll. Roedd hi'n brysur yn taflu'r gwely i'r llawr eto. O bryd i'w gilydd, byddai hi'n codi o'r matras ac yn taro'i dyrnau yn erbyn y wal yn llawn rhwystredigaeth. Oedd hi'n cynllunio rhywbeth? Tarodd y monitor gyda'i fys tenau.

'Beth wyt ti'n ei wneud, Capten? Beth yw dy gynllun bach di?'

Tynnodd rhywbeth ei sylw ar gamera'r rhodfa.

'O'r diwedd,' anadlodd. 'Mae'r gemau'n dechrau.'

O'r monitor, gallai Artemis weld ffigwr bychan yn cerdded ar hyd y rhodfa, tuag at y tŷ. Bychan ond mawreddog ar yr un pryd. Roedd e wedi dod heb darian hefyd. Roedden nhw wedi penderfynu rhoi'r gorau i'r chwarae plant bach, felly.

Gwasgodd Artemis fotwm yr intercom.

'Gwesyn? Mae ymwelydd ar ei ffordd. Fe af i i estyn

croeso iddo. Dere di yn ôl i'r fan hyn a chadw golwg ar y camerâu gwyliadwraeth.'

Clywodd Artemis lais Gwesyn yn ei ateb o bell.

'Dim problem, Artemis. Ar fy ffordd.'

Gwisgodd Artemis ei siaced ddrud a chau'r botymau. Arhosodd ger y drych i unioni ei dei. Y tric gyda negydu oedd eich bod chi'n dal y cardiau i gyd ar y ffordd mewn, a hyd yn oed os nad oedden nhw i gyd gyda chi, yna ceisio edrych fel pe baen nhw.

Gwnaeth Artemis ei wyneb mwyaf aflan hefyd. Drwg, dywedodd wrth ei hun, drygionus ond hynod o alluog. Penderfynol hefyd, meddai, paid ag anghofio penderfynol. Rhoddodd ei law ar fwlyn y drws. Gofalus nawr. Anadlu'n drwm, a cheisio peidio meddwl y gallet ti fod wedi camddehongli'r sefyllfa a dy fod ti ar fin cael dy saethu'n farw. Un, dau, tri . . . Agorodd y drws.

'Noswaith dda,' meddai, yn edrych y part yn llwyr, er ei fod hefyd yn edrych yn ddrwg, yn rhyfedd, yn alluog ac yn benderfynol.

Safodd Gwreiddyn ar stepen y drws, a dangos cledrau'i ddwylo, yr ystum cyffredinol sy'n dweud, Edrycha, dw i ddim yn cario arf enfawr peryglus.

'Ti yw Gwarth?'

'Artemis Gwarth, at eich gwasanaeth. A chi yw?'

'Comander Gwreiddyn, LEP. Iawn, rydym ni'n gwybod enwau'n gilydd. Beth am fwrw ymlaen â phethau?'

'Wrth gwrs.'

Penderfynodd Gwreiddyn y byddai'n trio'i lwc. 'Tyrd allan i fan hyn te, er mwyn i mi allu dy weld di.'

Caledodd wyneb Artemis. 'Ydych chi wedi dysgu unrhywbeth o'r hyn rwy wedi'i wneud? Y llong? Eich comandos? Oes angen i mi ladd rhywun?'

'Nacoes,' atebodd Gwreiddyn yn frysiog. 'Roeddwn i ond –'

'Roeddet ti eisiau fy nenu i y tu allan, er mwyn fy herwgipio i a bargeinio gyda fi. Plîs, Comander Gwreiddyn, gwnewch fwy o ymdrech neu anfonwch rhywun arall mwy galluog.'

Gallai Gwreiddyn deimlo'r gwaed yn pwmpio i'w fochau. 'Nawr, gwranda di arna i, 'y machgen . . .'

Gwenodd Artemis. Unwaith eto, fe oedd yn rheoli. 'Dyw hynny ddim yn dangos sgiliau negydu gwych iawn, Comander. Colli amynedd cyn i ni gyrraedd y bwrdd hyd yn oed. Twt twt.'

Anadlodd Gwreiddyn yn ddwfn nifer o weithiau.

'Iawn. Beth bynnag rwyt ti'n ei ddweud. Ble allwn ni drafod?'

'Y tu mewn, wrth gwrs. Dw i'n rhoi caniatâd i chi ddod i mewn, ond cofiwch, mae bywyd Capten Pwyll yn eich dwylo chi. Byddwch yn ofalus gydag e.'

Dilynodd Gwreiddyn ei letywr i lawr y coridor bwaog. Syllai cenedlaethau o hynafiaid Gwarth i lawr arno o'r darluniau olew clasurol mewn fframiau pren enfawr oedd yn hongian ar hyd y waliau. Yna, dyma Artemis yn agor drws derw a cherdded i mewn i ystafell gynadledda hir. Roedd dwy gadair wedi eu gosod ger y ford gron. Yno hefyd roedd padiau o bapur, blwch llwch a jygiau dŵr.

Roedd Gwreiddyn wrth ei fodd pan welodd y blwch llwch ac estynnodd yn syth am hanner sigâr wedi'i chnoi o'i fest. 'Efallai nad wyt ti mor farbaraidd ag yr oeddwn i'n meddwl wedi'r cyfan,' chwyrnodd, gan chwythu cwmwl o fwg gwyrdd o'i geg. Anwybyddodd y comander y jygiau dŵr, ac arllwysodd hylif porffor o fflasg fechan oedd ganddo. Yfodd yn ddwfn, pecial, yna eistedd.

'Barod?' Daeth sŵn siffrwd papurau o gyfeiriad Artemis. Roedd e'n chwarae â'i nodiadau fel petai ar fin darllen y newyddion. 'Dyma'r sefyllfa hyd y gwela i. Mae gen i'r adnoddau i brofi eich bodolaeth chi o dan y ddaear, a does gennych chi ddim pŵer i'm stopio i. Felly, yn syml, pris bychan i'w dalu fydd unrhyw beth y byddaf i'n gofyn amdano.'

Poerodd Gwreiddyn stribyn o'r tobaco ffwng o'i geg. 'Wyt ti'n meddwl rhoi'r holl wybodaeth yma ar y We?'

'Wel, ddim yn syth, na. Nid â chithau wedi stopio amser.'

Tagodd Gwreiddyn ar lond ysgyfaint o fwg. Roedd e'n gallu gweld ei gerdyn aur. D'Arvit!

'Wel, os wyt ti'n gwybod am stopio amser, fe fyddi di

hefyd yn gwybod ein bod ni wedi ein torri i ffwrdd o'r byd y tu allan. Does dim pŵer yn y byd gennyt ti.'

Nododd Artemis rywbeth a ddaeth i'w feddwl yn ei lyfr nodiadau. 'Beth am beidio gwastraffu amser, ie? Dw i'n dechrau blino ar eich blyffio chi. Mewn achos o ddynladrad fel hwn, fe fydd y LEP yn danfon Sgwad Adfer i geisio cael gafael ar y tylwythyn neu'r dylwythen golledig. Rydych chi eisoes wedi gwneud hyn. Maddeuwch i mi am chwerthin. Sgwad Adfer? Mewn difri. Byddai tîm o fwncïod dall gyda gynnau dŵr wedi gallu eu curo nhw.'

Gwylltiodd Gwreiddyn yn dawel, a chnoi pen ei sigâr gyda'i ddannedd.

'Y cam ffurfiol nesaf yw'r negydu. Ac yn olaf, ar ôl stopio amser am wyth awr a ninnau heb gytuno, fe fydd bom biolegol yn cael ei ollwng ar y stad.'

'Rwyt ti'n gwybod llawer iawn amdanom ni. Dw i'n cymryd nad wyt ti'n fodlon dweud sut?'

'Cywir.'

Malodd Gwreiddyn weddill ei sigâr i'r blwch llwch crisial. 'Wel, beth wyt ti eisiau?'

'Un peth. Dim ond un.'

Llithrodd Artemis ei lyfr nodiadau ar draws y bwrdd llyfn. Darllenodd Gwreiddyn yr hyn oedd arno. 'Tunnell o aur pedair carat ar hugain. Ingotiau bychain heb farciau arnynt. Dwyt ti ddim o ddifri!'

'O, ydw.'

Pwysodd Gwreiddyn ymlaen yn ei gadair. 'Dwyt ti ddim yn gweld? Mae dy sefyllfa di'n amhosibl. Un ai rwyt ti'n rhoi Capten Pwyll yn ôl i ni neu fe fydd yn rhaid i ni eich lladd chi i gyd. Does dim tir canol. Dydyn ni ddim yn negydu. Ddim mewn gwirionedd. Dw i yma er mwyn egluro'r ffeithiau'n unig.'

Gwenodd Artemis wên fileinig. 'Ond rydych chi *yn* mynd i negydu gyda fi, Comander.'

'Wir? A pham dy fod ti mor arbennig?'

'Dw i'n arbennig, achos dw i'n gwybod sut i ddianc o'r maes amser.'

'Amhosibl,' meddai Gwreiddyn gyda gwên. 'Does neb erioed wedi gwneud hynny.'

'Dyw hi ddim yn amhosibl, credwch chi fi. A dw i ddim wedi bod yn anghywir hyd yn hyn.'

Rhwygodd Gwreiddyn y dudalen gyntaf o'r llyfr nodiadau a'i rhoi yn ei boced. 'Bydd rhaid i mi feddwl am hyn.'

'Cymerwch eich amser. Mae wyth awr gennym ni . . . dw i'n flin, saith awr a hanner, yna fe fydd yr amser ar ben i ni i gyd.'

Bu Gwreiddyn yn dawel am amser hir, gan fwrw'i ewinedd ar y bwrdd. Anadlodd fel pe bai'n barod i siarad, yna newidiodd ei feddwl a chodi ar ei draed yn ddi-rybudd. 'Fe fyddwn ni'n cysylltu. Paid â phoeni, fe af i allan ar fy mhen fy hun.'

Gwthiodd Artemis ei gadair yn ôl.

'Iawn. Ond cofiwch hyn, does dim croeso i unrhyw un o'ch rhywogaeth chi yn y tŷ hwn tra mod i'n fyw.'

Brasgamodd Gwreiddyn i lawr y coridor, gan syllu yn ôl ar y darluniau olew. Roedd hi'n well gadael nawr er mwyn prosesu'r wybodaeth newydd. Yn wir, un llithrig a chyfrwys oedd y bachgen Gwarth yma. Ond roedd e wedi gwneud un camgymeriad sylfaenol. Cymryd yn ganiatáol y byddai Gwreiddyn yn dilyn y rheolau. Doedd Comander Julius Gwreiddyn ddim wedi cyrraedd ble'r oedd e gyda'r LEP drwy gadw at y rheolau. Roedd yr amser wedi dod i weithredu mewn dull ychydig yn fwy anarferol.

Roedd arbenigwyr yn astudio'r tâp fideo a gymerwyd gan gamera-cannwyll-y-llygad Gwreiddyn.

'Edrychwch fan'na,' meddai'r Athro Cwmwlws, arbenigwr ymddygiad. 'Welwch chi ei wyneb yn plycio? Mae e'n dweud celwydd.'

'Nonsens,' ochneidiodd Doctor Argon, seicolegydd oedd yn byw o dan yr Unol Daleithiau. 'Mae e'n crafu, dyna i gyd. Mae e'n cosi, felly mae e'n crafu. Does dim byd rhyfedd am hynny.'

Trodd Cwmwlws at Cwiff. 'Gwranda arno fe. Sut alla i weithio gyda'r fath gwac?'

'Dyn hysbys,' ymatebodd Argon.

Cododd Cwiff ei gledrau blewog.

ᛒ · ☡ ⚶ ⚛ ⚕ ⚘ · ◑ ⚐ ⚑ ⚛ → · 👁 ⚏

'Ddynion, os gwelwch yn dda. Mae angen i ni gytuno. Proffil cadarn.'

'Does dim pwynt,' meddai Argon. 'Alla i ddim gweithio mewn amodau fel hyn.'

Plygodd Cwmwlws ei freichiau. 'Os na all e weithio, alla i ddim chwaith.'

Brasgamodd Gwreiddyn trwy ddrysau dwbl y wennol. Roedd ei wyneb porffor yn gochach fyth erbyn hyn. 'Mae'r Dyn yna'n chwarae gyda ni, a dw i ddim am ganiatáu i hynny ddigwydd. Nawr, beth ddywedodd ein harbenigwyr am y tâp?'

Symudodd Cwiff i'r ochr ryw fymryn, er mwyn i Gwreiddyn fedru gweld yr arbenigwyr. 'Mae'n debyg eu bod nhw'n methu gweithio o dan y fath amgylchiadau.'

Aeth llygaid Gwreiddyn yn gul gan ffocysu arnyn nhw. 'Beth?'

'Mae'r doctor parchus yn ffŵl gwirion,' meddai Cwmwlws, yn amlwg yn anghyfarwydd â thymer Gwreiddyn.

'Dw i'n ffŵl gwirion?' meddai Argon wedi gwylltio. Doedd e ddim wedi gweld Gwreiddyn yn colli ei limpyn o'r blaen chwaith. 'Beth amdanat ti? Tylwythyn sydd wedi dod o ryw ogof, yn mynnu gosod rhyw ddehongliad neu'i gilydd ar ystumiau hollol ddiniwed.'

'Diniwed? Mae'r boi yn nyrfs i gyd. Roedd e'n amlwg yn dweud celwydd.'

Bwrodd Gwreiddyn ei ddwrn ar y bwrdd, gan greu craciau fel gwe pry-cop ar hyd yr wyneb.

'Tawelwch!'

A bu tawelwch. Yn syth bìn.

'Nawr, mae'r ddau ohonoch chi, *arbenigwyr*, yn cael eich talu'n dda iawn am greu proffil. Cywir?'

Nodiodd y ddau heb ddweud gair, am eu bod nhw'n poeni y bydden nhw'n torri'r rheol dawelwch.

'Hwn yw'r achos pwysicaf i chi ddelio gydag e erioed. Felly, dw i am i chi ganolbwyntio. Ydych chi'n deall?'

Pennau'n nodio eto.

Tynnodd Gwreiddyn y camera-cannwyll-y-llygad o'i lygad llaith.

'Gwibia'r tâp ymlaen, Cwiff. Hyd y diwedd.'

Symudodd y tâp yn ei flaen. Ar y sgrin, dilynodd Gwreiddyn y Dyn i mewn i'r ystafell gyfarfod.

'Fan'na! Stopia! Wyt ti'n gallu mynd yn agosach at ei wyneb?'

'Ydw i'n gallu mynd yn agosach at ei wyneb?' ebychodd Cwiff. 'Ydy corrach yn medru dwyn gwe o dan bry-copyn?'

'Ydy,' atebodd Gwreiddyn.

'Cwestiwn rhethregol oedd hwnna a dweud y gwir.'

'Dw i ddim yma i gael gwers ramadeg, Cwiff, cer yn agosach at ei wyneb wnei di?'

Malodd Cwiff ei ddannedd ceffylaidd. 'Ocê, bos.'

Gwasgodd y gŵr-farch yr allweddell â chyflymder anhygoel. Chwyddodd wyneb Artemis nes ei fod yn llenwi'r sgrin plasma.

'Rwy'n eich cynghori chi i wrando ar hyn,' meddai Gwreiddyn, gan wasgu ysgwyddau'r arbenigwyr. 'Dyma eiliad dyngedfennol yn eich gyrfaoedd chi.'

'Dw i'n arbennig,' meddai'r ceg ar y sgrin, 'achos dw i'n gwybod sut i ddianc o'r maes amser.'

'Nawr, dwedwch wrtha i,' meddai Gwreiddyn. 'Ydy e'n dweud celwydd?'

'Chwaraewch y darn eto,' meddai Cwmwlws. 'Dangoswch y llygaid i mi.'

Cytunodd Argon. 'Ie, dim ond y llygaid.'

Gwasgodd Cwiff fotymau ar yr allweddell, a chwyddodd llygaid gleision Artemis nes llenwi'r sgrin.

'Dw i'n arbennig,' taranodd llais Dyn y Mwd, 'achos dw i'n gwybod sut i ddianc o'r maes amser.'

'Wel, ydy e'n dweud celwydd?'

Edrychodd Cwmwlws ac Argon ar ei gilydd, heb arlliw o elyniaeth yn eu llygaid.

'Nac ydy,' meddai'r ddau gyda'i gilydd.

'Mae e'n dweud y gwir,' ychwanegodd yr arbenigwr ymddygiad.

'Neu,' cywirodd y seicolegydd, 'mae e'n meddwl ei fod e'n dweud y gwir.'

Rhoddodd Gwreiddyn eli ar ei lygad. 'Dyna roeddwn i'n ei feddwl. Pan edrychais i ar wyneb y Dyn yna, roeddwn i'n gwybod mod i'n syllu i lygaid naill ai athrylith neu ddyn gorffwyll.'

Syllodd llygaid oeraidd Artemis yn ôl o'r sgrin.

'Felly, pa un yw e?' holodd Cwiff. 'Athrylith neu ddyn gorffwyll?'

Gafaelodd Gwreiddyn yn y gwn-tri-barel oedd ar y silff. 'Beth yw'r gwahaniaeth?' cyfarthodd Gwreiddyn, gan osod yr arf dibynadwy yn ei wregys. 'Cysyllta fi gydag E1. Mae'r Artemis Gwarth yma'n ymddangos fel petai'n gwybod ein rheolau ni i gyd, felly mae'n amser i ni dorri ambell un.'

Pεππoδ 7: ꟽWRC

 Mꜳε'π bryd cyflwyno cymeriad newydd i'n pasiant arallfydol. Wel, nid cymeriad hollol newydd. Ry'n ni wedi ei gyfarfod o'r blaen. Pan oedd yn sefyll mewn rhes yn Swyddfa'r LEP. Roedd e'n cael ei gadw yn y ddalfa am nifer o weithredoedd lladronllyd. Mwrc Twrddyn, y corrach cleptomanig. Byddai hyd yn oed Artemis Gwarth yn cyfaddef fod Mwrc yn unigolyn amheus. Fel petai dim digon o unigolion heb foesau yn rhan o'r hanes hyn yn barod.

Er iddo gael ei eni i deulu o gorachod cyffredin, sylweddolodd Mwrc yn go glou bod ei fryd e ar rywbeth gwahanol i fwyngloddio. Er, rhaid cyfaddef, roedd cloddio'n rhan o'i ddiddordeb newydd. Cloddio am eiddo pobl eraill. Eiddo Dynion y Mwd yn arbennig. Wrth gwrs, roedd hyn yn golygu fod yn rhaid iddo roi'r gorau i'w hud am fod aneddau unigolion eraill yn sanctaidd. Os wyt ti'n mynd i dorri rheolau, mae'n rhaid i ti fod yn barod i fyw gyda'r canlyniadau. Ond doedd dim ots gan Mwrc. Doedd e ddim yn hoff iawn o hud a lledrith beth bynnag. Doeddech chi ddim yn ei ddefnyddio'n aml wrth gloddio am fwynau.

Roedd pethau wedi mynd yn dda iawn iddo ers sawl canrif, ac roedd e wedi creu busnes uwch ddaear llwyddiannus iawn. Busnes gwerthu creiriau cofiadwy. Cafodd lwyddiant mawr nes iddo geisio gwerthu Tlws Jules Rimet i swyddog cudd o LEP. O hynny ymlaen, newidiodd ei lwc yn sylweddol ac mae wedi cael ei arestio dros ugain o weithiau mor belled. Cyfanswm o 300 mlynedd i mewn ac allan o garchar.

Chwant anferthol i greu twnnel oedd gan Mwrc, ac mae hynny, yn anffodus, yn ddisgrifiad hollol gywir o'r hyn roedd e'n hoff o'i wneud. I'r rheiny ohonoch chi sy'n anghyfarwydd gyda'r ffordd y mae corachod yn torri twnelau yn y tir, fe geisiaf i egluro yn y modd mwyaf chwaethus. Yn debyg i rai ymlusgiaid, mae corachod gwrywaidd yn gallu tynnu asgwrn eu gên yn rhydd. Mae hyn yn eu galluogi nhw i lyncu nifer o gilogramau o bridd bob eiliad. Mae'r deunydd hyn yn cael ei weithio drwy'r corff, pan mae metabolaeth hynod o effeithlon y corrach yn tynnu'r holl fineralau diwerth allan o'r pridd ac yna'n saethu'r gweddill yn ôl allan . . . o'r ochr arall, fel petai. Hyfryd.

Ar hyn o bryd, mae Mwrc yn eistedd yn llesg mewn cell â phedair wal garreg o'i amgylch yng ngorsaf y LEP.

Mae e'n ceisio gwneud ymdrech i edrych fel corrach llesg, digyffro ond a dweud y gwir, mae e'n crynu y tu mewn.

Roedd y rhyfel rhwng y coblynnod a'r corachod yn poethi ac roedd rhyw ffŵl o'r LEP wedi penderfynu rhoi Mwrc mewn cell gyda chriw o goblynnod creulon. Esgeulustod o bosib ond roedd hi'n fwy tebygol ei fod e wedi gwneud hyn yn fwriadol er mwyn talu yn ôl i Mwrc am geisio dwyn o'i bocedi tra'n sefyll yn y rhes i gofrestru.

'Felly, gorrach,' gwawdiodd y prif goblyn, ei wyneb yn llawn plorod a'i freichiau'n llawn tatŵs. 'Pam na wnei di fwyta dy ffordd allan o'r fan hyn te?'

Tarodd Mwrc y walydd gyda'i law. 'Maen nhw wedi eu gwneud o graig. Maen nhw'n galed.'

Chwarddodd y coblyn. 'A? Gall e ddim bod yn fwy caled na dy benglog corachol di.'

Chwarddodd ffrindiau'r coblyn. Chwarddodd Mwrc hefyd. Efallai ei fod e'n meddwl mai dyna oedd y peth call i'w wneud. Anghywir.

'Wyt ti'n chwerthin am 'y mhen i, gorrach?'

Stopiodd Mwrc chwerthin. '*Gyda* ti,' cywirodd ef. 'Dw i'n chwerthin *gyda* ti. Y jôc am fy mhenglog i, roedd hi'n eithaf doniol.'

Cerddodd y coblyn yn chwim tuag ato nes bod ei drwyn seimllyd centimetr i ffwrdd o drwyn Mwrc. 'Wyt ti'n bod yn nawddoglyd, gorrach?'

Llyncodd Mwrc, a meddwl. Petai e'n gollwng ffrâm ei ên yn rhydd nawr, byddai modd iddo lyncu'r arweinydd cyn i'r lleill gael amser i ymateb. Ac eto, roedd coblynnod yn anodd iawn i'w treulio. Roedden nhw'n brifo dy berfedd. Gormod o esgyrn.

Daeth pelen o dân o ddwrn y coblyn. 'Dw i newydd ofyn cwestiwn i ti.'

Gallai Mwrc deimlo pob darn o'i gorff yn chwysu. Doedd corachod ddim yn hoffi tân. Doedden nhw ddim hyd yn oed yn hoffi meddwl am dân. Yn wahanol iawn i'r Tylwyth, doedd gan y corachod ddim diddordeb mewn byw uwchben y ddaear. Fe fydden nhw'n rhy agos at yr haul, sy'n eironig iawn o ystyried ei fod ef yn rhedeg busnes Rhyddhau Dynion y Mwd o'u Heiddo.

'D-doedd dim angen gwneud hynna.' Ceisiodd beidio â swnio fel petai wedi cael braw. 'Trio bod yn gyfeillgar oeddwn i.'

'Cyfeillgar,' poerodd y coblyn â'r wyneb hyll. 'Dwyt ti a dy siort ddim yn gwybod beth yw ystyr y gair. Llwfrgwn sy'n taro cyllyll yng nghefnau eraill, dyna ydych chi.'

Cytunodd Mwrc yn ddiplomataidd. 'Mae ambell un wedi nodi ein bod ni, fel criw, ychydig yn dwyllodrus.'

'Ychydig yn dwyllodrus! Ychydig yn dwyllodrus! Cafodd fy mrawd, Poer, ei ymosod arno gan griw o gorachod oedd yn cogio-bach eu bod nhw'n fynyddoedd o ddom da! Mae e'n dal i gael triniaeth!'

Nodiodd Mwrc yn llawn cydymdeimlad. 'Yr hen gast gyda'r dom da. Gwarthus. Un o fy rhesymau dros beidio gwneud dim gyda'r Brodyr.'

Trodd y coblyn wyneb-hyll y belen o dân yn ei ddwylo. 'Mae dau beth o dan y ddaear dw i'n eu casáu.'

Roedd gan Mwrc deimlad ei fod ar fin cael gwybod beth oedden nhw.

'Corrach sy'n drewi.'

Dim syrpreis yn y fan'na.

'A'r llall yw rhywun sy'n bradychu ei griw ei hun. Ac o'r hyn dw i'n ei glywed, rwyt ti'n cwympo'n dwt i'r ddau gategori.'

Gwenodd Mwrc yn wan. 'O ystyried fy lwc i.'

'Does gan lwc ddim byd i wneud â'r peth. Ffawd sydd wedi dy roi di yn fy nwylo i.'

Ar ddiwrnod arall, byddai Mwrc wedi ei gwneud hi'n glir mai'r un peth oedd lwc a ffawd. Ond nid heddiw.

'Wyt ti'n hoffi tân, gorrach?'

Ysgydwodd Mwrc ei ben.

Gwenodd y coblyn wyneb-hyll. 'Wel, dyna biti yntê? Achos unrhyw eiliad nawr, dw i'n mynd i daflu'r belen dân hon i lawr dy gorn gwddwg di.'

Llyncodd y corrach boer sych. Roedd hyn yn nodweddiadol o Frodyr y Corachod. Beth oedd corachod yn ei gasáu? Tân. Pa greaduriaid yw'r unig rai sydd â'r gallu i greu tân o'u pen a'u pastwn eu hunain?

Coblynnod. Ac felly pwy ddewisodd y corachod i ymladd yn eu herbyn nhw? Bingo.

Camodd Mwrc yn ôl tuag at y wal. 'Gofalus nawr. Gallen ni i gyd fynd ar dân ar unwaith.'

'Nid ni,' gwenodd y coblyn wyneb-hyll, gan chwythu mwy o beli tân o'i ffroenau hir. 'Dydy tân ddim yn ein heffeithio ni, yr un iot.'

Gwyddai Mwrc yn union beth fyddai'n digwydd nesaf. Roedd e wedi ei weld droeon yn y strydoedd cefn. Criw o goblynnod yn corneli corrach oedd ar ei ben ei hun, yn dal y corrach yn dynn yn erbyn y wal, yna, byddai'r arweinydd yn saethu tân o'i drwyn, yn syth i'w wyneb.

Crynodd ffroenau'r coblyn wyneb-hyll wrth iddo baratoi i chwistrellu dwy belen o dân ohonyn nhw. Ciliodd Mwrc. Dim ond un cyfle oedd ganddo. Roedd y coblynnod wedi gwneud un camgymeriad enbyd, roedden nhw wedi anghofio dal ei freichiau yn llonydd.

Anadlodd y coblyn drwy ei geg, cyn ei gau eto. Mwy o nerth anadlu ar gyfer y llif tanllyd. Symudodd ei ben yn ôl ar ongl ac anelu ei drwyn at y corrach. Yna, chwythodd. Fel fflach, gwasgodd Mwrc ei fodiau i fyny ffroenau'r coblyn. Afiach, oedd, ond yn well na chael ei droi'n gebab corrach.

Doedd gan y belen o dân nunlle i fynd. Adlamodd oddi ar fodiau Mwrc a hedfan yn ôl i ben y coblyn wyneb-hyll. Dim ond o'r dwythellau dagrau o dan lygaid y coblyn y gallai'r tân ddianc. Ac felly, dyma'r tân yn llifo mewn nentydd nerthol o'r tyllau bychan bach hynny. Taenodd môr o dân dros do'r gell.

Tynnodd Mwrc ei fodiau o drwyn y coblyn, ac ar ôl eu sychu nhw'n lân, gwthiodd nhw i'w geg gan adael i'w boer eu hiacháu nhw. Wrth gwrs, pe bai ganddo hud a lledrith, byddai modd iddo ddymuno i'r darnau llosg ar ei gorff wella. Ond dyna'r pris roedd yn rhaid ei dalu am fyw bywyd o dorcyfraith.

Doedd y coblyn wyneb-hyll ddim yn edrych yn dda o gwbl. Roedd mwg yn llifo o bob gwagle ar ei ben. Efallai nad oedd coblynnod yn cael eu heffeithio gan dân ond roedd y fflamau'n sicr wedi llosgi'r tiwbiau yn ei gorff. Symudodd yn ôl ac ymlaen fel darn o wymon, yna cwympodd ar ei wyneb i'r llawr concrit. Torrodd rywbeth. Ei drwyn siŵr o fod.

Doedd aelodau eraill y giang ddim yn hapus.

'Edrych beth wnaeth e i'r bos!'

'Y drewgi drewllyd.'

'Rhaid i ni ei ffrio fe!'

Ceisiodd Mwrc wasgu ei hun yn dynnach yn erbyn y wal. Roedd e wedi gobeithio y byddai'r coblynnod oedd ar ôl yn colli hyder ar ôl gweld eu harweinydd ar y llawr. Yn amlwg ddim. Ac er nad oedd hi yn ei natur i wneud yr hyn wnaeth e nesaf, doedd gan Mwrc ddim dewis ond ymosod.

Tynnodd ffrâm ei ên yn rhydd a llamu ymlaen, gan gau ei geg yn dynn o amgylch pen y coblyn agosaf ato.

'Ow! Peidiwch â dod yn agosach,' gwaeddodd o gwmpas y rhwystr oedd yn ei geg. 'Peidiwch â dod yn agosach neu cydd eich brind yn bael ei wyta!'

Rhewodd y gweddill, heb wybod beth i'w wneud nesaf. Wrth gwrs, roedden nhw i gyd yn gwybod beth roedd ceg corrach yn gallu gwneud i ben coblyn. Llanast llwyr.

Daliodd y criw eu dyrnau allan a chreu pelen dân yr un.

'Dw i'n eich rhycuddio shiiii!'

'Fedri di ddim dod ar ein holau ni i gyd, Mister byrdew.'

Ceisiodd Mwrc osgoi'r dyhead i gnoi'r pen oedd yn ei geg. Dyma reddf mwyaf naturiol corrach sy'n rhan o'i gof genetig ar ôl milenia o greu twnelau. Doedd y ffaith fod y coblyn yn llithrig yn ei geg ddim yn helpu chwaith. A dweud y gwir, roedd ei opsiynau yn prysur ddiflannu. Roedd y giang yn dod tuag ato a doedd dim byd y gallai ei wneud i stopio'r sefyllfa tra bod ei geg yn llawn. Roedd hi'n amser cnoi.

Yn sydyn, agorodd drws y gell a daeth yr hyn a edrychai fel degau o Swyddogion y LEP i mewn fel ton i'r gell fechan. Teimlodd Mwrc ddur oer yn gwasgu yn erbyn ochr ei dalcen. Gwn.

'Poera'r carcharor i'r llawr,' gorchmynnodd llais.

Roedd Mwrc yn fwy na hapus i ufuddhau. Cwympodd coblyn llithrig a gwlyb i'r llawr.

'Chi, diffoddwch nhw!'

Un ar ôl y llall, diflannodd y peli tân.

'Nid fy mai i yw hyn,' cwynodd Mwrc, gan bwyntio at arweinydd y coblyn oedd yn ysgwyd ar y llawr. 'Fe chwythodd ei hun i fyny.'

Rhoddodd y Swyddog ei arf yn ôl yn ei wregys, a thynnu pâr o gyffion.

'Dw i ddim yn becso mo'r dam beth rydych chi'n wneud i'ch gilydd,' meddai gan droi Mwrc yn ei unfan a rhoi'r cyffion amdano. 'Petawn i'n cael gwneud y penderfyniad, 'swn i'n eich rhoi chi i gyd mewn ystafell fawr ac yn dod yn ôl mewn wythnos i olchi'r ystafell yn lân. Ond mae Comander Gwreiddyn wedi gwneud cais i dy weld di uwchben y ddaear. Nawr!'

'Nawr?'

'Nawr, os nad yn gynt.'

Roedd Mwrc yn adnabod Gwreiddyn. Y comander oedd yn gyfrifol am nifer o'i ymweliadau â gwesty'r llywodraeth. Os oedd Julius am ei weld e, roedd hi'n annhebygol mai mynd i gael diod neu ddau a gwylio ffilm yr oedden nhw.

'Nawr? Ond mae'n olau dydd. Fydda i'n llosgi.'

Chwarddodd y Swyddog LEP.

'Does dim golau dydd lle rwyt ti'n mynd, gyfaill. Does dim byd o gwbl lle rwyt ti'n mynd.'

· 🦀 ß · ▢ ⬡ ß ß ⊖ · ⫰ ⅃ ⊖ · ⊙ · ⬡ ⚡

Roedd Gwreiddyn yn aros am y corrach y tu mewn i borth y maes-amser. Y porth oedd un o ddyfeisiadau mwyaf diweddar Cwiff. Golygai fod Tylwyth yn gallu gadael y maes-amser heb effeithio ar lif amser y tu mewn i'r maes. Oherwydd hyn, er iddi gymryd chwe awr i gael Mwrc i fyny i wyneb y ddaear, fe gyrhaeddodd dim ond rhai eiliadau wedi i Gwreiddyn gael y syniad i alw amdano.

Dyma'r tro cyntaf i Mwrc fod mewn maes-amser. Sylwodd ar y ffordd yr oedd y byd yn symud ar gyflymder anhygoel y tu allan i'r corongylch. Gwibiai ceir heibio ar wib gwyllt, a chwyrlïai cymylau ar draws yr awyr fel petaent yn cael eu gwthio gan gorwyntoedd grymus.

'Mwrc, y dihiryn,' chwyrnodd Gwreiddyn. 'Galli di dynnu'r siwt yna nawr. Mae'r maes wedi ei ddiogelu o'r UV, o leia dyna dw i'n ei ddeall.'

Edrychai Mwrc yn wahanol i'r arfer mewn siwt ddu bitsh a roddwyd iddo yn E1. Siwt oedd yn ei ddiogelu rhag yr haul. Er bod gan gorachod groen caled, roedden nhw'n sensitif iawn i oleuni'r haul ac roedden nhw'n llosgi mewn llai na thair munud. Plisgodd Mwrc y siwt croen-dynn oddi amdano. 'Braf dy weld di, Julius.'

'Comander Gwreiddyn i ti.'

'Comander nawr. Ro'n i wedi clywed. Camgymeriad gweinyddol, nage fe?'

Malodd Gwreiddyn ei sigâr yn ddarnau mân. 'Does

gen i mo'r amser i'r fath siarad gyda throseddwr fel ti. Yr unig reswm pam nad yw'n esgid i'n rhoi cic hegar i dy ben-ôl yw achos fod gen i waith i ti.'

Gwgodd Mwrc. 'Troseddwr? Mae gen i enw, wyddost ti, Julius.'

Cyrcydodd Gwreiddyn i lawr er mwyn bod ar yr un lefel â'r corrach. 'Dw i ddim yn siŵr ym mha freuddwyd rwyt ti'n byw, ond yn y byd go-iawn rwyt ti'n droseddwr a fy swydd i yw ceisio gwneud yn siŵr fod dy fywyd di mor annioddefol â phosibl. Ac felly, os wyt ti'n disgwyl moesgarwch am fy mod i wedi tystio yn dy erbyn di bymtheg o weithiau, gei di fynd i ganu!'

Rhwbiodd Mwrc ei arddwrn lle roedd y cyffion wedi gwasgu ei groen nes ei fod yn goch. 'Iawn, *Comander*. Does dim angen i ti gael harten. Dw i ddim wedi lladd neb, dim ond troseddwr di-nod sy wedi cyflawni ambell ladrad diniwed ydw i.'

'O'r hyn glywais i, roeddet ti bron iawn â gwneud hynny lawr yn y celloedd gynnau.'

'Nid fy mai i oedd hynny. Nhw wnaeth ymosod arna i.'

Rhoddodd Gwreiddyn sigâr newydd sbon yn ei geg.

'Rhyngot ti a dy bethau. Nawr, dilyn fi a phaid â dwyn dim.'

'Iawnsyr, Comander,' meddai Mwrc yn ddiniwed. Doedd dim angen iddo ddwyn unrhywbeth arall. Roedd e wedi llwyddo i ddwyn cerdyn mynediad maes

Gwreiddyn yn barod, pan bwysodd Gwreiddyn drosodd ynghynt.

Dyma groesi perimedr y Sgwad Adfer a chyrraedd y rhodfa. 'Weli di'r plasty yna?'

'Pa blasty?'

Trodd Gwreiddyn tuag ato. 'Does gen i ddim amser i hyn, droseddwr. Mae hanner y cyfnod stopio amser wedi dod i ben. Mewn cwpwl o oriau, os na fydda i'n ofalus, fe fydd un o fy swyddogion gorau i yn cael ei ladd gan olchad las!'

Cododd Mwrc ei ysgwyddau. 'Dim byd i wneud gyda fi. Dim ond troseddwr ydw i, cofio? A gyda llaw, dw i'n gwybod beth rwyt ti eisiau i mi wneud, a'r ateb yw, na.'

'Dw i ddim hyd yn oed wedi gofyn i ti eto.'

'Mae'n amlwg. Dw i'n torri i mewn i dai. Dyna dŷ. Gallwch chi ddim mynd i mewn achos fe fyddwch chi'n colli'ch hud a'ch lledrith, ond mae fy hud a'm lledrith i wedi mynd yn barod. Dau a dau.'

Poerodd Gwreiddyn ei sigâr i'r llawr. 'Oes gronyn bach o barch at y Tylwyth gennyt ti? Mae'n ffordd ni o fyw yn y fantol fan hyn.'

'Nid fy ffordd i o fyw. Carchar y Tylwyth, carchar Dynion y Mwd. Mae'r ddau yr un peth i mi.'

Meddyliodd y Comander yn galed am hyn.

'Iawn, yr hen greadur llysnafeddog. Hanner canrif oddi ar dy ddedfryd.'

'Dw i eisiau maddeuant.'

'Dim gobaith, Mwrc.'

'Dyna fy nhelerau. Dewis di.'

'Saith deg pum mlynedd mewn carchar agored. Dyna fy nhelerau *i*. Dewis di.'

Dyma Mwrc yn rhoi'r argraff ei fod yn ystyried y peth. Roedd yr holl beth yn academaidd o gofio ei fod yn bwriadu dianc beth bynnag.

'Cell sengl?'

'Ie, ie. Cell sengl. Nawr, wyt ti'n mynd i wneud hyn?'

'Iawn, Julius. Gan mai ti sy'n gofyn.'

Roedd Cwiff yn chwilio'n ofalus am gamera cannwyll-y-llygad arall.

'Llygaid gwyrdd-frown dw i'n meddwl. Mwy o frown efallai. Mae gen ti lygaid hollol hyfryd, Mister Mwrc.'

'Diolch, Cwiff. Roedd Mam yn arfer dweud y byddai fy llygaid i'n torri calonnau merched.'

Brasgamai Gwreiddyn i fyny ac i lawr yr ystafell.

'Ma'r ddau ohonoch chi yn deall bod dedlein fan hyn? Dyw cael camera sydd yr un lliw â'i lygaid ddim yn bwysig! Rho unrhyw gamera iddo fe.'

Tynnodd Cwiff lens o'r hylif gyda gefel fach.

'Nid eisiau iddo fe edrych yn bert ydw i, Comander. Mwya tebyg yw lliw'r camera i liw'r llygad, lleiaf o ymyrraeth gei di gan y llygad ei hun.'

'Beth bynnag. Iawn, iawn. Ymlaen â'r gwaith.'

Cydiodd Cwiff yng ngên Mwrc, gan ddal ei ben yn

llonydd. 'Dyna ni. Byddwn ni gyda ti ar hyd y daith nawr.'

Gwthiodd Cwiff ffiol fechan i ganol y blewiach a'r gwallt trwchus oedd yn tyfu yng nghlust Mwrc. 'Byddwn ni'n gallu dy glywed di hefyd nawr. Rhag ofn y bydd angen i ti alw am gymorth.'

Gwenodd y corrach yn gam. 'Maddeuwch i mi ond dw i'n dueddol o wneud yn well ar fy mhen fy hun.'

'Os wyt ti'n galw cael dy ddedfrydu dwy ar bymtheg o weithiau yn "well ar dy ben dy hun",' chwarddodd Gwreiddyn i'w hun.

'O, mae amser ar gyfer jôc nawr, oes 'na?'

Gafaelodd Gwreiddyn ynddo gerfydd ei ysgwydd. 'Rwyt ti'n iawn. Does dim. Awn ni.'

Llusgodd Mwrc ar draws y gwair gwyrdd nes cyrraedd clwstwr o goed ceirios.

'Dw i am i ti wneud twnnel i mewn i fan 'na a ffeindio allan sut mae'r Artemis Gwarth yma'n gwybod cymaint amdanon ni. Mae ganddo ryw declyn gwyliadwraeth, siŵr o fod. Beth bynnag yw e, dw i am i ti gael gwared ag e. Ffeindia Capten Pwyll os yn bosibl i gael gweld be alli di wneud drosti hi. Os yw hi wedi marw, o leiaf bydd popeth yn barod ar gyfer y bom biolegol.'

Edrychai Mwrc yn anghyfforddus. 'Dw i ddim yn hapus â hyn.'

'Pam?'

'Dw i ddim yn hoffi'r tir. Dw i'n siŵr bod carreg galch yma. Sylfaen o graig galed. Efallai nad oes ffordd i mewn.'

Dyma Cwiff yn trotian draw. 'Dw i wedi gwneud sgan. Mae'r sylfeini gwreiddiol wedi eu hadeiladu ar garreg. Ond mae'r estyniadau mwyaf newydd wedi eu hadeiladu ar glai. A llawr pren sydd i'r seler win ar y dde. Dylai hynny ddim fod yn broblem i rywun â cheg fel dy un di.'

Penderfynodd Mwrc mai sarhad oedd y sylw diwethaf. Agorodd y fflap pen-ôl ar ei drowser twnelu. 'Iawn. Safwch nôl.'

Rhuthrodd Gwreiddyn a'r swyddogion LEP eraill oedd gerllaw i guddio. Ond arhosodd Cwiff lle roedd e. Doedd e erioed wedi cael y cyfle i weld corrach yn tyrchu o'r blaen. 'Pob lwc, Mwrc.'

Tynnodd Mwrc ffrâm ei geg yn rhydd. 'Di-oc,' mwmianodd, gan bwyso drosodd, yn barod i adael.

Edrychodd y gŵr-farch o'i amgylch. 'Lle mae pawb –'

Chafodd e ddim cyfle i orffen y sylw diwethaf, am i ddarn o glai oedd newydd gael ei fwyta (a chael ei ail-gylchu drwy'r corff) ei fwrw'n galed yn ei wyneb. Erbyn iddo gael cyfle i lanhau ei lygaid, roedd Mwrc wedi diflannu trwy dwll yn y llawr. Deuai sŵn chwerthin iach o gyfeiriad y coed ceirios.

Dilynodd Mwrc wythïen briddgleiog yn y graig. Roedd y pridd yn go-dda fan hyn, heb ormod o gerrig mân ynddo. Digon o bryfed hefyd. Roedd hynny'n dda iawn er mwyn sicrhau dannedd cryfion – rhywbeth a oedd yn bwysig iawn i gorrach. Yn wir, dyna'r peth cyntaf fyddai corrach yn edrych arno wrth ddewis partner. Aeth Mwrc i lawr mor isel ag y gallai nes bod ei fol bron iawn yn crafu'n erbyn y graig. Roedd ganddo reswm dros wneud hyn. Mwyaf dwfn oedd y twnnel, lleia i gyd oedd y perygl y byddai pant ar yr wyneb. Doedd dim modd bod yn rhy ofalus y dyddiau hyn. Nid â'r teclynnau canfod symudiadau a'r ffrwydron tir oedd ym mhobman. Byddai Dynion y Mwd yn mynd i drafferth mawr er mwyn sicrhau fod eu creiriau nhw'n saff. Ac roedden nhw'n iawn i wneud hynny, fel mae'n digwydd.

Teimlodd Mwrc rhyw ddirgrynu i'r chwith iddo. Cwningod. Nododd Mwrc eu lleoliad nhw ar ei gwmpawd mewnol. Roedd hi bob amser yn ddefnyddiol gwybod lle roedd anifeiliaid gwyllt yr ardal yn byw. Gwibiodd heibio i'r tyllau cwningod heb darfu arnyn nhw gan ddilyn sylfeini'r plasty mewn un cylch enfawr tuag at y gogledd-orllewin.

Roedd seler win yn hawdd i'w ffeindio bob amser. Dros y canrifoedd, roedd gwin wedi mwydo drwy'r pren ac i'r pridd gan adael ôl personoliaeth y gwin yn y tir. Weithiau byddai'r gwin yn eithaf tywyll. Dro arall byddai'n ysgafnach ei flas. Fel arfer, byddai'r gwin ar gyfer achlysuron arbennig ar y rhesel waelod. Clai da, meddyliodd.

Trodd Mwrc ei olygon i fyny, gan bwnio ffrâm ei geg yn galed yn erbyn y llawr pren. Hyrddiodd ei hun drwy'r twll garw, gan ysgwyd y darnau olaf o fwd o'i drowsus.

Roedd e mewn man tywyll braf, perffaith ar gyfer llygaid corrach. Roedd ei sonar wedi ei arwain ef at ran gwag yn y llawr pren. Metr i'r dde a byddai wedi tyllu drwy gasgen o win coch Eidalaidd.

Gosododd Mwrc ffrâm ei geg yn ôl yn ei le, cyn cerdded draw at y wal. Yna, pwysodd glust ar y wal frics goch. Am eiliad, safodd yn hollol stond gan synhwyro symudiadau'r tŷ. Clywodd sŵn mwmian isel. Llawer ohono. Roedd generadur yn rhywle a digonedd o bŵer yn rhedeg drwy'r gwifrau.

Sŵn traed hefyd. Yn uchel i fyny yn yr adeilad. Ar y trydydd llawr efallai. Ac yn agos hefyd. Sŵn rhywbeth yn malu. Metel ar goncrit. Dyna fe eto. Roedd rhywun yn adeiladu rhywbeth. Neu'n tynnu rhywbeth i lawr.

Gwibiodd rhywbeth heibio i droed Mwrc yn chwim. Safodd arno yn reddfol. Pry-copyn oedd yno. Dim ond pry-copyn. 'Dw i'n flin, ffrind bach,' meddai wrth y darn llwyd oedd yn gorwedd ar y llawr. 'Dw i ychydig bach yn nerfus.'

Roedd y grisiau wedi eu gwneud o bren wrth gwrs.

Mwy na chanrif oed yn ôl eu harogl nhw hefyd. Roedd grisiau fel hyn yn gwichian dim ond i chi edrych arnyn nhw. Roedden nhw'n llawer mwy effeithiol nag unrhyw declynnau i ganfod a oes tresmaswyr yn y tŷ. Dringodd Mwrc ar hyd ochrau'r grisiau gan aros yn agos at y wal – y ffordd orau i osgoi'r gwichian.

Doedd hyn ddim mor syml ag y mae'n swnio. Mae traed corrach wedi eu cynllunio i wneud gwaith palu. Doedden nhw'n sicr ddim wedi eu creu i ddawnsio bale nac i gadw cydbwysedd ar risiau pren. Er hyn, cyrhaeddodd Mwrc y drws heb i unrhywbeth ddigwydd. Cwpwl o wichiadau bychain ond dim byd a fyddai'n cyrraedd clustiau Dynion y Mwd nac unrhyw un o'i beiriannau.

Roedd y drws o'i flaen wedi'i gloi, wrth reswm. Ond doedd dim ots am hynny. Roedd Mwrc yn hen law ar falu cloeon.

Estynnodd i'w farf a thynnu gwelltyn cryf yn rhydd. Mae gwallt corrach yn hollol wahanol i wallt Dynion. Mewn gwirionedd, matrics o deimlyddion oedd yn gallu ei helpu i asesu sefyllfa a synhwyro perygl oedd barf a gwallt Mwrc. Yr eiliad y câi'r gwallt ei dynnu o'r mandwll byddai'n caledu mewn rigor mortis chwim. Trodd Mwrc ben y gwallt yn ystod yr eiliadau cyn iddo droi'n hollol galed a chreu allwedd.

Un troad cyfrwys ac fe ildiodd y clo. Dim ond dau

ataliad oedd ganddo. Ofnadwy ond yn nodweddiadol o Ddynion y Mwd. Doedden nhw byth yn disgwyl ymosodiad o'r ddaear oedd o dan eu cartrefi. Camodd Mwrc i goridor â llawr parce. Dyma le oedd yn drewi o arian. Byddai modd iddo wneud ffortiwn yma, pe bai'r amser ganddo.

Gallai Mwrc weld camerâu o dan y prif drawst. Wedi eu gosod yn chwaethus iawn, yn cuddio yn y cysgodion. Ond roedden nhw'n gwylio pob dim. Safodd Mwrc yn stond am eiliad, gan geisio asesu lle byddai mannau dall y camera. Tri chamera ar y coridor. Gwibio am naw-deg eiliad yr un. Doedd hi ddim yn bosib mynd heibio iddyn nhw.

'Fe allet ti ofyn am help?' meddai llais yn ei glust.

'Cwiff?' Pwyntiodd Mwrc ei lygad â'r camera cannwyll-y-llygad tuag at y camerâu. 'Oes modd i ti wneud unrhyw beth am rhain?' sibrydodd.

Clywodd y corrach sŵn allweddellau'n cael eu taro, ac yn sydyn symudodd lens y camera yn ei lygad dde ar wib.

'Defnyddiol,' anadlodd Mwrc. 'Ble alla i gael gafael ar un o'r rhain?'

Daeth llais Gwreiddyn i'w glyw. 'Dim gobaith, droseddwr. Trwy ganiatâd y Llywodraeth yn unig. A beth bynnag, beth fyddai pwynt cael camera yn y carchar? Er mwyn gweld ochr arall y gell yn agosach?'

'Rwyt ti'n dipyn o swynwr, Julius. Beth sy'n bod? Wyt ti'n genfigennus am fy mod i'n llwyddo lle na wnest ti?'

Boddwyd rhegfeydd Gwreiddyn gan Cwiff. 'Iawn, dw i wedi'i wneud e. Rhwydwaith fideo syml. Dydy e ddim hyd yn oed yn ddigidol. Dw i'n mynd i ddarlledu dolen y ddeng munud diwethaf drwy'n lloerennau. Fe ddylai hynny roi rhai munudau i ti.'

Symudodd Mwrc yn anghyfforddus. 'Faint o amser wnaiff hynny gymryd? Dw i ddim yn teimlo'n hapus iawn fan hyn, wyddoch chi.'

'Mae e wedi dechrau'n barod,' atebodd Cwiff. 'Felly symuda.'

'Wyt ti'n siŵr?'

'Wrth gwrs fy mod i'n siŵr. Gwyddor electronig sylfaenol. Dw i wedi bod yn chwarae gyda thechnoleg gwyliadwraeth Dynion y Mwd ers o'n i yn fy nghlytiau. Mae'n rhaid i ti ymddiried yndda i.'

Buasai'n well gen i ymddiried mewn grŵp o Ddynion y Mwd i beidio hela rhywogaeth hyd ddifodiant nag ymddiried mewn Swyddog LEP, meddyliodd Mwrc. Ond, yn uchel, dywedodd, 'Ocê. Dw i'n mynd. Drosodd ac allan.'

Ymlwybrodd Mwrc ar hyd y coridor yn llechwraidd. Roedd hyd yn oed ei ddwylo'n llechwraidd. Beth bynnag a wnaeth y gŵr-farch, roedd e wedi gweithio.

θ · ᚠ ⚿ ⚘ ⬡ · ⚸ ⅄ ♘ · ⚚ ♀ · ⬡ ⚸ ⊕ ▢

Doedd dim Dynion y Mwd yn rhedeg i lawr y grisiau, yn chwifio'u gynnau henffasiwn llawn powdr gwn.

Grisiau. A, grisiau. Roedd Mwrc yn hoff o risiau. Roedden nhw'n debyg i siafftiau oedd wedi eu palu'n barod ar ei gyfer. Yn aml, byddai'n ffeindio bod yr ysglyfaeth gorau i'w gael ar ôl dringo grisiau. Ac am risiau. Pren deri gyda cherfiadau prydferth, oedd naill ai wedi eu creu yn y ddeunawfed ganrif neu'n arwydd o berchnogion oedd yn afiach o gyfoethog. Symudodd Mwrc ei fysedd ar hyd canllaw addurniedig y grisiau. Yn yr achos yma, mae'n siŵr fod y ddau beth yn wir.

Ac eto, doedd dim amser i fod yn ling-di-long-di-leuad. Doedd grisiau ddim yn aros yn dawel am yn hir, yn arbennig yn ystod gwarchae. Pwy allai ddweud faint o filwyr anghenfilaidd oedd yn llechu y tu ôl i bob drws. Pob un yn awyddus i ddal pen un o'r Tylwyth ar ei fidog, cyn ei stwffio a'i ychwanegu i'r arddangosfa oedd ganddo adref.

Dringodd Mwrc y grisiau'n ofalus, heb gymryd dim yn ganiatáol. Roedd hyd yn oed pren deri cadarn yn gwichian. Cadwodd at yr ochrau, gan osgoi'r carped. Gwyddai'r corrach o brofiad pa mor hawdd oedd hi i guddio teclynnau o dan garped trwchus.

Cyrhaeddodd dop y grisiau gyda'i ben yn dal yn sownd ar ei ysgwyddau. Ond roedd yna broblem arall ar y ffordd. Gallai Mwrc deimlo hynny. Gan fod corrach yn treulio'i fwyd mor gyflym, mae'r canlyniad yn eithaf ffrwydrol. Ac am fod y mwd oedd o dan blasty'r Gwarth yn llawn aer roedd llawer o'r aer wedi cyrraedd tiwbiau Mwrc, yn ogystal â'r pridd a'r mineralau. A nawr, roedd angen i'r aer ddod allan.

Fel arfer, byddai corrach yn cael gwared ar y nwy cyn gadael y twnelau, ond doedd gan Mwrc ddim amser i hynny. Erbyn hyn, roedd e'n difaru ei enaid nad oedd e wedi cael gwared ar y nwy tra'i fod e yn y seler. Y broblem gyda nwy corrach oedd fod yn rhaid iddo fynd i lawr. Doedd dim ffordd iddo ddod yn ôl i fyny. Dychmygwch pa mor ddinistriol fyddai pecial y nwy tra'n bwyta cegaid o glai. Byddai'r system i gyd yn methu. A dyna lanast. Ac felly, roedd anatomi corrach wedi'i gynllunio fel mai trwy'r gwaelod yn unig y gallai'r nwy gael ei ryddhau. Roedd hyn yn helpu i gael gwared ar unrhyw glai ychwanegol. Wrth gwrs, mae 'na ffordd syml o esbonio hyn, ond yn llyfr oedolion y mae'r fersiwn hwnnw!

Daliodd Mwrc ei ddwylo am ei fol. Byddai'n well iddo symud. Byddai ffrwydriad o ben y grisiau fel hyn yn gallu chwythu'r ffenestri o'u fframiau. Llusgodd Mwrc ei draed ar hyd y coridor, gan fynd drwy'r drws cyntaf a welodd.

Mwy o gamerâu. Nifer ohonyn nhw, a dweud y gwir. Arsylwodd Mwrc lens pob camera mewn un symudiad llyfn. Roedd pedwar yn edrych ar y llawr yn gyffredinol ond roedd tri yn ffilmio mannau penodol.

'Cwiff? Wyt ti yna?' sibrydodd y corrach.

'Na!' oedd yr ateb coeglyd nodweddiadol. 'Mae gen i bethau llawer pwysicach i'w gwneud na phoeni am ddiwedd gwareiddiad.'

'Iawn, diolch. Paid â gadael i'r ffaith fod fy mywyd i mewn perygl effeithio ar dy hwyl a sbri.'

'Gwna i 'ngorau.'

'Mae gen i her i ti.'

Roedd Cwiff yn llawn chwilfrydedd yn syth. 'Wir? Dos o 'ma!'

Pwyntiodd Mwrc y lens oedd yn ei lygad at y camerâu oedd yn cuddio yn y trawstiau enfawr. 'Dw i eisiau gwybod lle yn union mae'r camerâu yna'n pwyntio. Yr union fan.'

Chwarddodd Cwiff. 'Nid her yw hynna. Mae'r hen systemau fideo yn bwrw allan pelydrau ïon gwan. Does dim modd i'r llygad eu gweld nhw, wrth gwrs, ond mae modd eu gweld nhw gyda'r camera-cannwyll-y-llygad.'

Fflachiodd y caledwedd yn llygad Mwrc a thasgodd gwreichion ohono hefyd. 'Aww!'

'Dw i'n flin. Fflach fechan.'

'Fe allet ti fod wedi fy rhybuddio i.'

'Fe gei di sws fawr wlyb yn nes ymlaen y babi mami. Roeddwn i'n meddwl fod corachod yn galed.'

⬡ ▢ · ⚗ · ⚘ ჶ ⚚ ࿉ ⬡ ♋ ◊ · ♏ ⚚ ◊ ·

'Ydyn, ry'n ni yn galed. Fe ddangosa i yn union pa mor galed ar ôl dod yn ôl.'

Torrodd llais Gwreiddyn ar draws yr holl rwtsh-mi-ratsh fel taran. 'Byddi di ddim yn dangos unrhywbeth i unrhywun, droseddwr. Heblaw am y tŷ bach fydd yn y dy gell di, efallai. Nawr, beth wyt ti'n gallu ei weld?'

Edrychodd Mwrc ar yr ystafell eto gyda'i lygad ïon-sensitif. Roedd pob camera yn bwrw pelydrau ysgafn, fel pelydrau olaf y machlud. Disgleiriai'r pelydrau o amgylch darlun o Gwarth ap Gwarthus.

'Nid y tu ôl i'r darlun. O, plîs.'

Gosododd Mwrc ei glust yn erbyn gwydr y llun. Dim byd trydanol. Dim larwm felly. I wneud yn siŵr, gwyntodd ochrau'r ffrâm. Dim plastig na chopr. Pren, dur a gwydr. Ychydig o blwm yn y paent. Dyma osod un o'i ewinedd o amgylch y ffrâm a'i dynnu. Symudodd y llun fel drws yn agor. A'r tu ôl iddo? Cist.

'Cist sy 'na,' meddai Cwiff.

'Dw i'n deall hynny, y ffŵl gwirion. Dw i'n trio canolbwyntio! Os wyt ti wir eisiau helpu, dwed wrtha i beth yw'r cod fydd yn agor y gist!'

'Dim problem. O, a gyda llaw, mae yna sioc bach arall ar y ffordd hefyd. Efallai yr hoffai'r babi mami sugno'i fawd i gael cysur.'

'Cwiff. Dw i'n mynd i . . . Awww!'

'Dyna ni. Mae'r pelydr-X ymlaen.'

Syllodd Mwrc ar y gist. Roedd hyn yn anhygoel.

Gallai weld yn ddwfn i mewn i'r system. Gallai weld yr
ataliadau a'r bachau'n eistedd yno'n dawel. Chwythodd
ei fysedd blewog a throi'r deial er mwyn ffeindio'r
cyfuniad cywir. Mewn eiliadau, roedd y gist led y pen ar
agor o'i flaen.

'O,' meddai, wedi'i siomi.

'Beth sy?'

'Dim. Dim ond arian Dynion y Mwd sy 'ma. Dim
byd o werth mewn gwirionedd.'

'Gad hi,' gorchmynnodd Gwreiddyn. 'Cer i ystafell
arall. Ar unwaith wnei di!'

Nodiodd Mwrc. Ystafell arall. Cyn i'w amser ddod i
ben. Ond doedd e ddim yn hapus. Os oedd y boi yma
mor glyfar, pam yn y byd wnaeth e roi'r gist y tu ôl i
ddarlun? Am cliché. Doedd hyn ddim yn cyd-fynd
gyda'r ffordd roedd e wedi bihafio hyd yn hyn. Na.
Roedd rhywbeth o'i le. Roedden nhw'n cael eu twyllo
mewn rhyw ffordd.

Caeodd Mwrc y gist, a swingio'r llun yn ôl i'w le.
Symudodd yn llyfn ac yn ysgafn iawn. Yn rhyfedd o
ysgafn. Tynnodd y llun allan o'r wal eto. Ac yna'i
swingio yn ôl i'w le eto.

'Droseddwr. Beth wyt ti'n ei wneud?'

'Cau dy geg, Julius! Hynny yw, byddwch dawel am
eiliad, Comander.'

Edrychodd Mwrc yn ofalus ar gynllun y ffrâm.
Ychydig yn fwy trwchus nag arfer. Llawer iawn yn fwy

trwchus a dweud y gwir. Hyd yn oed o ystyried y ffaith mai ffrâm bocs oedd e. Pum centimetr. Rhedodd ei ewinedd i lawr y papur oedd ar gefn y ffrâm a'i rwygo'n daclus. Yno, y tu ôl i'r papur roedd . . .

'Cist arall.'

Un llai. Wedi ei gwneud yn arbennig, yn amlwg.

'Cwiff. Alla i ddim gweld trwy hwn.'

'Mae hi wedi'i gorchuddio â phlwm. Rwyt ti ar dy ben dy hun, y lleidr llwfr. Gwna'r hyn rwyt ti'n ei wneud orau.'

'Hy! Beth o'n i'n ei ddisgwyl?' cwynodd Mwrc, gan osod ei glust ar y dur oer.

Trodd y deial yn arbrofol. Symudiad llyfn. Roedd y cliciadau'n cael eu tawelu gan y plwm felly byddai'n rhaid iddo ganolbwyntio. Un fantais o weithio ar rywbeth mor denau oedd na fyddai mwy na thri ataliad ar y mwyaf.

Daliodd Mwrc ei anadl a throi'r deial, un cog ar y tro. I'r glust arferol, hyd yn oed wedi chwyddo'r sŵn, byddai pob clic yn swnio yr un peth. Ond i Mwrc, roedd pob un clic i'w glywed yn wahanol iawn a phan fyddai rhywbeth yn dal, roedd y sŵn bron iawn yn ei fyddaru.

'Un,' anadlodd.

'Tyrd yn dy flaen, droseddwr. Mae dy amser di bron ar ben.'

'Fe wnest ti dorri ar fy nhraws i er mwyn dweud

hynny? Galla i weld sut nes ti lwyddo i ddod yn gomander, Julius.'

'Droseddwr. Dw i'n mynd i . . .'

Ond doedd dim pwynt. Roedd Mwrc wedi tynnu ei ddarn clust a'i roi yn ei boced. Nawr gallai roi ei sylw i gyd ar y dasg o'i flaen.

'Dau.'

Clywodd sŵn y tu allan i'r ystafell. Yn y neuadd. Roedd rhywun ar ei ffordd. Rhywun yr un maint ag eliffant yn ôl sŵn ei draed. Doedd dim gwadu. Hwn oedd y mynydd o ddyn oedd wedi rhwygo'r Sgwad Adfer yn ddarnau mân.

Syrthiodd diferyn o chwys i lygad Mwrc. Canolbwyntia. Canolbwyntia. Daeth y clicio yn fwy cyson. Milimedr wrth filimedr. Doedd dim yn cydio. Roedd Mwrc yn siŵr fod y llawr yn neidio i rythm y traed trwm, ond mae'n bosib ei fod yn dychmygu'r holl beth.

Clic, clic. Dere 'mlaen. Dere 'mlaen. Roedd ei ddwylo'n wlyb gan chwys erbyn hyn, a'r deial yn llithro rhwng ei fysedd. Sychodd Mwrc nhw ar ei siwt.

'Nawr te, babi, dere 'mlaen. Siarada gyda fi.'

Clic. Twmff.

'Ie!'

Trodd Mwrc y ddolen. Dim byd. Roedd rhywbeth yn dal i fod yn y ffordd. Rhedodd blaen ei fys ar hyd y wyneb dur. Fan'na. Newid yn nheimlad y metel. Twll clo meicro. Rhy fach ar gyfer y ffordd arferol o dorri cloeon. Amser i wneud tric roedd e wedi'i ddysgu yn y carchar. Ond roedd angen iddo fod yn gyflym. Roedd ei fola'n llawn swigod a philipalod, ac roedd sŵn y traed yn agosáu.

Tynnodd Mwrc welltyn tew o'i ên, a'i fwydo i'r twll bychan. Pan ymddangosodd y blaen eto, fe dynnodd y gwreiddyn o'i ên. Caledodd y gwelltyn yn syth bìn, gan ffurfio'r un siâp â thu mewn y clo.

Daliodd Mwrc ei anadl a throi'r gwelltyn. Agorodd y clo. Mor llyfn â phen-ôl coblyn newydd ei eni. Prydferth. Roedd hi'n werth dioddef yn y carchar er mwyn mwynhau eiliadau fel hyn.

Tynnodd y corrach cleptomanig y drws bychan, a'i agor. Gwaith hyfryd. Bron cystal â gefail y Tylwyth. Mor ysgafn â phluen. Y tu mewn roedd siambr fechan. Ac yn y siambr roedd . . .

'O, Dduwiau mawr,' anadlodd Mwrc.

Yna, daeth pethau i ben yn go chwim. Aeth y sioc roedd Mwrc newydd ei brofi yn syth i waelod ei fol. I'w berfedd a bod yn fanwl gywir. Penderfynodd ei berfedd fod yn rhaid i'r holl aer oedd yn hwylio o amgylch ei fol, ddod allan. Roedd Mwrc yn gyfarwydd â'r symptomau. Coesau fel jeli, poenau yn y bol, pen-ôl yn ysgwyd. Yn yr eiliadau oedd ganddo ar ôl, gafaelodd yn y gwrthrych oedd yn y gist, pwyso drosodd a dal ei bennau gliniau i sadio'i hun.

Roedd y gwynt yn ei fol wedi ymgasglu nes ei fod mor nerthol â chorwynt a doedd dim modd ei reoli. Oherwydd hynny, dyma'r corwynt yn dianc. Yn go hegar hefyd. Chwythodd drwy fflap pen-ôl trowsus y corrach ac allan, cyn bwrw dyn enfawr nes ei fod ar y llawr – dyn oedd wedi bod yn ymlwybro tuag ato'n dawel ers peth amser.

Roedd llygaid Artemis yn sownd i'r monitor. Dyma'r amser pan fyddai pethau'n draddodiadol yn mynd o'i le i herwgipwyr – tri chwarter ffordd drwy'r dasg. Oherwydd eu bod wedi bod yn llwyddiannus hyd yma, roedd yr herwgipwyr yn dueddol o ymlacio, tanio ambell fwgyn, dechrau sgwrsio gyda'u carcharorion. Y peth nesaf fyddai'n digwydd yw eu bod nhw'n fflat ar eu cefnau gyda dwsin o ynnau yn pwyntio atynt. Ond nid Artemis Gwarth. O na, doedd e ddim yn gwneud camgymeriadau.

Heb amheuaeth, roedd y Tylwyth yn astudio'r tapiau o'r sesiynau negydu cyntaf erbyn hyn. Yn chwilio'n wyllt am rywbeth a fyddai'n eu helpu nhw. Wel, roedd y cliwiau yno. Wedi eu claddu'n ddigon dwfn er mwyn edrych fel camgymeriad. Yr unig beth oedd yn rhaid iddyn nhw ei wneud oedd edrych.

Roedd hi'n bosibl y byddai Comander Gwreiddyn yn trio cast arall. Un cyfrwys oedd Gwreiddyn, roedd hynny'n ffaith. Un na fyddai'n or-hoff o gael ei guro gan blentyn. Roedd angen cadw llygad ar Gwreiddyn.

Gallai Artemis deimlo gwallt ei war yn codi wrth feddwl am Gwreiddyn. Penderfynodd gael golwg arall eto. Archwiliodd pob monitor, un ar ôl y llall.

Roedd Gwen yn dal yn y gegin, yn golchi llysiau wrth y sinc.

Roedd Capten Pwyll yn gorwedd ar ei gwely. Mor dawel â'r bedd. Doedd hi ddim yn bwrw'r gwely ar y llawr rhagor. Efallai ei fod e wedi bod yn anghywir amdani, efallai nad oedd ganddi gynllun.

Safai Gwesyn y tu allan i gell Heulwen. Rhyfedd. Dylai fod yn gwneud ei dasgau erbyn hyn. Gafaelodd Artemis yn ei *walkie-talkie*.

'Gwesyn?'

'Derbyn.'

'Pam nad wyt ti'n gwneud dy dasgau di?'

Saib. 'Dw i wrthi, Artemis. Dw i'n cerdded ar hyd y landin. Dw i bron cyrraedd ystafell y gist. Dw i'n codi llaw arnat ti nawr.'

Syllodd Artemis ar gamerâu'r landin. Dim sôn am neb. O unrhyw ongl. Dim gwas enfawr yn codi llaw. Astudiodd pob monitor yn ofalus. Cyfrodd o dan ei anadl . . . Fan'na! Bob deg eiliad roedd pob sgrin yn neidio. Pob un sgrin.

'Dolen!' sgrechiodd, gan neidio o'i gadair. 'Maen nhw wedi bwydo dolen fideo drwy'r system!'

Dros y peiriant sain, gallai Artemis glywed Gwesyn yn cyflymu'i gerddediad.

'Ystafell y gist!'

Dechreuodd bol Artemis droi nes gwneud iddo deimlo'n swp sâl. Wedi ein twyllo! Roedd Artemis Gwarth ei hun wedi cael ei dwyllo, er ei fod yn gwybod ei fod e ar fin digwydd. Anghredadwy! Ei falchder ef ei hun oedd yn gyfrifol am hyn, a nawr fe allai'r cynllun mawr i gyd fynd i'r gwellt.

Trodd switsh y *walkie-talkie* i fand Gwen.

'Gwen?'

'Derbyn'

'Lle rwyt ti ar yr eiliad hon?'

'Yn y gegin, yn malu f'ewinedd i ar y gratiwr moron 'ma.'

'Anghofia'r gratiwr, Gwen. Cer i edrych ar y carcharor.'

'Ond Artemis, fe fydd y moron rwy wedi'u torri'n sychu'n grimp.'

'Gad bopeth, Gwen!' gwaeddodd Artemis. 'Gad bopeth a cher i edrych ar y carcharor!'

Ufuddhaodd Gwen a gollwng popeth, gan gynnwys y *walkie-talkie*. Byddai hi'n pwdu am ddyddiau nawr. Dim ots am hynny. Doedd gan Artemis ddim amser i feddwl am ego merch yn ei harddegau. Roedd ganddo bethau llawer pwysicach i ddelio â nhw.

Yn ofalus, gwasgodd Artemis brif switsh y system

wyliadwraeth gyfrifiadurol. Ail-danio'r system oedd yr unig obaith oedd ganddo o gael gwared ar y ddolen fideo. Ar ôl rhai eiliadau poenus o eira ar y sgrin, neidiodd pob un monitor a dechrau gweithredu'n iawn. Roedd pethau'n wahanol iawn i'r hyn oedden nhw rai eiliadau ynghynt.

Roedd anghenfil afiach yn ystafell y gist. Edrychai fel pe bai e wedi darganfod y gist gyfrinachol. Nid yn unig hynny, ond roedd e wedi llwyddo i agor y clo sibrwd. Anhygoel! Ond roedd Gwesyn wrthi'n delio gyda'r sefyllfa nawr. Roedd yn ymlwybro'n llwynogaidd y tu ôl i'w ysglyfaeth, ac unrhyw eiliad nawr byddai wyneb yr ymyrrwr yn cael ei wasgu i'r carped.

Trodd Artemis ei sylw at Heulwen. Roedd hi wedi dechrau bwrw'r llawr gyda'i gwely eto. Yn bwrw'r gwely ar y llawr yn drwsgwl. Eto, ac eto, ac eto fel petai hi'n gallu . . .

Yn sydyn, sylweddolodd Artemis beth oedd hi'n ei wneud. Os oedd Heulwen wedi llwyddo i ddod â mesen i'r tŷ hwn, yna byddai un centimetr sgwâr o ddaear yn ddigon. Ac os oedd Gwen wedi gadael y drws yn gil agored . . .

'Gwen!' gwaeddodd i'w *walkie-talkie*. 'Gwen! Paid â mynd i mewn!'

Ond roedd hi'n rhy hwyr. Roedd *walkie-talkie* Gwen yn crynu ar lawr y gegin. Gallai Artemis wneud dim ond syllu'n ddiymadferth wrth i chwaer Gwesyn gerdded tuag at ddrws y gell, yn mwmial am foron.

'Ystafell y gist!' llefodd Gwesyn, gan gerdded yn gynt. Yn reddfol, hoffai fynd i mewn i'r ystafell yn barod i ladd y gelyn, ond roedd oriau o hyfforddiant yn ei ffrwyno. Roedd caledwedd y Tylwyth yn sicr yn fwy soffistigedig na'i un e, a phwy â ŵyr faint o ynnau oedd yn pwyntio at y drws yr eiliad hon. Na, pwyll piau hi am y tro.

Gosododd gledr ei law enfawr ar y pren, gan geisio teimlo unrhyw gryndod. Dim byd. Dim peirianwaith felly. Daliodd Gwesyn yn dynn yn nolen y drws, a'i throi'n ofalus. Gyda'i law arall, tynnodd Sig Sauer awtomatig o'i boced. Doedd dim amser i chwilio am y gwn dart, roedd yn rhaid iddo fod yn barod i saethu rhywbeth yn farw.

Agorodd y drws heb sŵn, fel y gwyddai Gwesyn y byddai'n gwneud. Fe oedd wedi rhoi olew ar bob un bachyn a cholyn drws yn y lle. O'i flaen roedd . . . wel, a bod yn hollol onest, doedd dim syniad gan Gwesyn beth oedd yn sefyll o'i flaen. Pe na bai'n gwybod yn well, roedd e'n siŵr, ar yr olwg gyntaf, fod yr anghenfil crynedig yn edrych fel rhyw fath o . . .

Ac yna, ffrwydrodd y *peth*, gan chwistrellu llwyth anferthol o wastraff at y gwas anffodus! Roedd e'n teimlo fel petait yn cael dy fwrw gan gannoedd o

forthwylion enfawr ar yr un pryd. Codwyd Gwesyn
oddi ar y llawr gan rym y llif a tharodd yn erbyn y wal
fel sach datws.

Wrth iddo orwedd yno, yn araf lithro i fyd
anymwybodol, gweddïodd nad oedd Meistr Gwarth
wedi dal yr eiliad ar fideo.

*

Roedd Heulwen yn gwanhau. Roedd ffrâm y gwely bron
ddwywaith ei phwysau ac roedd y rhychau yn gadael
olion creulon yng nghledrau ei dwylo. Ond doedd dim
stopio i fod nawr. Nid â hithau mor agos.

Taflodd bostyn y gwely i'r concrit eto. Chwyrlïodd
cwmwl o lwch llwyd o amgylch ei choesau. Unrhyw
eiliad nawr, byddai Gwarth yn sylwi ar ei chynllun ac yn
dod i blannu nodwydd heipodermig yn ddwfn i'w
chnawd unwaith eto. Ond yn y cyfamser . . .

Malodd ei dannedd yn erbyn ei gilydd er mwyn
osgoi'r boen, gan godi'r gwely i fyny mor uchel â'i
phennau gliniau. Yna, sylwodd arno. Darn bychan o
frown ymhlith y llwyd. A allai hyn fod yn wir?

Anghofiodd Heulwen am y boen, gollyngodd y gwely,
a phenlinio'n drwsgwl. Oedd, roedd yna ddarn bychan
o dir i'w weld drwy'r sment. Ymbalfalodd Heulwen am
y fesen yn ei hesgid, a'i dal yn dynn yn ei bysedd
gwaedlyd.

'Dw i'n dy gynnig di yn ôl i'r tir,' sibrydodd hi, gan wthio'i dwrn bychan i lawr tuag at y pridd. 'Hawliaf yr anrheg sy'n ddyledus i mi.'

Digwyddodd dim am guriad calon. Dwy efallai. Yna, teimlodd Heulwen yr hud yn rhuthro i fyny ei braich, fel sioc drydanol. Oherwydd y sioc, hyrddiwyd ei chorff ar draws yr ystafell. Am ychydig, chwyrlïodd y byd yn galeidosgôp o liwiau'r enfys. Ond ar ôl iddi ymlacio, nid coblyn bach gwan oedd Heulwen mwyach.

'Reit, Meistr Gwarth.' Gwenodd, gan wylio fflachiadau o hud a lledrith glas y Tylwyth yn gwella'i chlwyfau. 'Beth sy'n rhaid i mi ei wneud i gael dy ganiatâd di i adael y twll 'ma.'

*

'Gad bopeth,' meddai Gwen yn bwdlyd. 'Gad bopeth a cher i gadw llygad ar y carcharor!' Ffliciodd ei gwallt melyn dros ei hysgwydd. 'Mae'n rhaid ei fod e'n meddwl mod i'n ryw fath o forwyn neu rywbeth.'

Cnociodd ar y drws yn galed gyda chledr ei llaw.

'Dw i'n dod i mewn nawr, dylwyth ferch, felly os wyt ti'n gwneud unrhywbeth fyddai'n codi cywilydd, stopia os gweli di'n dda.'

Tarodd Gwen y rhifau mewn trefn i'r clo electronig. 'A na, does dim llysiau gen i, na ffrwythau wedi eu golchi. Ond nid fy mai i yw hynny. Roedd Artemis yn mynnu fy mod i'n gadael popeth ac yn dod fan hyn . . .'

Stopiodd Gwen siarad. Doedd neb yn gwrando arni. Roedd hi'n pregethu i ystafell wag. Arhosodd nes i'w hymennydd hi anfon neges o eglurhâd ati. Daeth dim. Ar ôl ychydig, daeth neges i'w phen. Edrycha eto.

Cerddodd yn betrus i mewn i'r bocs concrit. Dim byd. Dim ond rhywbeth yn disgleirio yn y cysgodion. Fel niwl. Y sbectol ddwl yma oedd yn gyfrifol, meddyliodd. Sut yn y byd oeddet ti i fod i allu gweld unrhyw beth o dan y ddaear tra'n gwisgo sbectol adlewyrchu? Ac roedden nhw'n syth o'r nawdegau! Doedden nhw ddim hyd yn oed yn retro eto.

Syllodd Gwen yn euog ar y monitor. Dim ond edrychiad sydyn. Pa ddifrod allai hynny wneud? Tynnodd y sbectol yn gyflym, a throdd ei llygaid o amgylch yr ystafell fel chwyrligwgan.

Ar yr eiliad honno, ffurfiodd siâp o'i blaen hi. Fe ddaeth o unman. Heulwen oedd yno. Roedd hi'n gwenu.

'O, ti sy 'na. Sut wnes ti —'

Torrodd y dylwythen ar ei thraws gan chwifio'i braich. 'Pam na wnei di dynnu'r sbectol, Gwen? Dydyn nhw ddim yn edrych yn dda iawn arnat ti o gwbl.'

Mae hi'n iawn, meddyliodd Gwen. Ac am lais hyfryd. Fel côr yn canu o un geg. Pwy allai ddadlau gyda llais fel 'na?

'Wrth gwrs. Sbectol afiach. Llais cŵl gen ti, gyda llaw. Do-re-mi ac yn y blaen.'

Penderfynodd Heulwen beidio ceisio dehongli sylwadau Gwen. Roedd hi'n ddigon anodd pan roedd y ferch mewn rheolaeth lwyr o'i hymennydd.

'Nawr. Cwestiwn syml.'

'Dim problem.' Am syniad da.

'Faint o bobl sydd yn y tŷ?'

Meddyliodd Gwen. Un ac un ac un.

Ac un arall? Na, doedd Mrs Gwarth ddim yno.

'Tri,' meddai o'r diwedd. 'Fi a Gwesyn ac, wrth gwrs, Artemis. Roedd Mrs Gwarth yma, ond fe ddwedodd hi ta-ta.'

Chwarddodd Gwen. Roedd hi wedi dweud jôc. Un dda hefyd.

Anadlodd Heulwen i mewn, er mwyn gofyn am eglurhâd, ond penderfynodd beidio. Camgymeriad, fel mae'n digwydd. 'Oes unrhyw un arall wedi bod yma? Unrhyw un arall fel fi?'

Cnôdd Gwen ei gwefus. 'Un dyn bach. Mewn gwisg fel dy un di. Doedd e ddim yn edrych yn annwyl cofia. Ddim o gwbl. Roedd e'n gweiddi drwy'r amser ac yn smygu sigâr ddrewllyd. A gweud y gwir, roedd golwg ofnadwy arno. Ei wyneb e mor goch â thomato.'

Bu bron i Heulwen wenu. Roedd Gwreiddyn ei hun wedi bod yma. Mae'n siŵr fod y negydu wedi mynd yn ofnadwy. 'Neb arall?'

• ⌇ ⚮ ◗ • ⊖ • ⚬ ◉ ⚸ Ɓ • ⚯ ⌇ • ▢ ⊖⌇ • ⚮

'Ddim hyd y gwn i. Os weli di'r dyn yna eto, dwed wrtho am osgoi cig coch. Trawiad ar y galon yn aros i ddigwydd.'

Llyncodd Heulwen ei gwên. Gwen oedd yr unig un o Ddynion y Mwd oedd yn haws i'w deall o dan y *mesmer*.

'Ocê. Fe ddweda i wrtho. Nawr, Gwen, dw i am i ti aros yn fy ystafell i. A does dim ots beth fydd yn digwydd, dw i ddim am i ti adael.'

Gwgodd Gwen. 'Yr ystafell hon? Ond mae hi mor ddiflas. Dim teledu na dim. Pam na alla i fynd i fyny i'r lolfa?'

'Na. Mae'n rhaid i ti aros fan hyn. Beth bynnag, maen nhw newydd rhoi teledu ar y wal yma. Maint sinema. Galli di wylio dynion yn reslo bedair-awr-ar-hugain y dydd.'

Bu bron i Gwen lewygu â phleser. Rhedodd i'r gell, gan ochneidio wrth i'w dychymyg ddarparu'r lluniau.

Ysgydwodd Heulwen ei phen. Wel, meddyliodd, o leia mae un ohonon ni'n hapus.

Dyma Mwrc yn ysgwyd ei ben-ôl er mwyn rhyddhau darnau o bridd oedd wedi sticio i'w gorff. Pe bai ei fam ond yn gallu ei weld yn awr, yn chwistrellu mwd dros Bobl y Mwd. Eironi oedd hynny, neu rywbeth felly. Doedd Mwrc erioed wedi bod yn hoff o ramadeg yn yr ysgol. Gramadeg na barddoniaeth. Doedd dim pwynt iddynt. I lawr yn y pyllau cloddio, dim ond dau ddywediad oedd yn bwysig: 'Edrycha, aur!' a 'Cwymp, pawb allan!'. Doedd dim ystyron cudd yn y fan honno, a doedd dim byd yn odli chwaith.

Clymodd y corrach y fflap pen-ôl ar ei drowsus yn dynn. Roedd e wedi agor led y pen wrth i'r corwynt hyrddio o'i ddyfnderoedd. Amser dianc. Roedd unrhyw obaith o adael heb i neb ei weld wedi diflannu'n llwyr.

Gafaelodd Mwrc yn y teclyn clywed oedd ganddo, a'i osod yn ôl yn ei glust. Wel, hwyrach y byddai hyd yn oed y LEP yn ddefnyddiol weithiau.

'. . . A phan ga i afael arnat ti, droseddwr, byddi di'n difaru dy fod ti wedi gadael y pyllau cloddio . . .'

Ochneidiodd Mwrc. O, wel. Doedd dim byd wedi newid felly.

Gan ddal trysor y gist yn dynn yn ei ddwrn, trodd y corrach er mwyn gadael yr un ffordd ag y daeth i mewn. Er mawr syndod iddo, roedd un o ddynion y Mwd wedi'i lapio am byst y grisiau. Doedd Mwrc ddim yn synnu fod y corwynt o'i ben-ôl wedi llwyddo i hyrddio'r Dyn Mwd eliffantaidd nifer o fetrau drwy'r awyr. Gwyddai fod nwy corachod wedi achosi eirlithradau eira yn yr Alpau. Yr hyn a barodd syndod i Mwrc oedd fod Dyn y Mwd wedi llwyddo i ddod mor agos ato yn y lle cyntaf.

'Rwyt ti'n dda,' meddai Mwrc, gan chwifio un bys yn ôl ac ymlaen o flaen y gwas anymwybodol. 'Ond does neb sy'n cael chwistrelliad o gorff Mwrc Twrddyn yn aros ar ei draed.'

Symudodd Dyn y Mwd yn araf, ac ymddangosodd gwyn ei lygaid o dan ei amrannau fel cryniadau adenydd pilipala.

Clywodd y corrach lais Gwreiddyn yn ei glust. 'Hasta hi, Mwrc Twrddyn, cyn i'r Dyn y Mwd yna godi ac ail-drefnu dy du fewn di. Fe oedd yn gyfrifol am lorio'r Sgwad Adfer wyddost ti.'

Llyncodd Mwrc a diflannodd ei hyder yn sydyn iawn.

'Criw cyfan y Sgwad Adfer? Efallai y dylwn i fynd yn ôl o dan y ddaear . . . er lles y dasg.'

Gan sgipio'n gyflym o amgylch y gwas enfawr oedd yn griddfan ar y llawr, rhuthrodd Mwrc i lawr y grisiau gan gymryd dau ris ar y tro. Doedd dim pwynt poeni am risiau'n gwichian a chithau newydd anfon gwynt cymaint â Hurricane Hal drwy'r coridorau.

Roedd Mwrc ar fin cyrraedd drws y seler pan sylwodd ar siâp corff yn disgleirio o'i flaen. O edrych yn ofalus, roedd Mwrc yn gallu gweld mai'r swyddog oedd yn gyfrifol am ei arestio adeg achos Smyglo Meistri'r Dadeni oedd yno. 'Capten Pwyll.'

'Mwrc. Doeddwn i ddim yn disgwyl dy weld di.'

Cododd Mwrc ei ysgwyddau. 'Roedd swydd front gan Julius, ac roedd rhaid i rywun ei wneud.'

'Dw i'n deall,' meddai Heulwen. 'Rwyt ti wedi colli

dy hud a'th lledrith yn barod. Clyfar. Beth arall ffeindiaist di?'

Dangosodd Mwrc yr hyn roedd e wedi ei ffeindio. 'Roedd hwn yn ei gist e.'

'Copi o'r Llyfr!' ochneidiodd Heulwen. 'Sdim rhyfedd ein bod ni yn y fath sefyllfa. Roedden ni'n gwneud yn union beth roedd e'n gobeithio y bydden ni'n gwneud.'

Agorodd Mwrc ddrws y seler. 'Barod i fynd?'

'Alla i ddim. Dw i wedi cael gorchymyn i beidio â gadael y tŷ.'

'Chi bobl hud a lledrith! Mae'ch defodau chi'n hurt. Does dim syniad gyda ti pa mor braf yw hi i fod yn rhydd o'r holl ffws a'r ffwdan 'na.'

Clywodd y ddau leisiau yn agosáu ar ben y grisiau. Sŵn fel trol yn chwalu ei ffordd drwy siop lestri.

'Gallwn ni drafod materion moesegol rywbryd eto. Ond nawr, dw i'n meddwl mai diflannu yw'r peth gorau i'w wneud.'

Nodiodd Mwrc. 'Cytuno. Mae'r boi lan fan'na yn gyfrifol am lorio Sgwad Adfer cyfan yn ôl y sôn.'

Oedodd Heulwen, â hanner ei tharian drosti.

'Y sgwad i gyd? Hmm. Wedi eu harfogi? Tybed . . .'

Diflannodd y tu ôl i'w tharian yn araf bach. Y peth olaf i fynd o'r golwg oedd ei gwên lydan hi.

Roedd Mwrc yn cael ei demtio i aros i weld beth fyddai'n digwydd nesaf. Doedd dim byd yn dod â mwy o bleser iddo na gweld swyddog Recon yn mynd ar ôl criw o Ddynion y Mwd a hwythau ddim yn disgwyl ymosodiad. Erbyn i Capten Pwyll orffen gyda'r Gwarth yma, gwyddai Mwrc y byddai'n erfyn arni i adael y plasty.

Roedd y Gwarth yma, fel y galwodd Mwrc ef, yn gwylio'r holl jambori o'r ystafell gamerâu. Doedd dim gwadu, roedd pethau'n edrych yn wael. Yn wael iawn. Ond roedd gobaith newid y sefyllfa. Ychydig o obaith beth bynnag.

Ceisiodd Artemis gael trefn ar ddigwyddiadau'r munudau diwethaf. Oedd, roedd diogelwch y plasty yn y fantol erbyn hyn. Ystafell y gist yn llanast llwyr, wedi ei malu'n ddarnau mân oherwydd gwynt anhygoel o stumog ryw dylwythyn. Gorweddai Gwesyn yn anymwybodol, ac o bosibl wedi ei barlysu, wedi'i lorio gan yr un nwy afreolus. Roedd ei wystl ar goll yn y plasty a'i phwerau wedi eu hadfywio. Ar ben hyn, roedd rhyw greadur afiach mewn lledr wrthi'n tyllu ei ffordd drwy'r tir o dan sylfeini'r tŷ. Ac ar ben hyn oll, roedd y Tylwyth wedi llwyddo i adfer copi o'r Llyfr. Un o nifer o gopïau a bod yn fanwl gywir, gan gynnwys un ar ddisg mewn daeargell yn y Swistir.

Cribodd Artemis ei fys dros un darn o wallt du crwydrol. Roedd hi'n anodd iawn canfod unrhyw beth positif am y sefyllfa hon. Anadlodd yn ddwfn am

ychydig, er mwyn ceisio ffeindio'i *chi* fel roedd Gwesyn
wedi ei ddysgu i wneud.

Ar ôl ystyried am rai munudau, sylweddolodd
Artemis nad oedd y ffactorau hyn yn gwneud cymaint â
hynny o wahaniaeth mewn gwirionedd. Roedd Capten
Pwyll yn dal i fod yn wystl yn y tŷ. Ac roedd y cyfnod
stopio-amser yn prysur ddod i ben. Cyn bo hir, byddai
gan y LEP ddim dewis ond tanio'r bom biolegol, a dyna
pryd fyddai Artemis Gwaith yn dadorchuddio ei *coup de
grâce*. Wrth gwrs, roedd yr holl beth yn dibynnu ar
Comander Gwreiddyn. Os oedd Gwreiddyn mor dwp
ag yr oedd e'n edrych, byddai'n bosibl i'r cynllun
fethu'n llwyr. Roedd Artemis yn gobeithio'n fawr fod
gan rywun o dîm y Tylwyth y gallu i weld y
'camgymeriad' wnaeth e yn ystod ei sesiynau negydu.

*

Agorodd Mwrc fflap pen-ôl ei drowsus unwaith eto.
Amser mwynhau mwd, fel y byddai'r criw yn dweud i
lawr yn y pyllau cloddio. Y broblem gyda thwnelau
corachod oedd eu bod nhw'n cau yn awtomatig. Ac
felly, os oedd angen i chi adael yr un ffordd ag y
daethoch chi i mewn, roedd rhaid creu twnnel newydd.
Byddai ambell gorrach yn dilyn yr un trywydd yn
union, gan gnoi drwy'r pridd oedd wedi cael ei dreulio
unwaith yn barod. Roedd yn llawer gwell gan Mwrc

balu twnnel ffres. Am ryw reswm, doedd bwyta yr un mwd ddwywaith ddim yn apelio ato.

Gan dynnu ffrâm ei geg yn rhydd, anelodd Mwrc ei hun tuag at y lloriau pren, fel torpido. Ymlaciodd ei gyhyrau a thawelodd ei galon wrth i arogl mineralau'r tir gyrraedd ei ffroenau. Diogel, roedd e'n ddiogel. Doedd dim byd yn gallu dal corrach o dan ddaear. Hynny yw, os llwyddai i gyrraedd o dan ddaear . . .

Gafaelodd deg o fysedd cryfion ym mhigyrnau Mwrc. Doedd e ddim yn cael diwrnod da iawn heddiw. Y coblyn hyll yna yn y carchar i gychwyn pethau ac yna Dyn y Mwd oedd ar dân eisiau llofruddio rhywun. Dydy rhai pobl byth yn dysgu, meddyliodd Mwrc. Pobl y Mwd fel arfer.

'Ga' fyn',' mwmianodd, gyda ffrâm ei geg yn hongian yn rhydd.

'Dim ffiars o beryg,' atebodd y llais. 'Yr unig ffordd rwyt ti'n gadael y tŷ yma, yw mewn arch.'

Gallai Mwrc deimlo'i gorff yn cael ei lusgo am yn ôl. Roedd y Dyn hwn yn gryf iawn. Doedd dim llawer o greaduriaid fyddai'n gallu rhwystro corrach rhag gwneud yr hyn roedd e'n dymuno ei wneud. Crafodd yn y mwd, gan stwffio dyrnaid ar ôl dyrnaid o fwd wedi'i fwydo mewn gwin i'w geg maint ogof. Dim ond un cyfle oedd ganddo.

'Dere mlaen, y coblyn bach i ti. Allan o fan'na.'

Coblyn! Byddai Mwrc wedi bod yn llawer dicach pe

na bai e'n brysur yn cnoi clai i'w chwistrellu dros ei elyn.

Peidiodd y siarad am ychydig. O bosibl, roedd y Dyn wedi sylwi ar y fflap pen-ôl erbyn hyn, neu ar y pen-ôl ei hunan. Yn sicr, roedd atgofion o'r hyn ddigwyddodd yn ystafell y gist yn llifo yn ôl i'w gof.

'O . . .'

Beth ddywedodd y Dyn nesaf, wel pwy a ŵyr, ond dw i'n ddigon hapus i fetio nad, 'diar mi' oedd y geiriau hynny. Fel mae'n digwydd, chafodd Gwesyn mo'r cyfle i orffen ei reg, oherwydd yr eiliad honno gollyngodd ei afael ar y corrach. Doeth iawn, fel mae'n digwydd, oherwydd dyna'r union eiliad y penderfynodd Mwrc adael i'r holl fwd oedd yn ei gorff chwistrellu dros bob man.

Gwibiodd darn enfawr o glai drwy'r awyr, fel bwled o wn enfawr at y fan lle y bu pen Gwesyn ond eiliad ynghynt. Pe bai Gwesyn yn dal i sefyll yno, byddai'i ben wedi cael ei wahanu oddi wrth ei ysgwyddau. Diwedd ofnadwy i fywyd gofalwr o'r fath statws. Yn hytrach, dim ond crafu ei glust chwith wnaeth y belen wlyb. Serch hynny, roedd nerth yr hyrddiad yn ddigon i wneud i Gwesyn chwyrlïo yn ei unfan, fel sglefriwr iâ. Yna, glaniodd ar ei ben-ôl am yr eildro o fewn ychydig funudau.

Erbyn i ffocws llygaid Gwesyn setlo, roedd y corrach wedi diflannu mewn trobwll o fwd. Penderfynodd

Gwesyn na fyddai'n beth call iddo fynd ar ei ôl. Doedd marw o dan ddaear ddim yn uchel iawn ar ei restr o flaenoriaethau. Ond fe ddaw cyfle eto, dylwythyn, meddyliodd. Ac roedd Gwesyn yn llygad ei le. Ond stori arall yw honno.

Gwthiwyd Mwrc o dan y ddaear gan ei nerth a'i fomentwm. Roedd e wedi teithio rhai metrau ar hyd yr wythïen briddgleiog cyn sylweddoli nad oedd neb yn ei ddilyn. Wedi i guriad ei galon arafu oherwydd blas y pridd, penderfynodd ei bod yn bryd iddo weithredu ei gynllun i ddianc.

Newidiodd y corrach gyfeiriad, gan fwyta'i ffordd i gyfeiriad y twll cwningod roedd e wedi sylwi arno ynghynt. Gyda lwc, ni fyddai'r gŵr-farch wedi cynnal prawf seismoleg ar dir y plasty, neu byddai ei gast yn cael ei ddarganfod. Doedd ganddo ddim dewis ond perswadio'i hun fod gan y LEP bethau llawer pwysicach i'w gwneud na chwilio am garcharor coll. Fyddai twyllo Julius ddim yn broblem ond roedd twyllo'r gŵr-farch yn fater gwahanol. Roedd e'n graff.

Llwyddodd cwmpawd mewnol Mwrc i'w lywio'n llwyddiannus ac o fewn munudau gallai deimlo symudiadau ysgafn y cwningod wrth iddyn nhw hopian ar hyd y twnelau. O hyn allan, roedd amseru yn holl bwysig er mwyn i'r rhith weithio. Cloddiodd Mwrc yn arafach gan grafu'r pridd nes i'w fysedd dorri trwy wal y twll. Wrth wneud hyn, gofalai Mwrc ei fod yn edrych i'r cyfeiriad arall gan fod y camera yn ei lygad yn dangos lluniau ar sgriniau'r LEP.

Gosododd Mwrc ei ddwylo ar lawr y twnnel fel pry copyn ben i waered ac aros. Mewn eiliadau, clywodd rythmau cwningen yn pwnio'i ffordd tuag ato. Yr eiliad y cyffyrddodd coesau ôl y gwningen y trap, gafaelodd deg bys Mwrc am ei gwddwg. Doedd dim gobaith gan y creadur druan.

Dw i'n flin, ffrind, meddyliodd y corrach. Pe bai 'na unrhyw ffordd arall . . . Yna gan dynnu corff y cwningen drwy'r twll, gosododd Mwrc ffrâm ei geg yn ôl yn ei le a dechrau sgrechian. 'Cwymp! Cwymp! Help! Help!'

Nawr, roedd y darn nesaf yn mynd i fod yn anodd. Gydag un llaw, cynhyrfodd y pridd o'i amgylch, gan beri i gawodydd o dir falu o amgylch ei ben. Gyda'r llaw arall, tynnodd y camera-cannwyll-y-llygad o'i lygad chwith a'i osod yn llygad y gwningen. Oherwydd y tywyllwch, a'r ffaith fod y tir yn llithro, dylai fod yn hollol amhosibl deall beth oedd yn digwydd.

'Julius! Plîs! Help!'

'Mwrc! Beth sy'n digwydd? Beth yw dy statws?'

Beth yw fy statws? meddyliodd y corrach yn anghrediniol. Hyd yn oed mewn argyfwng, doedd y comander ddim yn gallu anghofio protocol.

'Dw i'n . . . Aaa . . .' gwaeddodd y corrach yn uchel. Clywyd ei lef hir yn gwanhau'n raddol a gorffen mewn gargl gyddfol.

Ychydig yn felodramatig efallai, ond roedd Mwrc yn mwynhau byd y theatr. Ar ôl cipolwg cyflym ar yr anifail oedd ar fin marw, tynnodd ffrâm ei geg yn rhydd a diflannu i gyfeiriad y de-ddwyrain. Roedd rhyddid yn galw.

Pennod 8: Trol

 Pwysodd Gwreiddyn ymlaen, a rhuo i mewn i'r meicroffon. 'Mwrc! Beth sy'n digwydd? Beth yw dy statws?'

Roedd Cwiff wrthi'n taro'r allweddellau o'i go'n lân.

'Mae'r sain wedi diflannu. A'r llun hefyd.'

'Mwrc, siarada gyda fi. Er mwyn y mawredd!'

'Dw i'n cynnal sgan ar ei gorff . . . wow!'

'Beth? Be sy?'

'Mae'i galon e wedi mynd yn wallgo. Mae'n curo fel calon cwningen . . .'

'Cwningen?'

'Na, arhoswch, mae'n . . .'

'Beth?' anadlodd y comander, er ei fod e'n ofni ei fod e eisoes yn gwybod yr ateb.

Pwysodd Cwiff yn ôl yn ei gadair. 'Mae hi wedi stopio. Mae ei galon wedi stopio.'

'Wyt ti'n siŵr?'

'Dydy'r monitor ddim yn dweud celwydd. Mae modd mesur curiad calon a phob dim gyda'r camera-cannwyll-y-llygad. Dim smic. Mae e wedi mynd.'

Doedd Gwreiddyn ddim yn gallu credu'r peth. Mwrc Twrddyn, un o'r creaduriaid yna oedd yn rhan o'ch bywyd bob dydd chi. Wedi mynd? Doedd bosib ei fod yn wir.

'Fe wnaeth e beth ofynnon ni iddo fe wneud hefyd, Cwiff. Darganfod copi o'r Llyfr a chadarnhau fod Pwyll yn dal yn fyw.'

Symudodd aeliau Cwiff am ennyd. 'Ond yr unig beth ydy . . .'

'Beth?' holodd Gwreiddyn yn amheus.

'Wel, am eiliad, ar y diwedd, roedd ei galon e'n curo'n ofnadwy o gyflym.'

'Efallai mai nam ar y monitor oedd yn gyfrifol.'

Doedd Cwiff ddim mor siŵr. 'Dw i'n amau hynny. Does dim un monitor sy gen i yn gwneud camgymeriad.'

'Pa eglurhâd arall allai fod? Mae'r camera-cannwyll-y-llygad yn dal i ddanfon lluniau yma, ydy e?'

'Ydy. Lluniau drwy lygad y meirw, heb unrhyw amheuaeth. Does dim fflach o drydan yn y pen yna; mae'r camera yn rhedeg ar ei fatri ei hun.'

'Wel dyna ni felly, does dim eglurhâd arall.'

Cytunodd Cwiff. 'Dyna ydy'r casgliad naturiol mae'n siŵr. Onibai . . . na, mae'r syniad yn rhy rhyfeddol.'

'Mwrc Twrddyn sy gyda ni fan hyn, cofia. Felly does dim byd yn rhy rhyfeddol.'

Agorodd Cwiff ei geg er mwyn lleisio'i ddamcaniaeth anhygoel, ond cyn iddo yngan gair agorodd drws yr ystafell.

'Ry'n ni wedi'i ddal e!' meddai llais buddugoliaethus.

'Do!' cytunodd llais arall. 'Mae Gwarth wedi gwneud camgymeriad, wel, "gwarthus" mewn gwirionedd!'

Trodd Gwreiddyn ei gadair. Argon a Cwmwlws oedd yno, yr arbenigwyr asesu ymddygiad honedig.

'O! Wedi penderfynu gwneud rhywbeth er mwyn haeddu'r cyflog rydych chi'n ei gael, ydych chi?'

Ond doedd yr un o'r Athrawon yn mynd i gael eu heffeithio gan hyn. Roedd y ddau yn un belen o gyffro. Roedd Cwmwlws mor hy ag wfftio sylw coeglyd Gwreiddyn yn ei gyffro. Gwnaeth yr ymddygiad powld yma i Gwreiddyn eistedd i fyny'n syth yn ei gadair a gwrando.

Gwthiodd Argon heibio i Cwiff, gan wasgu disg laser i mewn i chwaraeydd y consol. Ymddangosodd wyneb Artemis Gwarth ar y sgrin, llun a gymerwyd gan gamera-cannwyll-y-llygad Gwreiddyn.

'Fe fyddwn ni mewn cysylltiad,' meddai llais y comander ar y ddisg. 'Peidiwch â phoeni, fe af i allan ar fy mhen fy hun.'

Diflannodd wyneb Artemis o'r sgrin am eiliad wrth iddo symud yn ei gadair a sefyll. Cododd Gwreiddyn ei ben mewn pryd i glywed y sylw nesaf. Y sylw oeraidd nesaf.

'Â chroeso. Ond cofiwch hyn, does gan neb o'ch hil chi hawl i ddod i mewn i'r tŷ 'ma tra mod i'n fyw.'

Gwasgodd Argon y botwm er mwyn rhewi'r sgrin. 'Fan'na, 'da chi'n gweld?'

Diflannodd unrhyw welwedd o wyneb Gwreiddyn. 'Fan'na? Fan'na lle? Beth ydw i'n ei weld?'

Twtiodd Cwmwlws, fel mae un yn ei wneud gyda phlentyn araf. Camgymeriad, o edrych yn ôl. Mewn llai nag eiliad roedd Gwreiddyn yn gafael ynddo gerfydd ei farf trionglog.

'Nawr,' meddai â'i lais yn llawer rhy llyfn. 'Dw i am i chi esgus ein bod ni'n brin o amser ac egluro hyn i mi heb unrhyw sylwadau mân.'

'Dywedodd Dyn y Mwd na chawn ni fynd i mewn i'w dŷ tra mae e'n fyw,' gwichiodd Cwmwlws.

'A?'

Gafaelodd Argon yn yr awenau. 'Ac felly . . . os na allwn ni fynd i mewn tra'i fod e'n fyw . . .'

Cymerodd Gwreiddyn anadl sydyn. 'Fe awn ni mewn pan fydd e'n farw.'

Gwenodd Cwmwlws ac Argon. 'Yn union,' meddai'r ddau ar yr union yr un pryd.

Crafodd Gwreiddyn ei ên. 'Hm. Ry'n ni ar dir sigledig yn gyfreithiol.'

'Ddim o gwbl,' anghytunodd Cwmwlws. 'Mater o

ramadeg yw hyn. Dywedodd Dyn y Mwd yn blwmp ac yn blaen nad oedd hawl gyda ni i fynd i'r tŷ tra'i fod e'n fyw. Mae hynny gyfystyr â chael gwahoddiad pan mae e wedi marw.'

Doedd Gwreiddyn ddim mor siŵr. 'Awgrym o wahoddiad, ar y gorau.'

'Na,' torrodd Cwiff ar ei draws. 'Maen nhw'n iawn. Mae'n achos cryf. Pan fydd Gwarth wedi marw, fe fydd croeso i ni fynd drwy'r drysau. Fe ddwedodd hynny ei hun.'

'Efallai.'

'Efallai dim byd,' poerodd Cwiff y geiriau o'i geg. 'Er mwyn y mawredd Julius, faint yn rhagor o dystiolaeth sydd ei angen arnoch chi? Ry'n ni yng nghanol argyfwng, rhag ofn eich bod chi wedi anghofio.'

Nodiodd Gwreiddyn yn araf. 'Un, rydych chi'n iawn. Dau, dw i'n hapus i fynd gyda'r syniad. Tri, da iawn chi, y ddau ohonoch. A phedwar, os wnei di fy ngalw i'n Julius fyth eto, Cwiff, fe fyddi di'n bwyta dy garnau dy hun. Nawr, dw i eisiau llinell i'r Cyngor. Mae'n rhaid i mi gael eu caniatâd nhw er mwyn cael yr aur.'

'Ar unwaith, Comander Gwreiddyn, eich mawrhydi.' Gwenodd Cwiff, gan adael i'r sylw am fwyta'i garnau fynd i ddifancoll, er lles Heulwen.

'Felly, fe fyddwn ni'n anfon yr aur i mewn,' mwydrodd Gwreiddyn, gan feddwl yn uchel. 'Fe fyddan nhw'n gadael i Heulwen fynd, fyddwn ni'n rhoi golchad

las i'r holl le ac yna'n mynd i mewn i'r tŷ a chymryd yr
aur yn ôl. Syml.'

'Mor syml, mae e'n wych,' meddai Argon yn llawn
balchder. 'Tipyn o *coup* i'n proffesiwn ni, ydych chi'n
cytuno, Doctor Cwmwlws?'

Roedd pen Cwmwlws yn llawn syniadau. 'Taith
ddarlithio, llyfr. A bydd yr hawliau i wneud ffilm am hyn
yn costio ffortiwn.'

'Gadewch i'r cymdeithasegwyr 'na wthio hwn i'w
pibellau a'u smygu. Dyna ddiwedd ar yr honiad mai
pobl mewn sefyllfa anffodus sy'n ymddwyn yn
anghymdeithasol! Dydy'r Mistar Gwarth yma ddim
wedi gorfod bod heb ddim gydol ei fywyd.'

'Mae mwy nag un math o eisiau,' nododd Argon.

'Digon gwir. Eisiau llwyddiant. Eisiau rheoli. Eisiau
—'

Torrodd Gwreiddyn ar eu traws. 'Cerwch o 'ma! Cyn
i mi'ch tagu chi'ch dau. Os glywa i un gair am hyn ar
sioe sgwrsio ganol prynhawn, fe fydda i'n gwybod yn
iawn pwy oedd yn gyfrifol.'

Ciliodd y ddau'n ofalus, wedi dod i'r casgliad nad
peth doeth fyddai ffonio'u hasiant nes eu bod nhw
ymhell o glyw Gwreiddyn.

'Dwn i ddim os fydd y Cyngor yn cymeradwyo hyn,'
cyfaddefodd Gwreiddyn wedi i'r ddau ddiflannu. 'Mae
llawer iawn o aur yn y fantol.'

Edrychodd Cwiff i fyny o'i offer cyfrifiadurol. 'Faint yn union?'

Gwthiodd y comander ddarn o bapur draw at Cwiff. 'Gymaint â hynny!'

'Lot fawr o aur,' chwibanodd Cwiff. 'Tunnell. Ingotau heb eu marcio. Pedair-carat-ar-hugain. Wel, mae'n gelc twt o leiaf.'

'Ie, mae hynny'n gysur. Bydd yn rhaid i mi gofio dweud wrth y Cyngor,' meddai Gwreiddyn yn goeglyd. 'Ydyn nhw ar y lein eto?'

Chwyrnodd Cwiff. Chwyrniad negyddol hefyd. Rhag ei gywilydd a dweud y gwir, yn chwyrnu ar uwch swyddog. Doedd gan Gwreiddyn mo'r egni i'w ddisgyblu chwaith, ond fe wnaeth nodyn o'r peth yn ei ben: wedi i hyn ddod i ben, cofia docio cyflog Cwiff am ddegawd neu ddwy. Rhwbiodd ei lygaid yn flinedig. Roedd chwarae ag amser yn dechrau effeithio arno. Er nad oedd ei ymennydd am adael iddo gysgu am ei fod e'n effro pan ddechreuodd y broses stopio amser, roedd ei gorff yn gwaeddu am hoe.

Cododd o'i gadair, ac agor y drws led y pen er mwyn cael ychydig o aer. Hen aer. Aer amser-wedi-stopio. Doedd moleciwlau ddim yn gallu dianc o'r maes-amser hyd yn oed, heb sôn am gorff person.

Roedd rhyw gyffro yn ardal y porth. Cyffro aruthrol. Roedd criw o filwyr wedi crynhoi o amgylch y gawell-hofran. Safai Cwtshoni ar flaen y gad a daeth pob un wan jac tuag ato. Camodd Gwreiddyn i lawr er mwyn cyfarfod â nhw.

'Beth yw hyn?' holodd yn swrth. 'Syrcas?'

Roedd wyneb Cwtshoni yn welw ond yn benderfynol.

'Na, Julius. Dyma ddiwedd y syrcas.'

Nodiodd Gwreiddyn. 'Dw i'n gweld. A dyma'r clowniaid?'

Sbeciodd pen Cwiff drwy gil y drws. 'Maddeuwch i fi am dorri ar draws eich cymhariaeth hynod chi â'r syrcas, ond beth yn y byd yw hwnna?'

'Ie, Is-gapten,' meddai Gwreiddyn, gan amneidio at y cawell-hofran. 'Beth yn y byd yw hwnna?'

Anadlodd Cwtshoni'n ddwfn er mwyn ceisio rhoi mwy o hyder iddo'i hun. 'Dw i wedi dilyn dy arweiniad di, Julius.'

'O?'

'Ydw. Fe wnes ti ddewis anfon anifail cyfeiliornus i mewn. A nawr, dw i am wneud yr un peth yn union.'

Gwenodd Gwreiddyn wên beryglus. 'Chei di ddim dewis gwneud unrhyw beth, lefftenant, heb fy nghaniatâd i.'

Camodd Cwtshoni yn ôl heb sylweddoli ei fod wedi gwneud. 'Dw i wedi bod at y Cyngor, Julius. Maen nhw'n fy nghefnogi i.'

Trodd y Comander at Cwiff. 'Ydy hyn yn wir?'

'Yn ôl y sôn. Mae neges newydd gyrraedd ar y llinell allanol. Parti Cwtshoni yw hwn nawr. Fe ddywedodd e wrth y Cyngor am y tâl rhyddhau, ac am Mister Twrddyn. Fe wyddoch chi sut mae'r henuriaid pan fydd aur yn y fantol.'

Plethodd Gwreiddyn ei freichiau. 'Roedd pobl wedi fy rhybuddio i amdanat ti, Cwtshoni. Fe ddywedon nhw y byddet ti'n fy mradychu i ond do'n i ddim yn eu credu nhw. Ro'n i'n ffŵl.'

'Nid ti a fi sy'n bwysig nawr, Julius, ond yr ymgyrch. Y nod. Yn y cawell mae'r unig beth all sicrhau llwyddiant i ni nawr.'

'Beth sy yn y cawell felly? Na, paid â dweud wrtha i. Yr unig greadur arall yn yr isfyd sydd heb hud. A'r unig drol i ni lwyddo ei ddal yn fyw ers canrif.'

'Yn union. Y creadur perffaith i guro'n gwrthwynebydd.'

Gloywodd bochau Gwreiddyn wrth iddo geisio ffrwyno'i gynddaredd.

'Alla i ddim credu dy fod ti hyd yn oed yn ystyried y fath beth.'

'O ty'd o 'na, Julius. Man a man i ti gyfaddef ei fod e'n debyg iawn i'r syniad gest di.'

'Na, dyw e ddim. Fe wnaeth Mwrc Twrddyn ei benderfyniadau ei hun. Roedd e'n gwybod am bob mentr.'

'Beth, mae Twrddyn wedi marw?'

Rhwbiodd Gwreiddyn ei lygaid eto. 'Mae'n ymddangos ei fod e. Tirlithriad o dan ddaear.'

'Dyna brofi eto fy mod i'n iawn. Fydd hi ddim yn hawdd iawn cael gwared ar drol.'

'Ond creadur twp yw e, er mwyn y mawredd! Sut all trol ddilyn cyfarwyddiadau?'

Gwenodd Cwtshoni, gyda hyder newydd yn gwawrio dros ei wyneb.

'Pa gyfarwyddiadau? Yr unig beth sy angen i ni ei wneud yw ei bwyntio i gyfeiriad y tŷ a symud o'r ffordd. Dw i'n addo i ti y bydd y bobl i gyd yn erfyn arnon ni i ddod i'w hachub nhw.'

'A beth am fy swyddog i?'

'Fe fydd y trol nôl dan glo ymhell cyn i Capten Pwyll fod mewn unrhyw berygl.'

'Alli di fy sicrhau i o hynny?'

Oedodd Cwtshoni. 'Mae hynny'n siawns dw i'n fodlon . . . mae'r Cyngor yn fodlon ei gymryd.'

'Gwleidyddiaeth,' poerodd Gwreiddyn. 'Dim ond gwleidyddiaeth yw hyn i ti, Cwtshoni. Pluen yn dy gap cyn derbyn sedd yn y Cyngor. Rwyt ti'n fy ngwneud i'n sâl.'

'Beth bynnag ddwedi di, ry'n ni'n mynd ymlaen â'r strategaeth. Mae'r Cyngor wedi fy mhenodi i fel Comander yr Ymgyrch. Nawr, os na alli di roi ein hanes personol ni o'r neilltu er lles yr ymgyrch, cer o 'ma.'

Camodd Gwreiddyn i'r ochr. 'Paid â phoeni, Comander. Dw i ddim am fod yn rhan o gynllun sy'n lladd Dynion y Mwd yn ddigwestiwn. Fe gei di hawlio'r clod i gyd.'

Ceisiodd Cwtshoni ei orau glas i edrych mor ddidwyll â phosibl. 'Julius, er gwaetha'r hyn rwyt ti'n ei feddwl, dim ond lles y Tylwyth sydd gen i mewn golwg.'

'Un tylwythyn yn arbennig,' rhochiodd Gwreiddyn.

Trodd Cwtshoni yn hunangyfiawn. 'Does dim rhaid i mi wrando ar hyn. Dw i'n gwastraffu amser fan hyn yn siarad gyda ti.'

Edrychodd Gwreiddyn i fyw ei lygaid. 'Rwyt ti wedi gwastraffu ryw chwe chan mlynedd o amser felly, do, ffrind?'

Doedd dim ateb gan Cwtshoni. Beth allai ddweud? Roedd pris i'w dalu er mwyn cyflawni uchelgais. A'r pris oedd cyfeillgarwch.

Trodd Cwtshoni at ei sgwad, grŵp o dylwyth teg oedd wedi eu dewis yn arbennig am eu teyrngarwch iddo fe. 'Ewch â'r cawell-hofran draw at y llwybr sy'n arwain i'r plasty. Dim golau gwyrdd cyn cael fy nghaniatâd i.'

Wrth iddo fynd heibio Gwreiddyn methodd ag edrych i lygaid ei gyn-ffrind. Ond doedd Cwiff ddim yn barod i adael iddo ddiflannu heb wneud sylw.

'Hei, Cwtshoni.'

Allai Comander newydd yr Ymgyrch ddim dioddef y dôn oedd yn y llais, ac yntau ar ei ddiwrnod cyntaf yn y swydd.

'Gwylia di dy geg fawr di, Cwiff. Does neb yn y byd, na all rywun arall gymryd ei le.'

Chwarddodd y gŵr-farch yn dawel. 'Digon gwir. Dyna'r peth am wleidyddiaeth – dim ond un cyfle gei di.'

Er gwaetha'r ffaith iddo drio peidio, roedd gan Cwtshoni rywfaint o ddiddordeb.

'Pe bawn i yn y sefyllfa,' aeth Cwiff yn ei flaen, 'a bod gen i un siawns i sicrhau lle yn y Cyngor, y peth olaf fydden i'n ei wneud fyddai rhoi fy nyfodol yn nwylo trol.'

Ac yn sydyn, diflannodd hyder newydd Cwtshoni gan adael wyneb gwelw a sgleiniog. Sychodd ei dalcen cyn brysio ar ôl y cawell-hofran.

'Wela i di fory,' gwaeddodd Cwiff ar ei ôl. 'Pan fyddi di'n casglu fy sbwriel i.'

Daeth sŵn chwerthin o gyfeiriad Gwreiddyn. Efallai'r tro cyntaf i un o sylwadau Cwiff ei oglais. 'Da ti, Cwiff.' Gwenodd. 'Bwra'r bradwr lle mae'n brifo – yn ei uchelgais.'

'Diolch, Julius.'

Diflannodd y wên mor gyflym â slyg dan-ddaear wedi ei ffrio yn ffreutur y LEP.

'Dw i wedi dy rybuddio di am fy ngalw i'n Julius, Cwiff. Nawr, cer i'r afael â chael lein allanol i fi. Dw i am i'r aur fod yn barod ar gyfer yr adeg pan fydd cynllun Cwtshoni'n mynd i'r gwellt. Dw i am i ti lobïo fy nghefnogwyr i i gyd ar y Cyngor. Dw i'n eithaf siŵr fod Lope yn gefnogol, a Cahartez, efallai Vinyáya. Mae hi wastad wedi fy hoffi i, gan fy mod i mor olygus.'

'Jôc yw hyn, ie?'

'Dydw i erioed wedi bod yn un am jôc,' meddai Gwreiddyn, heb arlliw o hiwmor ar ei wyneb.

Roedd gan Heulwen gynllun, o fath. Sleifio o gwmpas y lle gyda'i tharian ymlaen, casglu ychydig o arfau'r Tylwyth, cyn creu hafoc llwyr nes bod yn rhaid i Gwarth ei rhyddhau hi. A phe bai gwerth miliynau o bunnoedd o eiddo Cymreig yn cael ei ddifrodi, wel, byddai hynny'n well byth.

Doedd Heulwen ddim wedi teimlo cystal â hyn ers blynyddoedd. Roedd ei llygaid hi ar dân gyda'r holl bŵer oedd ynddi, a gwreichion yn tasgu o dan bob darn o'i chroen. Roedd hi wedi anghofio teimlad mor braf oedd bod yn llawn hud.

Teimlai Capten Pwyll mewn rheolaeth nawr. Ar helfa. Roedd hi wedi'i geni ar gyfer hyn. Pan ddechreuodd yr holl gybolfa yma, gan Ddynion y Mwd roedd y fantais. Ond erbyn hyn, roedd yr esgid ar y droed arall. Hi oedd yn hela, a nhw oedd yr ysglyfaeth.

Dringodd Heulwen y grisiau, gan gadw llygad barcud rhag ofn i'r gwas enfawr ddod ar ei thraws. Dyna foi oedd e. Doedd hi ddim yn mynd i gymryd unrhyw siawns gydag e. Pe bai'r bysedd yna'n gafael yn ei phenglog, fyddai popeth ar ben.

Roedd y tŷ enfawr fel adeilad coffa – heb arwydd o fywyd yn unman. Roedd lluniau arswydus ar y waliau fodd bynnag – pob un darlun yn dangos llygaid teulu'r Gwarth. Llygaid oedd yn amau popeth. Llygaid oedd yn disgleirio. Dyna'r pethau cyntaf fyddai'n cael eu llosgi, yr eiliad fyddai Heulwen yn cael gafael ar ei Neutrino 2000. Creulon efallai, ond roedd hi'n hawdd deall pam, o ystyried y ffordd roedd Artemis Gwarth wedi'i thrin hi.

Dringodd ar wib, gan ddilyn y tro i fyny at ben y grisiau. Roedd hi'n gallu gweld darn bach o olau pŵl yn gwthio'i hun o dan y drws olaf ar y coridor. Gosododd Heulwen gledr ei llaw yn erbyn y pren, i deimlo a oedd yna gryniadau. O, roedd cryniadau. Gweiddi a sŵn traed, a hwythau'n taranu tuag ati.

Neidiodd Heulwen yn ôl, gan wasgu ei hunan yn fflat yn erbyn y papur wal melfedaidd. Lwcus iddi wneud bryd hynny a dweud y gwir. Ffrwydrodd siâp trwsgl drwy'r drws cyn gwibio i lawr y coridor, gan adael trobwll o aer ar ei ôl.

'Gwen!' gwaeddodd, ag enw'i chwaer yn dal i hedfan o gwmpas yn yr aer wedi iddo ddiflannu i lawr y grisiau.

Paid â phoeni, Gwesyn, meddyliodd Heulwen. Mae hi wrth ei bodd yn gwylio Wrestlemania. Ond roedd y drws agored yn ei gwahodd hi. Llithrodd yn ofalus drwyddo cyn i'r fraich fecanyddol ei gau yn glep unwaith eto.

Roedd Artemis Gwarth yn aros amdani, gyda ffilterau gwrth-darian wedi eu glynu i'w sbectol haul.

'Noswaith dda, Capten Pwyll,' dechreuodd, gan ymddangos yn llawn hyder. 'Er bod hyn yn swnio fel cliché, dw i wedi bod yn disgwyl amdanat ti.'

Ni atebodd Heulwen. Wnaeth hi ddim edrych i lygad ei herwgipiwr chwaith. Yn hytrach, dyma hi'n defnyddio'r sgiliau roedd hi wedi eu dysgu wrth hyfforddi a syllu ar bob peth oedd yn yr ystafell.

'Rwyt ti'n dal i fod wedi ymrwymo i'r addewidion wnest di yn gynharach heno . . .'

Doedd Heulwen ddim yn gwrando ond yn rhuthro draw at fainc metel oedd wedi'i bolltio i'r wal bellaf.

'Felly'n syml, dyw ein sefyllfa ni ddim wedi newid o gwbl. Rwyt ti'n dal i fod yn wystl i mi'

'Ie, ie, ie,' mwmialodd Heulwen, gan redeg ei bysedd dros y rhesi o arfau'r Sgwad Adfer. Dewisodd helmed a'i rhoi yn ofalus dros ei chlustiau pigfain. Rhuthrodd y padiau pniwmatig o'u cuddfanau gan ddal ei chraniwm hi'n ofalus. Roedd hi'n ddiogel yn awr. Byddai unrhyw orchmynion newydd gan Artemis Gwarth yn ofer, yn gwbl aneffeithiol gyda fisor adlewyrchu yr helmed yn ei diogelu. Aeth gwifren meicroffon i'w lle yn awtomatig. Gwnaethpwyd cysylltiad yn syth bìn.

'. . . ar amrediad tro. Dw i'n darlledu ar amrediad tro. Heulwen, os wyt ti'n gallu clywed, cuddia!'

Roedd Heulwen yn adnabod y llais. Cwiff oedd yno. Llais cyfarwydd mewn sefyllfa ryfedd iawn.

'Dw i'n ailadrodd. Cuddia! Mae Cwtshoni yn anfon . . .'

'Rywbeth ddylwn i wybod amdano?' holodd Artemis.

'Sh!' sibrydodd Heulwen, yn bryderus o glywed Cwiff yn siarad â thôn difrifol am unwaith.

'Fe ddyweda i eto, maen nhw'n anfon trol i mewn, er mwyn sicrhau dy ryddhâd di.'

Llanwodd corff Heulwen â braw. Cwtshoni oedd yn rheoli nawr. Doedd hyn ddim yn newyddion da o gwbl.

Torrodd Artemis ar draws y tawelwch eto.

'Dyw hyn ddim yn gwrtais, wyddost ti. Anwybyddu dy letywr.'

Dyma Heulwen yn grwgnach. 'Digon yw digon.'

Tynnodd ei dwrn yn ôl, a'i bysedd wedi eu cyrlio'n dynn i'w chledr. Ni symudodd Artemis yr un fodfedd. Pam fyddai e'n symud? Fyddai Gwesyn bob amser yn ymyrryd cyn i'r dwrn ei daro. Denodd rhywbeth ei lygad. Siâp corff mawr yn rhedeg i lawr y grisiau ar sgrin y llawr cyntaf. Gwesyn.

'Wel, wel, mistar cyfoethog,' meddai Heulwen yn greulon. 'Rwyt ti ar dy ben dy hun y tro 'ma.'

A chyn i lygaid Artemis gael amser i ledaenu,

rhoddodd Heulwen nerth ychwanegol yn ei phenelin a'i bwnio yn ei drwyn.

'Wwff,' meddai, gan gwympo ar ei ben-ôl.

'Gwych! Dyna deimlad braf.'

Canolbwyntiodd Heulwen ar y llais oedd yn mwmian yn ei chlust.

'. . . ry'n ni wedi bod yn bwydo dolen fideo i'r camerâu, fel na fydd y Dynion yn gallu gweld unrhyw beth yn dod i fyny'r ffordd. Ond mae e ar ei ffordd, dw i'n addo.'

'Cwiff. Cwiff, dere i mewn.'

'Heulwen? Ti sy 'na?'

'Yr un a'r unig un. Cwiff, does dim dolen fideo. Dw i'n gallu gweld pob dim sy'n digwydd yma.'

'Y diawl bach . . . Mae'n rhaid ei fod e wedi ail-ddechrau'r system.'

Roedd y rhodfa a arweiniai at y tŷ yn ferw gan weithgaredd y Tylwyth. Roedd Cwtshoni, yn cyfarth cyfarwyddiadau ar ei sgwad o Dylwyth, ac yng nghanol y cyfan roedd cawell-hofran ryw bum metr o daldra, yn arnofio ar glustog o aer. Roedd y cawell yn union o flaen drws y plasty, ac roedd y bois technegol wrthi'n ei selio i'r wal o gwmpas y drws. Pan gâi ei droi ymlaen byddai nifer o ffrwydradau'n tanio ar unwaith gan chwalu'r drws yn ddarnau mân. Pan fyddai'r llwch yn setlo, dim ond i un man y gallai'r trol fynd – i mewn i'r plasty.

Edrychodd Heulwen ar bob monitor. Roedd Gwesyn wedi llwyddo i dynnu Gwen o'i chell. Roedden nhw wedi dod i fyny o'r seler ac yn croesi'r lobi. Yn llwybr y trol.

'D'Arvit!' rhegodd hi, a mynd draw at y meinciau gwaith.

Roedd Artemis Gwarth yn pwyso ar ei bennau gliniau. 'Fe fwrest ti fi,' meddai, yn methu credu'r peth.

Gwisgodd Heulwen bâr o adenydd Adar-y-si. 'Rwyt ti'n llygad dy le Gwarth. Ac mae digonedd o'r rheiny ar gael. Felly dyma gyngor i ti. Aros yn dy unfan, er dy les dy hunan.'

Am unwaith yn ei fywyd, sylweddolodd Artemis nad oedd ganddo ateb cyflym i'w saethu yn ôl. Agorodd ei geg, gan aros i'w ymennydd ddarparu un o'i atebion ffraeth arferol. Ond chyrhaeddodd ddim byd.

Gwthiodd Heulwen y Neutrino 2000 i'w wain. 'Ie, Bachan y Mwd. Mae amser chwarae wedi dod i ben. Mae'n bryd i'r bobl broffesiynol gymryd yr awenau nawr. Os wnei di addo bod yn fachgen da, fe wna i brynu lolipop i ti pan ddof i 'nôl.'

Ac wedi i Heulwen hen ddiflannu, gan esgyn at drawstiau derw hynafol y tŷ, dywedodd Artemis, 'Dw i ddim yn hoffi lolipops'.

Am ateb gwarthus. Roedd Artemis yn siomedig gyda'i hun yn syth bìn. Pathetig a dweud y gwir: dw i ddim yn hoffi lolipops. Pa feddyliwr troseddol mawr fyddai'n yngan y gair lolipops? Byddai'n rhaid iddo greu cronfa ddata o atebion ffraeth ar gyfer achlysuron fel hyn.

Mae'n ddigon posibl y byddai Artemis wedi eistedd felly am amser hir, wedi datgysylltu ei hun oddi wrth y sefyllfa'n llwyr, pe na bai'r drws ffrynt wedi ffrwydro ar agor, gan siglo'r plasty i'w seiliau. Mae rhywbeth felly yn ddigon i chwythu'r breuddwydion o feddwl unrhyw un.

Dyma un o'r Tylwyth yn glanio o flaen Y Comander Gweithredol, Cwtshoni.

'Mae'r sêl wedi ei osod, syr.'

Nodiodd Cwtshoni. 'Ydych chi'n siŵr ei fod wedi ei lynu'n dynn, Capten? Dw i ddim eisiau i'r trol ddod allan y ffordd anghywir.'

'Mae'n dynnach na phwrs coblyn. Does dim modd y gallai swigen o aer ddianc. Mae'n dynnach na phen-ôl . . .'

'O'r gorau, Capten,' torrodd Cwtshoni ar ei draws yn frysiog, cyn i'r tylwythyn orffen ei frawddeg afiach. Wrth eu hymyl, siglodd y cawell-hofran yn hegar. Bu bron i'r holl beth gwympo oddi ar y glustog aer.

'Well i ni chwythu'r gwalch 'ma, yn go glou, Comander. Os na wnawn ni ei adael e mas o fan'na cyn hir fe fydd fy mechgyn i yn treulio'r wythnos nesa'n crafu . . .'

'Iawn, Capten, iawn. Chwythwch e. Chwythwch er mwyn y mawredd.'

Brysiodd Cwtshoni i guddio y tu ôl i'w darian ffrwydron, gan sgriblo nodyn ar sgrin LCD ei gyfrifiadur cledr llaw. Nodyn: Atgoffa'r Tylwyth i beidio â defnyddio iaith front. Wedi'r cyfan, fi yw'r Comander erbyn hyn.

Trodd y tylwythyn oedd yn gyfrifol am ddefnyddio'r fath iaith at yrrwr y cawell-hofran. 'Chwytha fe, Siôni Bêbi! Chwytha'r drws i uffern!'

'Iawn, syr. I uffern! Dim problemo.'

Gwingodd Cwtshoni. Byddai'n rhaid cael cyfarfod cyffredinol yfory. Peth cyntaf bore fory. Erbyn hynny, fe fyddai bathodyn Comander ar goler ei grys. Byddai hyd yn oed tylwythyn yn fwy gofalus o'i iaith o weld y tair fesen yn wincio o flaen ei lygaid.

Gwisgodd Siôni ei gogls shrapnel am ei lygaid, er bod ffenestr y cawell wedi ei wneud o cwarts. Roedd y gogls yn cŵl, a'r merched yn dwlu arnyn nhw. Neu o leia, dyna roedd y gyrrwr yn ei feddwl. Dychmygai ei hun fel boi dewr anhygoel oedd yn ennyn edmygedd pawb. Fel 'na roedd y Tylwyth. Rhowch bâr o adenydd iddyn nhw, ac maen nhw'n meddwl mai nhw yw Duw. Ond stori arall yw ymdrechion aflwyddiannus Siôni Witawiw i fynd ar ôl y menywod. Am y tro, dim ond un pwrpas sydd ganddo, sef gwthio'r botwm tanio yn or-ddramatig. A dyna mae e'n ei wneud, mewn steil.

Ffrwydrodd pedwar ar hugain o ffrwydriadau bychain, gan yrru pedwar silindr aloi ar hugain o'u cuddfannau ar gyflymdra o 1,000 milltir yr awr. Wrth iddo daro'r wal, mae pob un bar yn chwalu'r man cyffwrdd yn ogystal â phymtheg centimetr o'i amgylch. Do, fe chwythwyd y drws i uffern, fel y byddai'r capten yn ei ddweud.

Wedi i'r llwch gwympo yn ôl i'w le, dyma'r criw yn tynnu'r wal allanol oddi ar y cawell ac yn dechrau pwnio'r ochrau gyda'u cledrau.

Dyma Cwtshoni yn sbecian o'r tu ôl i'w darian ffrwydron.

'Popeth yn glir, Capten?'

'Eiliad fach Comander, er mwyn y Tylwyth! Siôni, sut mae pethau'n edrych?'

Edrychodd Siôni ar ei fonitor. 'Mae e'n symud. Mae'r pwnio wedi rhoi braw iddo. O, ie, mae ei grafangau wedi ymddangos. Jiw, mae e'n un mawr. Fyswn i ddim ffansi bod y ferch Recon yna os daw hwn ar ei thraws hi.'

Teimlodd Cwtshoni yn euog am eiliad fach, ond gwthiodd hynny o'r neilltu wrth gofio am ei freuddwyd bennaf – cael suddo'n gyfforddus i sedd melfed brown golau y Cyngor.

Siglodd y cawell yn ofnadwy, a bu bron i Siôni gwympo o'i sedd. Daliodd ei afael fel marchog mewn rodeo.

'Wow! Mae e'n dechrau symud. Cloi a llenwi fechgyn. Mae gen i deimlad y byddwn ni'n clywed gwaedd am help unrhyw funud nawr.'

Doedd gan Cwtshoni ddim amynedd i gloi a llenwi. Roedd yn well ganddo adael hynny i'r milwyr oddi tano. Yn wir, roedd e'n teimlo ei fod e'n rhy bwysig o lawer i gael ei roi mewn sefyllfa ansicr. Er lles y Tylwyth, byddai'n well pe bai e'n aros ymhell o'r mannau peryglus.

Dringodd Gwesyn y grisiau, fesul pedwar gris. Mae'n bosibl mai dyma'r tro cyntaf erioed iddo adael Artemis mewn sefyllfa o argyfwng. Ond roedd Gwen yn aelod o'i deulu ac roedd hi'n amlwg bod rhywbeth o'i le ar ei chwaer fach. Roedd y dylwythen yna wedi dweud rhywbeth wrthi, a byth ers hynny roedd hi'n eistedd mewn ystafell wag yn chwerthin yn wirion. Roedd Gwesyn yn poeni'n arw. Pe bai rhywbeth yn digwydd i Gwen, byddai'n ei chael hi'n anodd iawn byw gydag ef ei hun.

Teimlodd ddeigryn o chwys yn llifo i lawr ei ben oedd wedi ei eillio. Roedd yr holl sefyllfa'n datblygu'n rhyfedd iawn. Tylwyth Teg, hud a lledrith, a gwystl yn rhydd yn y plasty yn rhywle. Sut yn y byd oedd disgwyl iddo reoli pethau? Roedd angen pedwar dyn i warchod y gwleidydd mwyaf di-ddim, ac roedd disgwyl iddo fe ddelio â'r sefyllfa amhosibl hon ar ei ben ei hun.

Rhedodd Gwesyn gyda holl nerth ei goesau ar hyd y coridor ac i mewn i'r gell lle bu Capten Pwyll yn gaeth. Gorweddai Gwen yno, wedi ei chyfareddu gan wal goncrit.

'Beth wyt ti'n wneud?' holodd yn fyr o anadl gan estyn am y Sig Sauer naw-milimedr gyda'i rwyddineb arferol.

Bu bron i Gwen beidio â sylwi arno. 'Bydd dawel, y bwbach. Mae Ceri'r Peiriant Cariad ymlaen. Dyw e ddim mor fawr â hynny. Fuaswn i'n gallu trio'i lorio fe.'

Edrychodd Gwesyn arni. Roedd hi'n siarad rwtsh pur, yn amlwg dan effaith rhyw gyffur. 'Mae'n rhaid i ni fynd. Mae Artemis am ein gweld ni i fyny'r grisiau.'

Pwyntiodd Gwen un o'i bysedd at y wal, a'r lliw ar ei hewinedd yn disgleirio. 'Bydd yn rhaid iddo aros. Mae'r darian ar fin cael ei hennill. Ac mae'n ornest fawr am fod Ceri wedi bwyta mochyn anwes y Sochddyn.'

Edrychodd y gwas ar y wal. Doedd dim byd arni, roedd hynny'n sicr. Doedd dim amser ganddo i ddelio gyda hyn. 'Reit, i ffwrdd â ni,' sgyrnygodd gan daflu'i chwaer dros ei ysgwyddau llydan.

'Naaa. Y bwli mawr,' protestiodd Gwen, gan fwrw'i gefn gyda'i dyrnau bychain. 'Nid nawr. Sochddyn! Sochddyyyyn!'

Anwybyddodd Gwesyn y protestiadau, a dechrau rhedeg. Pwy yn y byd oedd y Sochddyn yma? Un o'i chariadon hi, tybed. Byddai'n rhaid iddo gadw llygad barcud ar y bobl fyddai'n galw yn y plasty o hyn ymlaen.

'Gwesyn? Ateba.'

Artemis oedd yno, ar y teclyn llaw. Gwthiodd Gwesyn ei chwaer i fyny ryw ychydig er mwyn gallu estyn at ei wregys.

'Lolipops!' cyfarthodd ei gyflogwr.

'Dw i'n flin? Fe glywais i —'

'Y . . . yr hyn ro'n i'n ei feddwl oedd . . . rhaid i chi ddianc o'r fan yna. Ffeindiwch rywle diogel! Cuddiwch!'

Cuddio? Roedd y gair yn swnio'n rhyfedd yn dod o geg Meistr Artemis. Fel modrwy aur mewn twba lwcus.

'Cuddio?'

'Ie, Gwesyn. Cuddio. Roeddwn i'n meddwl mai defnyddio iaith gyntefig fyddai'r ffordd orau i dy gael di i ddeall. Ond mae'n amlwg fy mod i'n anghywir.'

Dyna'r hen Artemis cyfarwydd, meddyliodd Gwesyn. Edrychodd Gwesyn o amgylch y neuadd am rywle i guddio. Doedd dim llawer o ddewis ganddo. Dim ond y siwtiau arfwisg canoloesol oedd mewn rhesi yn erbyn y wal allai gynnig unrhyw fath o gysgod. Gwibiodd Gwesyn y tu ôl i farchog o'r bedwaredd ganrif ar ddeg oedd yn dal gwaywffon a phastwn.

Tapiodd Gwen blât metel y frest. 'Wyt ti'n meddwl dy fod ti'n fygythiol? Gallen i dy lorio di gydag un llaw.'

'Bydd dawel,' hisiodd Gwesyn arni.

Daliodd ei anadl a gwrando. Roedd rhywbeth yn dod

tuag at y prif ddrws. Rhywbeth mawr. Pwysodd Gwesyn allan nes ei fod yn gallu gweld y cyntedd . . .

Yna, mae'n siŵr y gallech chi ddweud fod y drws wedi ffrwydro. Ond dydy'r ferf honno ddim yn gwneud cyfiawnder â'r hyn ddigwyddodd. Yn hytrach, fe chwalodd e'n filiynau o ddarnau mân. Roedd Gwesyn wedi gweld rhywbeth tebyg o'r blaen, pan ddaeth daeargryn nerth-7 drwy stad barwn cyffuriau yn Columbia eiliadau cyn iddo ef ffrwydro'r lle beth bynnag. Ond, roedd hyn yn wahanol am ei fod yn llawer mwy trefnus. Mwy proffesiynol. Tactegau gwrth-derfysgaeth clasurol. Bwrw'r targed gyda mwg a sŵn mawr a mynd i mewn tra bod y targedau wedi drysu'n llwyr. Beth bynnag oedd ar fin digwydd, roedd e'n mynd i fod yn ddifrifol. Roedd e'n sicr o hynny. Ac roedd e'n gywir hefyd.

Cwympodd y cymylau llwch yn araf i'r llawr gan adael ôl gwelw ar y carped o Diwnisia. Byddai Madam Gwarth yn gynddeiriog gyda'r fath lanast, pe bai hi'n rhoi cymaint ag un bys troed y tu allan i'r atig. Teimlodd Gwesyn rywbeth cynhenid yn dweud wrtho am symud. Igam-ogamodd ar hyd y llawr gwaelod er mwyn ceisio cyrraedd lefel uwch. Aros yn isel er mwyn bod yn llai o darged. Dyma'r amser perffaith i wneud hynny, am ei bod hi'n anodd gweld. Roedd e'n gwybod y byddai cawod o fwledi yn saethu drwy'r drws unrhyw eiliad. Gadael fyddai orau.

〇 ⅃ ➔ · ∪ ⬜ § ⬧ ◊ ⬧ ⬧ ◭ ⬧ ⬧ · 🦀 ·

Ac ar unrhyw ddiwrnod arall, fyddai Gwesyn wedi symud. Byddai wedi cyrraedd hanner ffordd i fyny'r grisiau cyn iddo gael cyfle i ailfeddwl. Ond heddiw roedd ei chwaer fach wedi'i thaflu dros ei ysgwydd yn siarad rwtsh. Y peth olaf roedd e eisiau ei wneud oedd ei pheryglu hi. Ac o ystyried cyflwr Gwen, byddai hi'n siŵr o drefnu gornest reslo tag gyda mintai o Dylwyth. Er fod ei chwaer yn ymddangos yn ddewr ac yn gryf, dim ond plentyn oedd hi mewn gwirionedd. Dim sialens i greaduriaid milwrol. Aeth Gwesyn ar ei gwrcwd a rhoi Gwen i sefyll yn erbyn tapestri oedd y tu ôl i'r arfwisg. Gwnaeth yn siŵr fod y bachyn diogelwch wedi'i dynnu o'i wn. Oedd. Da iawn. Dewch ar fy ôl i, y Tylwyth Twp. Dwi'n barod amdanoch chi.

Symudodd rhywbeth yn y niwl llychlyd. Gwyddai Gwesyn o'r eiliad gyntaf nad bod dynol oedd yno. Roedd Gwesyn wedi bod ar ddigon o dripiau saffari i fedru adnabod anifail pan welai un. Astudiodd osgo'r creadur hwn. Golwg mwncïaidd o bosibl. Roedd pen ei gorff yn ymdebygu i epa, ond roedd e'n fwy nag unrhyw epa roedd e wedi'i weld erioed. Os mai epa oedd yno, doedd fawr o bwrpas iddo ddefnyddio'i wn llaw. Gallech saethu pum rownd o fwledi at ben tarw-epa, a byddai wedi'ch bwyta chi i swper, cyn iddo sylweddoli ei fod wedi marw.

Ond nid epa oedd yno. Doedd gan epaod ddim llygaid oedd yn gallu gweld yn y nos fel y creadur hwn. Llygaid coch oedd yn pefrio, llygaid â'u hanner nhw'n cuddio o dan ei fwng blêr. Roedd ganddo ysgithrau hefyd. Nid ysgithrau fel rhai eliffant chwaith Roedd gan y rhain ymylon danheddog – arfau a allai rwygo'ch perfedd chi. Teimlodd Gwesyn ei fol yn gwingo. Unwaith y cafodd y teimlad hwn o'r blaen. Ar ei ddiwrnod cyntaf yn Academi'r Swistir. Gwyddai beth ydoedd. Ofn.

Camodd y creadur o'r llwch. Ochneidiodd Gwesyn. Doedd e ddim wedi gwneud hynny ers dyddiau'r Academi chwaith. Dyma elyn na welodd ei fath erioed. Sylweddolodd yn syth bìn yr hyn roedd y Tylwyth wedi gwneud. Roedden nhw wedi penderfynu anfon creadur nad oedd yn deall dim ond sut i hela. I'r diawl â hud a lledrith. Ac i'r diawl, yn amlwg, â rheolau. Byddai hwn yn lladd unrhyw un fyddai yn ei lwybr, dim ots beth na phwy ydoedd. Dyma'r bwytsfil rheibus perffaith. Roedd hynny'n amlwg yn ôl y dannedd miniog ar gyfer rhwygo cig oedd ganddo, a'r gwaed sych o dan ei grafangau a'r casineb oedd yn tywallt o'i lygaid.

Symudodd y trol yn ei flaen, gan gau ei lygaid ryw fymryn yng ngolau'r siandelîr. Crafai ei grafangau melyn ar hyd y llawr marmor gan greu gwreichion yn eu sgil. Roedd e'n arogli nawr, yn anadlu'n herciog ac yn rhyfedd, ei ben wedi'i droi i un ochr. Roedd Gwesyn wedi gweld yr olwg yna o'r blaen – ar weflau daeargwn tarw newynnog cyn i'w perchnogion Rwsiaidd eu rhyddhau nhw ar helfa eirth.

𝕆 ⚹ 𝕊 · ⚹ ⍓ ·) Ⓑ ➤ · ⚹ 𝕊 𝔽) 🦀 ⍓ ☋ ⚘

Rhewodd y pen blewog, ei drwyn yn pwyntio'n syth at lle roedd Gwesyn yn cuddio. Nid cyd-ddigwyddiad oedd hyn. Syllodd Gwesyn drwy'r tyllau ym mysedd y faneg ddur. Dyma ddechrau'r helfa. Unwaith i arogl lenwi ei ffroenau, byddai'r heliwr yn sleifio'n agosach gan bwyll bach cyn taro'n sydyn fel mellten.

Ond, mae'n debyg nad oedd y trol hwn wedi darllen llawlyfr yr helwyr. Yn hytrach nag ymlwybro'n ofalus at ei ysglyfaeth neidiodd y trol ar draws y cyntedd yn sydyn gan ymosod ar unwaith. Doedd Gwesyn ddim yn gallu credu ei gyflymdra. Tarodd yr arfwisg ganoloesol o'r ffordd fel petai'n ddoli glwt.

Caeodd Gwen ei llygaid. 'Www,' ochneidiodd. 'Terwyn Traed Mawr sy 'na. Pencampwr Canada, un naw naw wyth. Ro'n i'n meddwl dy fod ti yn yr Andes yn chwilio am dy deulu.'

Doedd dim diben i Gwesyn ei chywiro hi. Roedd hi'n amlwg nad oedd hi mewn cyflwr i ddeall beth oedd yn digwydd. O leia byddai hi'n marw'n hapus, meddyliodd Gwesyn. Wrth i'w ymennydd feddwl am y pethau afiach hyn, roedd llaw Gwesyn yn estyn am ei wn.

Gwasgodd y triger mor gyflym ag yr oedd mecanwaith y Sig Sauer yn caniatáu. Dau yn y frest a thri rhwng y llygaid. Dyna oedd y cynllun. Llwyddodd i saethu'r bwledi i'r frest ond dyma'r trol yn ymyrryd cyn i Gwesyn gael cyfle i orffen. A'r ymyrraeth oedd ysgithrau danheddog yn dod tuag ato. Dyma'r ysgithrau'n lapio o amgylch ei gorff ac yn torri drwy'i siaced Kevlar gref fel cyllell trwy fenyn.

Teimlodd Gwesyn boen rhewllyd wrth i'r cyrn ifori danheddog dorri drwy ei frest. Gwyddai'n syth bìn ei bod yn ergyd farwol. Roedd hi'n anodd anadlu. Roedd un ysgyfaint wedi mynd a llifai afon o waed dros flewiach y trol. Gwaed Gwesyn. Doedd neb yn gallu colli cymaint â hynny o waed a goroesi. Er hyn, diflannodd y boen yn sydyn a llanwyd ei gorff â theimladau dymunol. Chwistrellwyd rhyw fath o anaesthetig naturiol o ysgithrau'r bwystfil. Anaesthetig oedd yn llawer mwy peryglus nag unrhyw wenwyn marwol. Mewn munudau byddai Gwesyn yn stopio ymladd yn erbyn y trol ac yn mynd, gan chwerthin, i'w fedd.

Ymladdodd Gwesyn yn erbyn y cyffuriau oedd yn ei gorff, gan droi a throsi yng ngafael y trol. Ond i ddim diben. Roedd y frwydr drosodd bron cyn iddi ddechrau.

Dyma'r trol yn rhochian cyn taflu'r corff llipa dros ei ben. Tarodd corff mawr Gwesyn yn erbyn y wal ar gyflymder na allai esgyrn bod dynol ei wrthsefyll. Craciodd y briciau o'r llawr hyd at y to. Torrwyd asgwrn cefn Gwesyn hefyd. Hyd yn oed pe na byddai wedi colli'r gwaed, byddai hyn yn sicr yn ddigon i'w ladd.

Roedd Gwen yn dal wedi ei swyno â'r mesmer.

'Dere 'mlan frawd, cwyd. Ry'n ni gyd yn gwyb mai esgus rwyt ti.'

Oedodd y trol, gan amlygu rhywfaint o chwilfrydedd yn niffyg braw y ferch. Byddai wedi amau mai tric oedd hyn, pe bai ei feddwl yn medru ymdopi â rhywbeth mor gymhleth â hynny. Ond yn y pendraw, roedd ei awydd am fwyd yn drech na phopeth arall. Gallai arogli cnawd. Cnawd ffres a brau. Roedd cnawd uwch y ddaear yn ogleuo'n wahanol. Roedd e'n llawn arogleuon o'r wyneb. Ar ôl i chi fwyta cig awyr agored, roedd hi'n anodd troi 'nôl. Rhedodd y trol ei dafod dros ei ddannedd blaen gan estyn am rywbeth gyda'i ddwylo blewog . . .

Gwthiodd Heulwen ei hadenydd Aderyn y Si yn agos at ei chorff, gan blymio i lawr yn ofalus. Dyma hi'n hedfan yn agos tu hwnt at y grisiau gan ddod allan yn y cyntedd o dan y to crwn o wydr lliw. Roedd golau'r maes-amser yn ffiltro'n annaturiol drwyddo, gan dorri'n siafftau glas dros bob man.

Golau, meddyliodd Heulwen. Roedd lampau golau llachar ei helmed wedi gweithio o'r blaen, doedd dim rheswm pam na fydden nhw'n gweithio eto. Gallai weld ei bod yn rhy hwyr i achub y dyn. Roedd e'n sach o esgyrn wedi eu malu. Ond y ferch. Roedd ganddi rai eiliadau eto cyn i'r trol ei rhwygo hi'n ddau.

Dyma Heulwen yn cylchdroi'n ofalus drwy'r golau ffug gan chwilio ar hyd ei hemled am y botwm Sonix.

Roedd Sonix fel arfer yn gweithio ar gŵn, ond yn yr achos hwn efallai y byddai'n llwyddo i greu rhai eiliadau o ddryswch. Eiliadau a fyddai'n caniatáu iddi gyrraedd y llawr.

Roedd y trol yn estyn tuag at Gwen. Roedd Heulwen yn adnabod y symudiad. Fel arfer câi ei ddefnyddio wrth ymosod ar rywun diamddiffyn. Byddai'r crafangau'n taro o dan yr asennau, gan rwygo'r galon. Fel hyn ni byddai'r cnawd wedi ei niwedio rhyw lawer, ac ni byddai tensiwn ar y funud olaf wedi gwneud y cig yn wydn.

Gwasgodd Heulwen fotwm y Sonix . . . ond ddigwyddodd dim byd. Doedd hyn ddim yn dda. Fel rheol, byddai trol yn teimlo ychydig o boen wrth glywed synau hynod uchel. Ond wnaeth hwn ddim hyd yn oed troi ei ben blewog. Roedd cwpwl o bosibliadau: un, roedd yr helmed wedi torri; dau: roedd y trol yn fyddar fel postyn. Yn anffodus, doedd gan Heulwen ddim ffordd o wybod pa un oedd yn wir am nad oedd y Tylwyth yn gallu clywed y synau hyn.

Beth bynnag oedd y broblem, gorfodwyd Heulwen i fabwysiadu strategaeth oedd yn groes i'w dymuniad. Cyffyrddiad uniongyrchol. A hyn i gyd, er mwyn achub un o Ddynion y Mwd. Roedd hi wedi mynd yn Adran 8. Heb amheuaeth.

Gafaelodd Heulwen yn y throtl a symud yn syth o'r bedwaredd gêr i fagio. Doedd hyn ddim yn dda iawn i'r bocs gêr. Byddai'n siŵr o gael pryd o dafod gan y mecanics pe bai hi rywfodd yn dal yn fyw ar ddiwedd yr hunllef yma. Effaith y newid gêr hyn oedd gwneud iddi droi a throelli yn yr awyr am ychydig, nes bod sawdl ei bŵts hi'n hofran yn union uwchben pen y trol. Gwingodd Heulwen. Yr ail dro iddi orfod brwydro yn erbyn yr un trol. Anhygoel!

Tarodd sodlau Heulwen yn erbyn corun ei ben. Ar y cyflymder hyn, roedd pwysau o leiaf hanner tunnell o rym-G wrth iddyn nhw gyffwrdd. Dim ond y defnydd cryfhau arbennig oedd yn rhan o wneuthuriad ei throwsus hi sicrhaodd nad oedd esgyrn ei choesau hi'n chwalu'n rhacs. Er hyn, fe glywodd hi ei phen-glin yn clecian a gwibiodd y boen i'w thalcen. Dyna oedd yn gyfrifol am ddistrywio ei symudiadau hi wedi hynny. Yn lle hedfan i fyny i'r uchelfannau'n ddiogel, syrthiodd tuag at gefn y trol gan lanio yn ei flew hir a chnotiog.

Roedd y trol wedi gwylltio hefyd. Nid yn unig roedd rhywbeth yn trio'i rwystro rhag cael cinio, ond roedd y rhywbeth hwn nawr yn sownd yn ei flew gyda'r gwlithod mwyaf glân. Ymsythodd y trol gan estyn ei grafangau dros ei ysgwydd. Crafodd yr ewinedd hir yn erbyn helmed Heulwen gan greu llinellau paralel dyfnion yn y metel. Oedd, roedd Gwen yn ddiogel am eiliad ond roedd Heulwen wedi newid lle gyda hi. Hi oedd ar ben y rhestr 'mewn perygl' nawr.

Gwasgodd y trol yn dynnach, gan ddal yn yr helmed er gwaetha'r gorchudd gwrth-ffrithiant oedd arno.

Roedd hyn yn amhosibl, yn ôl Cwiff. Byddai'n rhaid
cael gair gydag e ar ôl hyn, os nad yn y bywyd yma,
yna'n sicr yn y nesaf.

Yn sydyn, roedd Capten Pwyll yn cael ei thynnu i
fyny cyn dod wyneb yn wyneb â'i hen elyn. Brwydrodd
Heulwen i ganolbwyntio er gwaetha'r boen a'r dryswch.
Siglai ei choes yn ôl ac ymlaen fel pendil, wrth i anadl
drewllyd y trol lifo drosti fel tonnau.

Rhaid bod cynllun o ryw fath ar waith? Doedd hi
ddim wedi hedfan i lawr fan hyn i farw. Mae'n rhaid bod
strategaeth ganddi. Onid oedd yr holl flynyddoedd yn yr
Academi wedi dysgu rhywbeth iddi? Beth bynnag oedd y
cynllun, roedd e'n diflannu i rywle rhwng poen a sioc.
Allan o'i gafael.

'Y goleuadau, Heulwen . . .'

Llais yn ei phen. Roedd hi'n siarad â'i hunan, siŵr o
fod. Am brofiad rhyfedd. Ha ha. Byddai'n rhaid iddi
gofio dweud wrth Cwiff . . . Cwiff?

'Tro'r goleuadau ymlaen, Heulwen. Os bydd yr
ysgithrau yna'n cael gafael arnat ti, fe fyddi di wedi
marw cyn i'r hud a'r lledrith dy helpu di.'

'Cwiff? Ti sy 'na?' Efallai fod Heulwen wedi dweud
hyn yn uchel, neu efallai ei bod hi wedi meddwl hyn yn
ei phen. Doedd hi ddim yn siŵr.

'Y goleuadau twnnel llachar, Capten!' Llais gwahanol.
Llais mwy crac. 'Tro'r switsh ymlaen nawr, ac mae
hynny'n orchymyn!'

Wps. Gwreiddyn oedd yno. Roedd hi'n siomi pawb eto. Hambwrg yn gyntaf, wedyn Martina Franca, a nawr hwn.

'Iawnsyr,' mwmianodd hi, gan geisio swnio'n broffesiynol.

'Ymlaen â fe! Nawr, Capten Pwyll!'

Syllodd Heulwen i fyw llygaid digyfaddawd y bwystfil a gwasgu'r botwm. Melodramatig iawn. Wel, byddai wedi bod, pe bai'r golau wedi gweithio. Yn anffodus, roedd Heulwen wedi gafael mewn helmed oedd wedi ei distrywio gan Artemis Gwarth. Dyna egluro pam nad oedd yna Sonix, na ffilterau na goleuadau twnnel. Roedd y bylbiau halogen yn dal i fod yno ond roedd y gwifrau wedi eu tynnu o'u lle wrth i Artemis wneud ei archwiliadau.

'O diar,' anadlodd Heulwen.

'O diar!' cyfarthodd Gwreiddyn. 'Beth mae hynny i fod feddwl?'

'Dydy'r goleuadau ddim wedi eu cysylltu,' eglurodd Cwiff.

'O . . .' aeth Gwreiddyn yn dawel. Beth arall oedd i'w ddweud?

Syllodd Heulwen ar y trol. Pe na baech chi'n gwybod fod y trol yn greadur hynod o dwp, gallech feddwl ei fod e'n gwenu. Yn sefyll yno gyda gwaed yn llifo o wahanol anafiadau i'w frest, ac yn gwenu. Doedd Capten Pwyll ddim yn gwerthfawrogi pobl yn gwenu arni.

'Ceisia wenu ar hyn,' meddai Heulwen, a bwrodd hi'r trol gyda'r unig arf oedd ar ôl ganddi, ei phen a'r helmed.

Dewr? Oedd. Ond mor effeithiol â cheisio torri coeden gyda phluen. Yn ffodus, roedd y trawiad aneffeithiol wedi cael effaith arall. Am hanner eiliad, cysylltwyd dwy wifren yn yr helmed gan wthio pŵer tuag at y goleuadau twnnel. Gyrrwyd 400 wat o olau gwyn at lygaid coch y trol, a saethodd poen arteithiol fel fflachiadau mellt i'w ymennydd.

'He he,' mwmianodd Heulwen, yn yr eiliad cyn i'r trol ddechrau crynu'n ddi-reolaeth. Oherwydd grym y crynu, taflwyd Heulwen ar hyd y llawr parce, gyda'i choes yn siglo y tu ôl iddi.

Roedd y wal yn nesáu tuag ati yn frawychus o gyflym. Efallai, meddyliodd Heulwen na fyddai hi'n teimlo'r boen nes yn hwyrach ymlaen. Na, atebodd ei hochr besimistaidd, ddim heddiw. Dyma hi'n taro'n erbyn tapestri Normanaidd, ac achosi iddo gwympo'n fflat ar ei phen. Teimlodd y boen yn syth bìn. Poen echrydus.

'Wwwff,' rhochiodd Cwiff. 'Deimles i hwnna. Aeth y mesurydd poen drwy'r to. Mae dy ysgyfaint di wedi malu, Capten. 'Da ni'n mynd i dy golli di am ychydig, ond paid â phoeni, Heulwen, fe fydd dy hud yn dechrau gweithio yn go glou.'

Teimlodd Heulwen wreichion glas yr hud yn brysio at y gwahanol anafiadau. Diolch i Dduw am fês. Ond roedd hi ychydig yn rhy hwyr. Roedd y boen yn fwy nag y gallai ei ddioddef. Wrth iddi gwympo'n anymwybodol, syrthiodd ei llaw hi'n ddiymadferth o dan y tapestri. Glaniodd ar fraich Gwesyn; croen yn erbyn croen. Yn anhygoel, doedd y bod dynol ddim wedi marw. Roedd curiad calon styfnig yn mynnu gwthio drwy'r corff oedd wedi malu.

Gwella, meddyliodd Heulwen. Ac fe garlamodd yr hud drwy'i bysedd.

Roedd angen i'r trol ddewis – pa ferch i'w bwyta yn gyntaf. Dewis, dewisiadau. Doedd hi ddim yn hawdd gwneud penderfyniad o'r fath gyda'r boen yn dal i sgythru o amgylch ei ben blewog, a'r bwledi'n dal i orwedd ym mraster ei frest. Ar ôl ystyried, penderfynodd mai'r un oedd yn byw ar wyneb y ddaear fyddai'n mynd â hi. Roedd cnawd meddal Dynion y Mwd yn llawer mwy blasus na chyhyrau gwydn y Tylwyth.

Pwysodd y bwystfil ar ei gwrcwd, gan droi gên y ferch tuag ato gyda'i grafanc melyn. Gallai weld gwythïen y gwddwg yn pwmpio'n dawel. Y galon neu'r gwddwg, ystyriodd y trol. Y gwddwg, roedd e'n agosach. Trodd ei grafanc i'r ochr, nes bod ei hymyl yn pwyso yn erbyn y cnawd meddal. Un sweip cyflym, a byddai curiad calon y ferch yn gyrru'r gwaed i gyd o'i chorff.

ᛒ · 🐜 🍂 🍃 · ➤ · 🜨 · 👁 · 🐚 🍄 🍄 · 🐜

Deffrodd Gwesyn, oedd yn dipyn o syrpreis ynddo'i hun. Gwyddai'n syth bìn ei fod yn fyw, oherwydd y boen oedd yn llenwi pob rhan o'i gorff. Doedd hyn ddim yn dda. Efallai ei fod yn fyw, ond gan fod ei gwddwg wedi'i droi'n llwyr, doedd dim siawns y byddai'n cerdded y ci eto heb sôn am achub ei chwaer.

Chwaraeodd y gwas gyda'i fysedd. Roedd hyn yn brifo'n waeth na dim, ond o leia roedd e'n gallu symud. A dweud y gwir, roedd e'n syndod ei fod e'n gallu symud unrhywbeth o gwbl, o ystyried y trawma roedd ei asgwrn cefn wedi'i ddioddef. Edrychai bysedd ei draed fel petaen nhw'n iawn hefyd, ond mae'n bosib mai dychmygu hyn oedd e, gan nad oedd e'n gallu eu gweld nhw.

Gallai weld fod y gwaed wedi stopio llifo o'i frest, ac roedd e'n gallu meddwl. Yn gyffredinol, roedd e mewn cyflwr llawer gwell nag y dylai fod. Beth yn y byd mawr oedd yn digwydd?

Sylwodd Gwesyn ar rywbeth. Roedd gwreichion glas yn dawnsio ar hyd ei gorff. Mae'n rhaid ei fod yn gweld pethau, yn gwneud pethau i fyny er mwyn osgoi meddwl am bethau gwael. Er, roedd y gwreichion yn realistig iawn mae'n rhaid dweud.

Gallai weld fod y gwreichion yn ffurfio clwstwr o amgylch ei wahanol anafiadau, gan suddo i'r croen. Crynodd Gwesyn. Nid gweld pethau yr oedd e. Roedd rhywbeth gwirioneddol rhyfedd yn digwydd fan hyn. Rhywbeth hudol.

Hud? Roedd y gair hwnnw'n canu cloch yn ei graniwm cleisiog. Hud a lledrith y Tylwyth. Roedd rhywbeth yn gwella'i glwyfau. Trodd ei ben, gan rwgnach wrth glywed sŵn cras ei asgwrn cefn yn troi. Llaw, roedd llaw yn gorffwys ar ei fraich. Gwibiodd gwreichion o'r bysedd main, gan dargedu cleisiau, toriadau a rhwygiadau yn reddfol. Roedd llawer iawn o anafiadau i ddelio â nhw, ond roedd y gwreichion bychain yn gwybod yn union beth i'w wneud. Fel byddin o forgrug yn gwneud yn iawn ar ôl storm.

Gallai Gwesyn deimlo'i esgyrn yn gwau yn ôl at ei gilydd a'r gwaed yn llifo'n ôl o bob un crachen oedd wedi hanner ffurfio ar ei groen. Cafodd ei ben ei droi heb fod ganddo unrhyw reolaeth arno wrth i'w fertebrau lithro yn ôl i'w lle. Daeth ei nerth yn ôl hefyd wrth i'r tri litr o waed a gollodd o'r anaf yn ei frest gael ei ailgynhyrchu.

Neidiodd Gwesyn i'w draed – neidio cofiwch! Teimlai fel fe ei hun unwaith eto. Na. Roedd e'n fwy na hynny. Teimlai ar ei gryfaf. Mor gryf nes ei fod yn ysu am gael rownd arall gyda'r bwystfil hyll draw fan'cw. Yr un oedd yn crymu dros ei chwaer fach.

Teimlai ei galon iach yn cyflymu fel injan peiriant. Tawela, meddai wrth ei hun. Angerdd yw gelyn effeithlonrwydd. Ond tawel neu beidio, roedd y sefyllfa'n enbyd. Roedd y bwystfil hwn wedi ei ladd unwaith yn barod, fwy neu lai, a'r tro yma doedd ganddo ddim arf hyd yn oed. Er gwaetha ei sgiliau ei hun, buasai'n braf cael arf. Rhywbeth trwm. Tarodd ei esgid yn erbyn gwrthrych metel. Syllodd Gwesyn i lawr ar y rwbel roedd y trol wedi'i adael ar ei ôl . . . Perffaith.

Dim ond eira oedd ar ei sgrin.

'Dere mlan,' dwrdiodd Gwreiddyn. 'Brysia!'

Gwthiodd Cwiff heibio i'w fos.

'Efallai pe na baech chi'n mynnu blocio'r holl fyrddau cylched.'

Symudodd Gwreiddyn allan o'r ffordd yn anfodlon. Y bwrdd cylched oedd ar fai yn ei farn ef am fod y tu ôl iddo fe. Diflannodd pen y gŵr-farch y tu ôl i banel mynediad.

'Unrhyw beth?'

'Na, dim byd ond sŵn cefndir.'

Tarodd Gwreiddyn y sgrin. Doedd hynny ddim yn syniad da. Yn gyntaf, am nad oedd gobaith mul y byddai hynny'n helpu, ac yn ail, am fod sgrin plasma yn mynd yn gynnes tu hwnt ar ôl cael ei ddefnyddio am sbel.

'D'Arvit!'

'O ie, a gyda llaw. Peidiwch â chyffwrdd â'r sgrin yna.'

'O, ha ha. Mae amser ar gyfer jôcs nawr, oes?'

'Nac oes, fel mae'n digwydd. Unrhyw beth?'

Yn sydyn, trodd yr eira'n siapiau cyfarwydd.

'Dyma ni! Dal e fan 'na. Dy'n ni wedi ffeindio signal.'

'Dw i wedi troi'r ail gamera ymlaen. Yr hen fideo mae gen i ofn, ond fe fydd yn rhaid iddo wneud y tro.'

Caeodd Gwreiddyn ei geg. Roedd e'n gwylio'r sgrin. Mae'n rhaid mai ffilm oedd hyn. Roedd hi'n amhosib fod hyn yn digwydd go-iawn.

'Felly beth sy'n digwydd mewn fan 'na? Unrhyw beth diddorol?'

Ceisiodd Gwreiddyn ateb, ond doedd geirfa'r milwr ddim yn ddigon eang.

'Beth? Beth sy?'

Ceisiodd Gwreiddyn egluro. 'Ynglŷn â Dyn y Mwd . . . dw i erioed wedi . . . o anghofia am y peth, Cwiff. Bydd yn rhaid i ti weld hyn â dy lygaid dy hun.'

Syllodd Heulwen ar yr holl beth drwy'r twll bach ym mhlygiadau'r tapestri. Pe na bai hi wedi gweld hyn gyda'i llygaid ei hun, fyddai hi fyth wedi credu. A dweud y gwir, wnaeth hi ddim credu'r peth nes iddi weld adroddiad-fideo o'r digwyddiad yn hwyrach ymlaen. Fel mae'n digwydd, fe ddaeth y fideo'n enwog iawn ymhen amser, gyda nifer o'r Tylwyth yn ei archebu fel fideo i'w wylio adref cyn iddo fynd ar sioe cêbl a gorffen ei daith fel rhan o gwricwlwm yr Academi.

Roedd Dyn y Mwd, Gwesyn, yn gwisgo arfwisg

ganoloesol amdano. Er mor anhygoel roedd y syniad, roedd e'n bwriadu mynd ati i frwydro yn erbyn y trol. Ceisiodd Heulwen ei rybuddio, ceisiodd wneud sŵn ond doedd yr hud a'r lledrith ddim wedi adfer ei hysgyfaint ffaeledig.

Caeodd Gwesyn yr haen fetel dros ei lygaid ac estyn am un o'r arfau cyntefig. 'Nawr,' rhochiodd o'r tu ôl i'w ddellt. 'Dyma beth sy'n digwydd os wyt ti'n gosod blaen dy fys ar fy chwaer.'

Trodd Gwesyn y pastwn pigog fel petai'n frigyn ysgafn yna'i hyrddio'n galed rhwng ysgwyddau'r trol. Byddai ergyd felly'n sicr o dynnu ei sylw, er na fyddai'n ei ladd. Yna gosododd Gwesyn ei droed uwchben morddwyd y creadur a thynnu'r arf yn rhydd. Daeth allan o'i gnawd gyda sŵn sugno afiach. Sgipiodd am yn ôl, a sefyll gydag osgo amddiffynnol.

Trodd y trol tuag ato, ei ddeg crafanc yn gwibio o'u cuddfannau. Gallai Gwesyn weld diferion o wenwyn yn disgleirio ar ben yr ysgithrau. Roedd amser chwarae wedi hen ddiflannu. Ond byddai ddim mellt y tro 'ma. Roedd y bwystfil yn bwyllog, am ei fod wedi cael ei frifo. Byddai'r heliwr diweddaraf yn cael ei drin yn yr un modd yn union ag unrhyw ddyn arall. Ac, ym marn y trol, roedd rhywun yn ceisio tresmasu ar ei diriogaeth. Dim ond un ffordd oedd i ddelio gyda'r sefyllfa. Yr un hen ffordd ag arfer . . .

'Mae'n rhaid i mi dy rybuddio di,' meddai Gwesyn,

yn ddifrifol. 'Mae gen i arfau, a dw i'n hapus i'w defnyddio nhw os bydd rhaid.'

Byddai Heulwen wedi cwyno pe bai wedi gallu gwneud. Rwtsh! Roedd Dyn y Mwd yn ceisio siarad yn *macho* gyda throl! Yna, sylweddolodd Heulwen ei bod wedi gwneud camgymeriad. Doedd y geiriau ddim yn bwysig. Tôn y llais oedd yn bwysig. Tawel, llyfn. Fel rhywun yn hyfforddi uncorn.

'Gad y ferch i fynd. Ara deg nawr.'

Chwyddodd bochau'r trol ac udodd yn uchel. Tactegau codi ofn oedd rhain. Roedd e am weld sut ymateb byddai e'n cael. Ni symudodd Gwesyn.

'Ie, ie. Brawychus iawn. Nawr, cer allan drwy'r drws a bydd dim rhaid i mi dy dorri di'n fil o ddarnau mân.'

Chwyrnodd y trol. Doedd e ddim yn hapus gyda'r ymateb o gwbl. Fel arfer byddai udo fel 'na yn sicrhau fod creaduriaid yn rhedeg i lawr y twnnel.

'Un cam ar y tro. Yn ara deg. Bydd yn ofalus nawr, y mwnci mawr.'

O edrych yn ofalus, roedd hi'n bosibl gweld ychydig o ansicrwydd yn llygaid y trol. Efallai bod y bod dynol hwn yn . . .

A dyna pan drawodd Gwesyn e. Dawnsiodd o dan y cyrn cyn taro'n galed gyda'i arf canoloesol. Cerddodd y trol yn ôl yn sigledig, gyda'i grafangau'n dyrnu'r aer yn wyllt. Ond roedd hi'n rhy hwyr: roedd Gwesyn wedi camu o'i afael ac yn rhedeg draw at ochr arall y coridor.

☺ • ꝼ ꞧ ﻌ ⑂ • 🦀 ß ⚛ • ⚹ ⅋ • ⑂ 🦀 ⬡ ▱

Cerddodd y trol ar ei ôl yn drwm ac yn drwsgl, gan boeri dannedd rhydd o'i geg. Suddodd Gwesyn i'w bennau gliniau, gan wibio a throi, a'r llawr oedd wedi ei bolisio'n gwneud iddo edrych fel pe bai'n dawnsio ar iâ. Aeth ar ei gwrcwd cyn gwneud pirwét yn yr awyr gan wynebu'r un oedd yn ei ddilyn.

'Edrych beth ffeindiais i,' meddai, gan godi'i Sig Sauer.

Dim saethu i'w frest y tro 'ma. Saethodd Gwesyn rhwng llygaid y creadur y tro hwn. Yn anffodus i Gwesyn, oherwydd milenia o fwrw'i gilydd gyda'u pennau mae'r asgwrn sy ar flaen penglog trol yn gryf iawn. Felly, ni lwyddodd y bwledi i dreiddio i'r penglog, er gwaetha nerth y bwledi Teflon.

Ond dydy deg Slyg Angheuol ddim yn gallu cael eu hanwybyddu gan unrhyw greadur ar y blaned, a doedd y trol hwn ddim yn eithriad. Curodd y bwledi yn erbyn ei graniwm gan ysgwyd yr ymennydd. Symudodd yr anifail am yn ôl yn herciog, gan fwrw'i dalcen ei hun. Aeth Gwesyn ar ei ôl eto gan hyrddio'r mês canoloesol at ei draed blewog.

Erbyn hyn roedd pen y trol yn jeli, roedd gwaed yn e'i ddallu ac roedd e'n gloff.

Byddai person arferol wedi teimlo ychydig o edifeirwch, ond nid Gwesyn. Roedd e wedi gweld gormod o ddynion yn cael eu lladd gan anifeiliaid cloff. Dyma'r adeg mwyaf peryglus. Nid amser i fod yn

garedig oedd hi nawr, ond amser i gael gwared ar
fwystfil.

Gallai Heulwen wneud dim ond syllu'n ddiymadferth
wrth i Ddyn y Mwd anelu'n ofalus ac ymosod ar y
creadur mewn amryw o ffyrdd. Yn gyntaf, dyma ergyd
ar y ddau dendon yn ei goesau gan wneud i'r trol
gwympo i'w bennau gliniau, yna taflodd yr arfau o'r
neilltu a mynd ati gyda'i ddwylo. Ceisiodd y trol ymladd
yn ôl ond roedd golwg druenus arno. Llwyddodd i
fwrw Gwesyn unwaith neu ddwy ond doedd hynny
ddim yn ddigon i dreiddio drwy'r arfwisg metel. Ac yn
y cyfamser, aeth Gwesyn ati fel llawfeddyg, gan gymryd
fod corff trol yn gweithio yn yr un ffordd â chorff dyn.
Tarrodd y bwystfil dro ar ôl tro nes ei fod, mewn mater
o eiliadau, yn lwmpyn crynedig o flew yn y gornel.
Roedd hi'n olygfa druenus. A doedd y gwas ddim wedi
gorffen eto. Tynnodd ei faneg waedlyd a gosod clip
newydd yn y gwn llaw. 'Tybed faint o asgwrn sydd gen ti
o dan dy ên?'

'Na!' anadlodd Heulwen, gyda'r anadl gyntaf yn ei
chorff. 'Paid!'

Anwybyddodd Gwesyn hi, gan wthio'r gwn o dan
asgwrn gên y trol.

'Paid â'i wneud e . . . mae arnat ti ffafr i mi.'

Oedodd Gwesyn. Roedd Gwen yn fyw, roedd hyn yn
ddigon gwir. Wedi drysu, oedd, ond roedd hi'n fyw.
Rhoddodd ei fawd yn bwrpasol ar y gwn. Roedd pob un

cell yn ei ymennydd yn gweiddi arno i wasgu'r triger. Ond roedd Gwen yn fyw.

'Mae arnat ti ffafr i mi, Ddyn.'

Ochneidiodd Gwesyn. Gwyddai y byddai'n difaru hyn yn hwyrach.

'Digon teg, Capten. Mae'r bwystfil yn cael byw. Yn ffodus iddo fe, dw i mewn hwyliau da.'

Gwnaeth Heulwen sŵn. Rhywle rhwng cwyno a chwerthin.

'Nawr, beth am gael gwared ar ein ffrind blewog.'

Rowliodd Gwesyn y trol anymwybodol ar y troli oedd yn dal yr arfwisg, gan ei dynnu tuag at y drws oedd wedi ei ffrwydro. Gydag ymdrech lew, dyma fe'n taflu popeth i'r nos. Y nos ddi-amser.

'A phaid â dod yn ôl,' gwaeddodd.

'Anhygoel,' meddai Gwreiddyn.

'Ti'n dweud 'tha i,' cytunodd Cwiff.

Pennod 9: Y CERDYN AUR

 Cydiodd Artemis ym mwlyn y drws ac wrth wneud hynny llosgodd cledr ei law. Roedd wedi ei serio. Rhaid fod y dylwythen wedi saethu ato gyda'i harf. Clyfar iawn. Dyna'n union fyddai e wedi'i wneud hefyd.

Penderfynodd Artemis beidio gwastraffu amser yn ceisio agor y drws. Roedd y drws wedi'i wneud o ddur cryf ofnadwy ac roedd e'n ddeuddeg mlwydd oed. Doedd dim angen bod yn athrylith i weithio'r peth mas, er mai dyna oedd e. Yn hytrach, aeth etifedd y teulu Gwarth tuag at wal y monitorau a dilyn y datblygiadau o'r fan honno.

Gwyddai'n syth bìn beth oedd y LEP yn ei wneud – danfon y trol i mewn er mwyn sicrhau gwaedd am help, ei ddehongli fel gwahoddiad, a chyn pen dim byddai brigâd o drŵpers coblynaidd yn meddiannu'r plasty. Clyfar eto. A doedd e ddim wedi rhagweld hyn chwaith. Dyma'r ail dro iddo gam-amcangyfrif ei wrthwynebydd.

Un ffordd neu'r llall, doedd hynny ddim yn mynd i ddigwydd eto.

Wrth i'r ddrama gael ei pherfformio ar bob un monitor, newidiodd emosiynau Artemis o fraw i falchder. Roedd Gwesyn wedi llwyddo i guro'r trol, heb weiddi am help. Wrth wylio'r sgriniau, gwerthfawrogodd Artemis wasanaeth teulu Gwesyn ar hyd yr oesoedd, efallai am y tro cyntaf erioed.

Dyma Artemis yn troi ei radio tri-band ymlaen, gan ddarlledu ar amrediad tro. 'Comander Gwreiddyn, rwyt ti'n monitro pob sianel, dw i'n cymryd . . .'

Am rai eiliadau dim ond sŵn sisial a ddaeth o'r system sain bychan, yna clywodd Artemis glic meicroffon yn agor. 'Dw i'n gallu dy glywed di, Ddyn. Beth alla i wneud i ti?'

'Ai'r comander sy 'na?'

Daeth sŵn drwy'r meinwe du ar flaen y system sain. Roedd e'n swnio fel rhywbeth yn gweryru.

'Na. Nid y comander sydd yma. Cwiff sy 'ma, y gŵr-farch. Ai'r Dyn atgas sy'n herwgipio sydd yna?'

Cymerodd hi eiliad i Artemis ddeall ei fod newydd gael ei sarhau. 'Mister . . . a . . . Cwiff. Mae'n amlwg nad wyt ti wedi astudio dy lyfrau seicoleg. Mae'n annoeth i ddweud pethau amharchus wrth rywun sy'n dal gwystl. Fe allen i fod yn ansefydlog.'

'*Gallet* ti fod yn ansefydlog? Does dim amheuaeth am

hynny. Ond does dim ots. Fyddi di'n ddim mwy na chwmwl o foleciwlau ymbelydrol cyn hir.'

Chwarddodd Artemis. 'O na. Rwyt ti'n anghywir, fy ffrind cwadraped. Erbyn i'r bom bio ffrwydro, fe fydda i wedi hen adael y lle di-amser hwn.'

Tro Cwiff oedd hi i chwerthin nawr. 'Rwyt ti'n tynnu coes, Ddyn. Pe bai 'na ffordd o ddianc o faes stopio amser fe fydden i'n gwybod amdano. Dw i'n meddwl dy fod ti'n siarad drwy dy –'

Diolch i'r drefn, dyma Gwreiddyn yn cymryd y meic oddi ar ei gyfaill. 'Gwarth? Comander Gwreiddyn sy 'ma. Be wyt ti moyn?'

'Dwi eisiau eich hysbysu, Comander, fy mod i'n dal yn barod i negydu er gwaetha'r ffaith eich bod chi wedi fy mradychu.'

'Doedd gen i ddim byd i wneud â'r trol,' protestiodd Gwreiddyn. 'Roeddwn i yn erbyn yr holl beth.'

'Ond mae'n ffaith ei fod wedi digwydd, a'r LEP sy'n gyfrifol. Mae unrhyw ymddiriedaeth oedd gennym ni wedi diflannu. Felly dyma fy ngair olaf. Mae gennych chi hanner awr i ddanfon yr aur ata i, neu fe fydda i'n gwrthod rhyddhau Capten Pwyll. A gyda llaw, fydda i ddim yn mynd â hi pan fydda i'n gadael y maes-amser. Fe fydd hi'n cael ei chwalu'n fil o ddarnau mân gan y bom bio.'

'Paid â bod yn ffŵl, Ddyn. Rwyt ti'n twyllo dy hun. Mae technoleg y Mwd oesoedd y tu ôl i'n technoleg ni.

Mae'n amhosibl dianc o'r maes-amser.'

Pwysodd Artemis yn agos at y meic, gan wenu fel blaidd. 'Dim ond un ffordd sydd i ffeindio allan, Gwreiddyn. Ydych chi'n fodlon betio bywyd Capten Pwyll ar un chwiw o syniad?'

Cafodd oedi Gwreiddyn ei bwysleisio gan sŵn yr hisian o'r system sain. Pan ddaeth ei ateb, gallech daeru fod arlliw bychan bach o ildio ynddo. 'Na,' ochneidiodd. 'Dw i ddim. Fe gei di dy aur, Gwarth. Tunnell. Pedair carat ar hugain.'

Cilwenodd Artemis. Roedd Comander Gwreiddyn yn dipyn o actor. 'Hanner awr, Comander. Cyfrwch yr eiliadau os yw eich cloc wedi stopio. Fe wna i aros, ond ddim am yn hir.'

Daeth Artemis â'r sgwrs i ben, a setlo yn ôl yn ei gadair. Roedd hi'n ymddangos fel pe bai'r abwyd wedi'i dderbyn. Rhaid bod criw dadansoddi'r LEP wedi darganfod ei wahoddiad 'damweiniol'. Byddai'r Tylwyth yn talu am eu bod nhw'n meddwl y byddai'r aur yn ôl gyda nhw wedi iddo farw. Wedi iddo gael ei chwalu gan y bom. Ond doedd hynny ddim yn mynd i ddigwydd – mewn theori, beth bynnag.

Saethodd Gwesyn dair rownd i mewn i ffrâm y drws. Roedd y drws ei hun wedi'i wneud o ddur a byddai'r Slygs Lladd wedi hedfan yn ôl tuag ato. Ond carreg wreiddiol y tŷ oedd gwneuthuriad y ffrâm. Malodd fel sialc. Dyma broblem ddiogelwch ddifrifol y byddai'n rhaid delio gyda hi ar ôl i'r holl fusnes yma ddod i ben.

Roedd Meistr Artemis yn disgwyl yn dawel yn ei gadair ger wal y monitorau.

'Gwaith da, Gwesyn,'

'Diolch, Artemis. Ro'n i mewn trwbwl am ychydig. Pe na bai Capten Pwyll wedi . . .'

Nodiodd Artemis. 'Ie, dw i'n gwybod. Gwelais hi'n dy iachau di. Un o sgiliau'r Tylwyth. Tybed pam wnaeth hi hynny?'

'Dw i ddim yn siŵr chwaith,' meddai Gwesyn yn dawel. 'Doedden ni'n sicr ddim yn haeddu help.'

Syllodd Artemis i fyny'n sydyn. 'Cadw dy ffydd, hen ffrind. Mae'r diwedd yn agos.'

Nodiodd Gwesyn; ceisiodd wenu hyd yn oed. Ond er iddo wenu a dangos llond ceg o ddannedd, doedd dim calon yno.

'Mewn llai nag awr, fe fydd Capten Pwyll yn ôl gyda'i phobl ac fe fydd digon o gyfalaf 'da ni i ail-lansio rhai o'n mentrau mwyaf chwaethus.'

'Iawn, ond . . .'

Doedd dim angen i Gwesyn ddweud mwy. Roedd Artemis yn gwybod beth oedd ar ei feddwl. Roedd y dylwythen wedi achub bywyd y ddau ohonyn nhw ac eto roedd Artemis yn dal i'w chadw hi'n wystl. Roedd hyn bron yn ormod i ddyn anrhydeddus fel Gwesyn.

'Mae'r negydu wedi dod i ben. Un ffordd neu'r llall,

fe gaiff hi fynd yn ôl. Chaiff Capten Pwyll ddim niwed. Dw i'n rhoi fy ngair i ti.'

'A Gwen?'

'Ie?'

'Ydy hi'n wynebu perygl?'

'Na, na. Dim perygl.'

'Mae'r Tylwyth yn mynd i roi'r aur i ni a cherdded i ffwrdd?'

Chwarddodd Artemis yn ysgafn. 'Na, ddim yn union. Fe fyddan nhw'n ffrwydro bom bio yr eiliad y bydd Capten Pwyll yn ddiogel.'

Anadlodd Gwesyn yn barod i siarad, ond oedodd. Yn amlwg, roedd mwy i'r cynllun hwn. Byddai Meistr Artemis yn dweud wrtho, pan fyddai angen iddo gael gwybod. Felly, yn hytrach na holi ei gyflogwr ymhellach, dyma fe'n gwneud datganiad syml. 'Dw i'n ymddiried ynot ti, Artemis.'

'Wyt,' meddai'r bachgen, a phwysau'r ymddiriedaeth honno yn drwm ar ei ysgwyddau. 'Dw i'n gwybod.'

Roedd Cwtshoni yn gwneud yr hyn mae gwleidyddion yn dda iawn yn ei wneud: ceisio osgoi cymryd cyfrifoldeb.

'Mae eich swyddog chi wedi helpu Dynion y Mwd,' poerodd yn flêr, gan swnio mor ddig â phosibl. 'Roedd yr holl gynllun yn mynd i'r cyfeiriad cywir, hyd nes i'ch dynes chi ymosod ar ein dirprwy.'

'Dirprwy?' dechreuodd Cwiff biffian chwerthin. 'Mae'r trol yn ddirprwy nawr ydy e?'

'Ydy. Ac mae Dyn y Mwd wedi'i falu e'n yfflon. Byddai'r holl sefyllfa dan reolaeth pe na bai eich hadran chi mor ddiwerth.'

Fel arfer, byddai Gwreiddyn wedi gwylltio'n gacwn o glywed hyn, ond gwyddai fod Cwtshoni yn ceisio ffeindio esgusodion, a diogelu'i yrfa. Ac felly, gwenodd y comander a throi at y gŵr-farch. 'Hei, Cwiff?'

'Ie, Comander?'

'Ydy'r ymosodiad ar y trol ar ddisg?'

Ochneidiodd y gŵr-farch yn ddramatig. 'Nac ydy, syr, fe wnaethon ni redeg allan o ddisgiau eiliadau cyn i'r trol fynd i mewn.'

'Dyna biti.'

'Piti mawr.'

'Byddai'r disgiau yna wedi bod y tu hwnt o ddefnyddiol i Comander Cwtshoni yn ei wrandawiad.'

Diflannodd amynedd Cwtshoni. 'Rho'r disgiau yna i mi, Gwreiddyn! Dw i'n gwybod eu bod nhw yma! Ymdrech fwriadol i'm rhwystro i yw hyn.'

'Ti yw'r unig un sy'n euog o rwystro fan hyn, Cwtshoni. Drwy ddefnyddio'r achos hwn i hybu dy yrfa.'

Trodd wyneb Cwtshoni mor goch ag un Gwreiddyn. Roedd e'n gwybod yn iawn ei fod yn colli rheolaeth ar y sefyllfa'n gyflym. Roedd Siôni Witawiw a'r lleill yn diflannu o'r tu ôl i'w harweinydd hyd yn oed.

'Dw i'n dal i reoli fan hyn, Julius, felly rho'r disgiau yna i mi neu dw i'n addo y cei di dy garcharu.'

'O, wir? Ti a pha fyddin?'

Am eiliad edrychodd Cwtshoni mor falch ag arfer. Diflannodd hyn yn go gloi wrth iddo sylweddoli nad oedd neb yn sefyll wrth ei ymyl i'w gefnogi.

'Ie, ti'n iawn,' meddai Cwiff yn cilchwerthin. 'Dwyt ti ddim yn gomander rhagor. 'Da ni wedi derbyn yr alwad. Mae apwyntiad gen ti gyda'r Cyngor a dw i ddim yn meddwl mai cynnig sêt i ti fyddan nhw'n ei wneud.'

Roedd gwên Cwiff yn mynd o dan groen Cwtshoni.

'Rho'r disgiau yna i mi!' chwyrnodd, gan ddal Cwiff yn erbyn wal y wennol.

Roedd Gwreiddyn eisiau gadael iddyn nhw i ymladd am ychydig, ond nid nawr oedd yr amser i ddiddanu ei hun.

'Twt twt,' meddai, gan bwyntio bys at Cwtshoni. 'Chaiff neb guro Cwiff ond fi.'

Daeth golwg welw dros wyneb Cwiff. 'Bydd yn ofalus gyda'r bys 'na. Rwyt ti'n dal i wisgo'r –'

Tarodd Gwreiddyn ei fawd yn erbyn ei law ar ddamwain, gan agor falf nwy. Gwthiodd y nwy ddart yn llawn tawelydd drwy fys rwber Gwreiddyn ac yn syth i mewn i wddf Cwtshoni. Suddodd y Comander Cyfredol, a fyddai'n troi'n Breifat yn fuan, fel carreg.

Rhwbiodd Cwiff ei wddf. 'Yffach o shot, Comander.'

'Dw i ddim yn gwybod am beth rwyt ti'n sôn. Damwain lwyr. Anghofiais i bopeth am y bys ffug. Mae hyn wedi digwydd o'r blaen, dw i'n clywed.'

'O, ydy'n sicr. Yn anffodus, fe fydd Cwtshoni yn anymwybodol am rai oriau. Erbyn iddo ddeffro, fe fydd y cyffro i gyd ar ben.'

'Biti.' Dyma Gwreiddyn yn caniatáu gwên fach, cyn troi'n ôl at y gwaith pwysig. 'Ydy'r aur yma?'

'Ydy, maen nhw newydd ei anfon.'

'Da iawn.' Galwodd ar filwyr Cwtshoni oedd fel defaid. 'Rhowch yr aur ar droli-hofran a'i ddanfon i mewn. Os ga i unrhyw drafferth fe fyddwch chi'n bwyta'ch adenydd eich hun. Deall?'

Atebodd neb, ond roedd pawb yn deall. Doedd dim cwestiwn am hynny.

'Da iawn. Nawr, ymlaen â chi!'

Diflannodd Gwreiddyn i mewn i'r twnnel, gyda Cwiff wrth ei sodlau. Caeodd y comander y drws yn dynn.

'Oes arfau arno?'

Ffliciodd Cwiff ambell i fotwm pwysig ar y peiriannau o'i flaen. 'Oes nawr.'

'Dw i am iddo gael ei lansio mor fuan ag sy'n bosibl.' Edrychodd drwy'r gwydr gwrth-laser. 'Dim ond munudau sy 'da ni. Dw i'n gweld golau ddydd yn sbecian.'

Pwysodd Cwiff dros ei allweddellau, o ddifrif. 'Mae'r

hud yn diflannu. Mewn pymtheg munud fe fydd hi'n olau ddydd. Mae'r llif neutrino yn colli gafael.'

'Dw i'n gweld,' meddai Gwreiddyn. Celwydd eto. 'Ocê, dw i ddim yn gweld. Ond dw i'n deall mai pymtheg munud sy 'da ni. Mae hynny'n rhoi deng munud i ti gael Capten Pwyll o 'na. Ar ôl hynny, fe fyddwn ni'n darged i ddynol ryw i gyd.'

Trodd Cwiff gamera arall ymlaen. Roedd hwn yn sownd i'r troli-hofran. Rhedodd ei fys yn arbrofol dros y trac-pad. Saethodd y troli ymlaen, a bron iawn iddo dorri pen Siôni Witawiw i ffwrdd.

'Dreifio da,' mwmialodd Gwreiddyn. 'A wneith e ddringo'r grisiau?'

Ni edrychodd Cwiff i fyny o'r cyfrifiaduron. 'Cyfaddawdwr rhwystrau awtomatig. Coler un pwynt pump metr. Dim problem.'

Syllodd Gwreiddyn arno'n hy. 'Ti'n gwneud hyn i fynd ar fy nerfau, on'd wyt?'

Cododd Cwiff ei ysgwyddau. 'Falle.'

'Ie, wel, rwyt ti'n lwcus nad yw fy mysedd eraill i'n ffug. Wyt ti'n deall?'

'Ydwsyr.'

'Da iawn. Nawr, mae'n amser i Capten Pwyll ddod adref.'

Hedfanodd Heulwen o dan y portico. Roedd golau oren yn gymysg gyda'r glas a'r cyfnod stopio amser yn prysur ddirwyn i ben. Dim ond munudau oedd yn weddill nes i Gwreiddyn rhoi golchad las i'r holl le. Gallai hi glywed llais Cwiff yn mwmian yn ei chlust.

'Ocê, Capten Pwyll. Mae'r aur ar ei ffordd. Bydd yn barod i symud.'

'Dydyn ni ddim yn bargeinio gyda herwgipwyr,' meddai Heulwen wedi synnu. 'Beth sy'n digwydd fan hyn?'

'Dim,' atebodd Cwiff yn hamddenol. 'Cyfnewidiad syml. Mae'r aur yn mynd i mewn, ac rwyt ti'n dod mas. Byddwn ni'n saethu'r arf. Bydd 'na ffrwydrad mawr glas, a dyna 'ny.'

'Ydy Gwarth yn gwybod am y bom bio?'

'Ydy glei. Mae'n gwybod popeth. Mae e'n honni y gall e ddianc o'r maes-amser.'

'Mae hynny'n amhosibl.'

'Cywir.'

'Byddan nhw i gyd yn cael eu lladd!'

'Ac?' meddai Cwiff. Gallai Heulwen ei weld e'n codi'i ysgwyddau. 'Dyna be sy'n digwydd os wyt ti'n trio dy lwc gyda'r Tylwyth.'

Rhwygwyd Heulwen. Doedd dim gwadu fod Gwarth yn berygl i wareiddiad yr isfyd. Prin fyddai'r bobl fyddai'n crio o'i weld yn diflannu. Ond y ferch, Gwen, roedd hi'n ddiniwed. Roedd hi'n haeddu cyfle.

Disgynnodd Heulwen i uchder o ddwy fetr. Uchder pen Gwesyn. Roedd Dynion y Mwd i gyd wedi ymgasglu yn y neuadd ar y ffordd i mewn. Roedd y lle'n llanast ac roedden nhw'n anghytuno am rywbeth. Gallai'r Swyddog LEP deimlo hynny.

Syllodd Heulwen yn gyhuddgar ar Artemis. 'Wyt ti wedi dweud wrthyn nhw?'

Syllodd Artemis yn ôl arni. 'Dweud beth?'

'Ie, Dylwythen, dweud beth wrthon ni?' adleisiodd Gwen yn gecrus. Roedd hi'n dal i fod yn ddig achos y mesmer.

'Paid ag esgus, Gwarth. Rwyt ti'n gwybod yn iawn am be dw i'n sôn.'

Doedd Artemis erioed wedi gallu actio'n dwp am yn hir iawn. 'Ydw, Capten Pwyll. Dw i yn gwybod. Y bom bio. Byddai dy gonsyrn di'n fy nghyffwrdd i pe bawn i'n meddwl dy fod ti'n becso amdana i hefyd. Beth bynnag, paid ag ypsetio. Mae'r cynllun yn parhau i redeg yn llyfn.'

'Rhedeg yn llyfn!' ochneidiodd Heulwen, gan bwyntio at y llanast ym mhobman. 'A dyma beth yw rhedeg yn llyfn ie? Gwesyn bron â marw – rhedeg yn llyfn?'

'Na,' cyfaddefodd Artemis. 'Roedd yna blip bach gyda'r trol. Ond dyw hynny ddim yn bwysig nawr o ystyried y cynllun mawr.'

Stopiodd Heulwen ei hun rhag taro'r bachgen gwelw unwaith eto a throdd at Gwesyn.

'Gwranda, er mwyn Dyn! Mae'n amhosibl i chi

ddianc o'r maes-amser. Does neb wedi ei wneud erioed o'r blaen.'

Gallai wyneb Gwesyn fod wedi ei gerfio mewn carreg. 'Os yw Artemis yn dweud ei fod e'n bosibl, yna mae'n bosibl.'

'Ond dy chwaer. Wyt ti'n barod i roi ei bywyd hi mewn perygl oherwydd dy deyrngarwch i droseddwr?'

'Dydy Artemis ddim yn droseddwr, Miss, mae e'n athrylith. Nawr, os gwelwch yn dda, symudwch. Dw i'n trio cadw llygad ar y brif fynedfa.'

Hedfanodd Heulwen i uchder o chwe metr. 'Ry'ch chi'n orffwyll! Fe fyddwch chi'n llwch llawr mewn pum munud. Ydych chi'n deall hynny?'

Ochneidiodd Artemis. 'Rwyt ti wedi cael dy ateb, Capten. Nawr, os gweli di'n dda. Ry'n ni cyrraedd man yn y trafodaethau lle mae galw am ofal.'

'Trafodaethau? Herwgipiad yw e! Does dim gyts gen ti i'w alw fe'n hynny?'

Roedd amynedd Artemis yn dechrau pylu.

'Gwesyn, oes nodwyddau tawelu ar ôl?'

Nodiodd Gwesyn, ond ni ddywedodd air. Yr eiliad honno, pe bai Artemis yn gofyn iddo roi pigiad i Heulwen, doedd e ddim yn siŵr a fyddai e'n ufuddhau. Yn ffodus, tynnwyd sylw Artemis. Roedd rhywbeth yn digwydd y tu allan.

'A, mae'n ymddangos fel bod y LEP wedi ymostwng. Gwesyn, cymer ofal o'r trosglwyddiad. Ond aros yn effro. Efallai bod gan y Tylwyth dric neu ddau arall i fyny eu llewys.'

'Rwyt ti'n un da i siarad,' mwmialodd Heulwen.

Brysiodd Gwesyn at y drws oedd wedi ei falu, gan wneud yn siŵr fod popeth yn ei le ar ei Sig Sauer naw milimedr. Roedd e bron iawn yn falch cael bwrw ati i gyflawni gweithgaredd milwrol er mwyn osgoi meddwl am ei gyfyng-gyngor. Mewn sefyllfaoedd fel hyn, yr hyfforddiant oedd yn arwain. Doedd dim lle i deimladau.

Roedd niwl o lwch yn dal i fod yn yr awyr. Edrychodd Gwesyn drwyddo a'i lygaid yn fain, gan geisio gweld beth oedd yn digwydd ar y rhodfa y tu allan. Roedd y ffilterau Tylwyth ar ei lygaid yn dangos nad oedd unrhyw gyrff cynnes yn dod yn nes. Ond roedd yna droli enfawr, oedd fel petai'n ei gyrru ei hunan, yn symud tuag at y drws ffrynt. Roedd e'n arnofio ar wely o aer disglair. Doedd dim amheuaeth na fyddai Meistr Artemis yn deall ffiseg y peiriant hwn. Yr unig beth a boenai Gwesyn oedd, sut oedd ei dynnu'n ddarnau?

Tarodd y troli yn erbyn y gris cyntaf.

'Cyfaddawdwr awtomatig, myn dian,' chwyrnodd Gwreiddyn.

'Ie, ie, ie,' atebodd Cwiff. 'Dw i'n gweithio arno.'

'Y tâl rhyddhau yw e,' gwaeddodd Gwesyn.

Ceisiodd Artemis reoli'r cyffro a ddaeth i'w frest. Nid nawr oedd yr amser i adael i emosiynau ddod i'r wyneb.

'Gwna'n siŵr fod dim trapiau.'

Troediodd Gwesyn o'r cyntedd yn ofalus. Gorweddai darnau o gargoiliaid dros y lle i gyd.

'Dim gelynion. Mae'n edrych fel bod y peth 'ma'n symud ar ei ben ei hun.'

Baglodd y troli dros y grisiau.

'Sa i'n siŵr pwy sy'n gyrru'r peth 'ma, ond bydde gwers neu ddwy yn gwneud byd o les iddo fe.'

Plygodd Gwesyn yn isel er mwyn astudio gwaelod y troli.

'Dim ffrwydron i'w gweld.'

Tynnodd Gwesyn Sgubwr o'i boced a thynnu'r erial o'i chuddfan.

'Dim bygiau chwaith. Dim byd ar yr olwg gyntaf beth bynnag. Isht! Beth yw hwn?'

'O diar,' meddai Cwiff.

'Camera yw e.' Estynnodd Gwesyn am y lens llygad pysgod. 'Nos da, foneddigion.'

Er gwaetha'r llwyth oedd arno, dyma'r troli'n ymateb i gyffyrddiad Gwesyn a hwylio heibio i mewn i'r cyntedd. Safodd yno, yn hymian yn ysgafn, fel petai'n aros i gael ei ddadlwytho.

Nawr bod y foment wedi dod, roedd Artemis bron iawn yn rhy ofnus i wneud yr hyn roedd e wedi'i gynllunio mor fanwl. Roedd hi'n anodd credu fod ei gynllun mawreddog ar fin cael ei gyflawni, ar ôl yr holl baratoi. Wrth gwrs, y munudau olaf yma oedd y rhai pwysicaf a'r mwyaf peryglus.

'Agora fe,' meddai o'r diwedd, wedi'i synnu gyda'r cryndod a glywodd yn ei lais ei hun.

Roedd hi'n eiliad hollbwysig. Aeth Gwen yn nes, ei llygaid yn llachar. Caeodd Heulwen y throtl, hyd yn oed, gan ddisgyn nes bod ei thraed yn cosi'r llawr marmor. Dyma Gwesyn yn dadwneud y sip ar y cynfas du, a'i dynnu'n ôl dros y llwyth.

Aeth y lle'n dawel. Roedd Artemis yn gallu dychmygu Agorawd 1812 yn chwarae yn y cefndir. Eisteddai'r aur yno, mewn rhesi sgleiniog. Edrychai fel petai gwawl o'i amgylch. Rhyw gynhesrwydd, a pherygl ofnadwy hefyd. Byddai nifer o bobl yn fodlon marw neu ladd er mwyn ennill y cyfoeth enfawr oedd o'u blaenau.

Roedd Heulwen yn syn. Mae gan y Tylwyth hoffter mawr o fwynau, am eu bod nhw o'r tir. Ond aur oedd y gorau o'r cyfan. Oherwydd ei loywder a'i hud.

'Maen nhw wedi talu,' anadlodd hi. 'Alla i ddim â chredu'r peth.'

'Na finne chwaith,' mwmialodd Artemis. 'Gwesyn, aur go iawn yw e?'

Cydiodd Gwesyn yn un o'r bariau. Torrodd yr aur

gyda chyllell, a thynnu darn bach gyda'i fys. 'Ie. Aur go iawn,' meddai, gan ddal y darn roedd e wedi'i grafu i'r golau. 'Y darn bach yma beth bynnag.'

'Da iawn. Dechreua ddadlwytho felly, wnei di? Fe wnawn ni anfon y troli 'nôl allan gyda Chapten Pwyll.'

O glywed ei henw, dihunodd Heulwen o'i breuddwyd euraidd. 'Artemis, rho'r gorau iddi. Does dim un dyn wedi llwyddo i gadw aur y Tylwyth. Ac maen nhw wedi bod yn trio ers canrifoedd. Fe wnaiff y LEP unrhywbeth i warchod eu heiddo.'

Ysgydwodd Artemis ei ben. Wedi ei diclo.

'Dw i wedi dweud o'r blaen . . .'

Cydiodd Heulwen yn ysgwyddau'r llanc. 'Fedri di ddim dianc! Nagwyt ti'n deall hyn?'

Syllodd y bachgen yn ôl arni heb ei effeithio. 'Dw i'n gallu dianc, Heulwen. Edrych i'm llygaid i a dweud na alla i ddianc.'

Ac felly, dyna wnaeth hi. Syllodd hi i lygaid glas-ddu y person oedd yn ei dal hi'n wystl a gwelodd y gwir. Ac am eiliad, roedd hi'n credu.

'Mae 'na amser ar ôl,' meddai hi'n anobeithiol. 'Mae'n rhaid fod yna rywbeth. Mae gen i hud.'

Gwawriodd golwg wyllt dros Artemis a chrychodd ei dalcen.

'Dw i'n casáu dy siomi di, Capten, ond does dim byd o gwbl y gelli di ei wneud.'

Oedodd Artemis, ei lygaid yn cael eu tynnu tuag at yr

ystafell yn yr atig. Efallai, meddyliodd. Oes angen yr holl aur hyn arna i? Ai ei gydwybod oedd yn gwneud iddo feddwl fel hyn? Yn ei bigo, yn dwyn eiliadau melys y fuddugoliaeth oddi wrtho? Ysgydwodd ei hun. Sticio i'r cynllun. Dyna oedd angen ei wneud. Dim emosiwn.

Teimlodd Artemis law gyfarwydd ar ei ysgwydd.

'Popeth yn iawn?'

'Ydy, Gwesyn. Dadlwytha. Gall Gwen dy helpu di. Mae angen i mi gael gair gyda Chapten Pwyll.'

'Wyt ti'n siŵr fod dim o'i le?'

Ochneidiodd Artemis. 'Na, hen ffrind, dw i ddim yn siŵr. Ond mae'n rhy hwyr nawr.'

Cytunodd Gwesyn, gan ailafael yn y dasg. Dilynodd Gwen ei brawd fel ci bach.

'Nawr te, Capten. Ynglŷn â dy hud di.'

'Beth amdano?' Roedd llygaid Heulwen yn poeri amheuaeth.

'Beth fyddai'n rhaid i mi ei wneud i brynu dymuniad?'

Syllodd Heulwen ar y troli. 'Wel, mae hynny'n dibynnu. Gyda beth fyddi di'n bargeinio?'

Nid y gair ymlacio fyddai'n dod i'ch meddwl o edrych ar Gwreiddyn. Roedd mwy a mwy o olau melyn, llachar yn disgleirio drwy'r glas. Munudau'n unig oedd yn weddill. Munudau. Doedd ei ben tost ddim gwell oherwydd y tocsinau o'i sigâr oedd yn cael eu pwmpio i mewn i'w gyfansoddiad.

'Ydy pawb nad ydyn nhw'n angenrheidiol wedi cael eu hel o 'ma?'

'Oni bai eu bod nhw wedi sleifio yn ôl i mewn ers y tro diwethaf i ti ofyn.'

'Nid nawr yw'r amser, Cwiff. Cred fi, nid nawr. Ydyn ni wedi clywed gan Capten Pwyll?'

'Naddo. Fe gollon ni'r fideo ar ôl busnes y trol. Dw i'n dyfalu fod yna rwyg yn y bateri. Bydd yn well i ni dynnu'r helmed 'na oddi arni hi'n go gloi neu fe fydd yr ymbelydredd wedi ffrio'i phen hi. Byddai hynny'n biti ar ôl yr holl waith.'

Trodd Cwiff yn ôl at ei beiriannau. Dechreuodd golau coch fflachio'n ysgafn. 'Aros, sensor symud. Mae rhywbeth yn digwydd yn y brif fynedfa.'

Croesodd Gwreiddyn at y sgrin. 'Wyt ti'n gallu ei chwyddo?'

'Dim problem.' Pwniodd Cwiff y cydlynyddion, gan chwyddo'r llun dros 400 y cant.

Eisteddodd Gwreiddyn yn y gadair agosaf.

'Ydw i'n gweld be dw i'n meddwl dw i'n ei weld?'

'Ydych.' Chwarddodd Cwiff. 'Mae hyn yn well na'r arfwisg hyd yn oed.'

Roedd Heulwen yn dod o'r tŷ, gyda'r aur.

Roedd y Sgwad Adfer gyda hi ymhen dim.

'Beth am i ni fynd o afael perygl, Capten,' meddai un o'r Tylwyth gan ddal penelin Heulwen.

Tynnodd un arall ddarganfyddydd-pelydr drosti.

'Mae pŵer wedi llifo o rywle, Capten. Bydd angen i ni chwistrellu dy ben di ar unwaith.'

Agorodd Heulwen ei cheg i brotestio, a llanwyd e'n syth gan ewyn gwrth-belydredd. 'Oes rhaid gwneud hyn nawr?' poerodd.

'Sori, Capten. Mae'n holl-bwysig ein bod ni'n gwneud hyn nawr. Mae'r comander am gael cyfarfod crynhoi cyn i ni ffrwydro'r lle.'

Gwibiwyd Heulwen tuag at yr ystafell reoli, heb i'w thraed gyffwrdd â'r ddaear. O'i hamgylch hi ymhobman, roedd Glanhawyr y LEP yn sganio'r ardal am arwyddion o'r gwarchae. Roedd criw technegol wrthi'n datgysylltu'r lloerennau maes, yn barod ar gyfer tynnu'r plwg. Llywiodd Grunt y troli yn ôl i'r porth. Roedd hi'n holl-bwysig fod popeth yn cael ei ail-leoli mewn man diogel cyn i'r bom bio ffrwydro.

Roedd Gwreiddyn yn disgwyl amdani ar y grisiau.

'Heulwen,' dywedodd heb feddwl. 'Sori, Capten. Rwyt ti'n ddiogel.'

'Ydwsyr. Diolch, syr.'

'A'r aur hefyd. Am bluen yn dy gap.'

'Ddim o gwbl, Comander. Tua hanner dw i'n meddwl.'

Cytunodd Gwreiddyn. 'Dim ots. Bydd y gweddill yn ôl yn saff whap.'

Sychodd Heulwen ewyn gwrth-belydredd oddi ar ei thalcen.

'Dw i wedi bod yn meddwl am hynny, syr. Fe wnaeth Gwarth gamgymeriad arall. Wnaeth e ddim gorchymyn na chaf fi fynd yn ôl i'r tŷ, a gan mai fe wnaeth ein gwahodd yn y lle cyntaf, mae'r gwahoddiad yn dal i fodoli. Fe allwn i fynd i mewn a chlirio'u meddyliau nhw i gyd. Fe allen ni guddio'r aur yn y waliau a stopio amser nos yfory . . .'

'Na, Capten.'

'Ond, syr . . .'

Daeth y tensiwn yn ôl i dalcen Gwreiddyn fel bollt.

'Na, Capten. Dydy'r Cyngor ddim yn mynd i ddangos gras i Ddyn y Mwd wnaeth herwgipio un o'r Tylwyth. Dyw e ddim yn mynd i ddigwydd. Mae'r gorchmynion yn glir.'

Dilynodd Heulwen Gwreiddyn i mewn i'r adeilad-dros-dro.

'Ond y ferch, syr. Mae hi'n ddiniwed!'

'Mae'r diniwed yn dioddef mewn rhyfeloedd. Mae hi wedi cefnogi'r ochr anghywir. Does dim allwn ni ei wneud drosti nawr.'

Doedd Heulwen ddim yn gallu credu hyn. 'Y diniwed yn dioddef! Sut gallwch chi ddweud hynna? Mae bywyd yn fywyd.'

Trodd Gwreiddyn yn gyflym gan ddal Heulwen gerfydd ei hysgwyddau.

'Fe wnest di beth allet ti, Heulwen,' meddai. 'Doedd dim modd i ti wneud mwy. Rwyt ti hyd yn oed wedi dod â'r rhan fwyaf o'r aur yn ôl. Rwyt ti'n dioddef o'r hyn mae Dynion y Mwd yn ei alw'n Syndrom Stockholm: wedi datblygu teimladau am y bobl wnaeth dy ddal di'n wystl. Paid â phoeni, fe fydd hyn yn pasio ar ôl ychydig. Ond mae'r Dynion mewn yn fan 'na, maen nhw'n gwybod amdanon ni. Does dim all eu hachub nhw nawr.'

Syllodd Cwiff i fyny o'i waith technegol. 'Dydy hynny ddim yn wir, yn dechnegol. Croeso nôl, gyda llaw.'

Doedd Heulwen ddim am wastraffu eiliad drwy ymateb i gyfarchiad Cwiff. 'Beth wyt ti'n feddwl, ddim yn wir?'

'Dw i'n iawn diolch, gan dy fod ti'n gofyn.'

'Cwiff!' gwaeddodd Gwreiddyn a Heulwen mewn unsain.

'Wel, fel mae'r Llyfr yn dweud,

"Os gall Dyn y Mwd hel aur,

er hud y Tylwyth a'r gair,

mae'r aur i'w gadw am byth a rhaid canmol,

nes i Ddyn y Mwd orwedd mewn cwsg bythol."

Felly, os yw e'n fyw, fe sy'n ennill. Mae mor syml â hynny. Fyddai hyd yn oed y Cyngor ddim yn mynd yn erbyn gair y Llyfr.'

Crafodd Gwreiddyn ei ên. 'Ddylwn i boeni am hyn?'

Chwarddodd Cwiff heb arlliw o dristwch. 'Na. Mae'r bobl hyn gystal â bod yn farw.'

)·ᑌ♫⚛♫⚛⚛·⚷◊⊕ᵱ◦↻·θ

'Dydy 'cystal â' ddim yn ddigon da.'

'Ai gorchymyn yw hynny?'

'Ie, filwr.'

'Nid milwr ydw i,' meddai Cwiff, a gwasgu'r botwm.

Roedd golwg syn ar wyneb Gwesyn.

'Rwyt ti wedi rhoi'r aur yn ôl?'

Nodiodd Artemis. 'Ei hanner e. Mae lot yn dal i fod gyda ni. Pymtheg miliwn o ddoleri yn ôl prisiau'r farchnad heddiw.'

Fyddai Gwesyn ddim yn holi ei feistr fel arfer. Ond y tro 'ma, roedd yn rhaid iddo.

'Pam, Artemis? Alli di ddweud wrtha i?'

'Mae'n debyg.' Gwenodd y bachgen. 'Ro'n i'n teimlo mod i mewn dyled i'r Capten, am ei gwasanaeth hi.'

'A dyna i gyd?'

Nodiodd Artemis. Doedd dim angen sôn am y dymuniad. Gallai hynny gael ei ddehongli fel gwendid.

'Hmm,' meddai Gwesyn. Roedd e'n gallach nag yr oedd e'n edrych.

'Nawr, amser dathlu,' meddai Artemis yn awyddus, gan newid y pwnc yn fedrus. 'Ychydig o siampên, dw i'n meddwl.'

Cerddodd Artemis i'r gegin yn hamddenol cyn i lygaid Gwesyn gael cyfle i gwestiynu.

Erbyn i'r lleill ei ddilyn, roedd Artemis wedi llenwi tri gwydryn gyda Dom Perignon.

'Dw i'n gwybod nad ydw i'n ddigon hen, ond dw i'n siŵr na fydd Mam yn malio. Am y tro.'

Teimlai Gwesyn fod rhywbeth ar droed. Ond er hynny, derbyniodd y gwydryn crisial.

Edrychodd Gwen ar ei brawd mawr. 'Ydy hyn yn ocê?'

'Ydy, sbo.' Anadlodd. 'Ti'n gwybod mod i'n dy garu di, yndwyt, chwaer?'

Gwgodd Gwen — rhywbeth arall oedd yn ei gwneud hi'n boblogaidd gyda'r llanciau lleol. Bwrodd ei brawd ar ei ysgwydd. 'Rwyt ti mor emosiynol.'

Syllodd Gwesyn i fyw llygad ei gyflogwr.

'Rwyt ti am i ni yfed hwn, yndwyt Artemis?'

Syllodd Artemis yn ôl ar ei was yn sicr. 'Ydw, Gwesyn.'

Heb ragor o eiriau, yfodd Gwesyn o'i wydryn, a gwnaeth Gwen yr un peth. Blasodd Gwesyn y moddion cysgu yn syth bìn, ac er y byddai wedi cael digon o amser i dorri gwddf Artemis Gwarth, wnaeth e ddim. Doedd dim angen i Gwen gael braw yn ystod ei heiliadau olaf hi.

Gwyliodd Artemis ei ffrindiau'n suddo tua'r llawr. Roedd hi'n biti gorfod eu twyllo nhw. Ond pe baen nhw'n ymwybodol o'r hyn oedd yn digwydd, byddai eu pryderon nhw wedi gallu effeithio ar y moddion cysgu. Syllodd ar y swigod yn ei wydryn ei hun. Amser ar gyfer y cam mwyaf hy yn yr holl gynllun. Gyda rhyw fymryn bychan o betruster, llyncodd y siampên llawn moddion.

Arhosodd Artemis yn amyneddgar wrth i'r cyffur gymryd rheolaeth o'i gyfansoddiad. Doedd dim angen iddo aros yn hir, am fod pob dos wedi'i fesur yn ofalus yn ôl pwysau pob unigolyn. Wrth i'w feddyliau droelli yn ei ben, sylweddolodd fod posibilrwydd na fyddai'n deffro eto. Mae braidd yn hwyr i gael amheuon, dwrdiodd ei hun, cyn llithro i fyd anymwybodol.

'Bant â hi,' meddai Cwiff. 'Mae mas o'n nwylo i nawr.'

Dyma nhw'n dilyn yr arf drwy'r ffenestri tywyll. Roedd e'n ddarn anhygoel o offer. Am fod yr arf ei hun mor ysgafn, roedd modd gwneud yn siŵr ei fod yn effeithio ar le penodol iawn. Yr elfen ymbelydrol yng nghrombil yr arf oedd soliniwm 2, oedd â hanner-bywyd o bedair eiliad ar ddeg. Yn syml, golygai hyn fod modd i Cwiff sicrhau mai dim ond plasty'r Gwarth fyddai'n teimlo ysgwydiad y bom bio a dim byd arall. Ddim hyd yn oed un llafn o wair ar y lawnt y tu allan i'r plasty. Ac ar ben hyn, byddai'r adeilad yn rhydd o unrhyw belydredd niwclear mewn llai na munud. A phe bai ambell belydriad o soliniwm yn dianc, fe fydden nhw'n cael eu dal yn y maes-amser. Llofruddiaeth wedi ei wneud yn hawdd.

'Mae taith yr arf wedi ei raglenni'n barod,' eglurodd Cwiff, er nad oedd neb yn talu unrhyw sylw. 'Fe fydd e'n hwylio i mewn i'r cyntedd ac yn ffrwydro. Fe fydd y gragen a'r mecanwaith tanio yn chwalu'n syth. Mae e mor lân â hynny.'

Dilynodd Gwreiddyn a Heulwen daith y bom. Fel roedd pawb wedi rhagweld, fe wibiodd drwy'r drws maluriedig heb gyffwrdd ag un darn o garreg ar y waliau canol oesol. Trodd Heulwen ei golygon at gamera trwyn yr arf. Am eiliad, cafodd gip ar y cyntedd lle y bu hi, tan yn ddiweddar iawn, yn garcharor. Roedd y lle'n wag a dim un Dyn y Mwd yn y golwg. Tybed, meddyliodd. Yna, edrychodd ar Cwiff ac ar y dechnoleg oedd yn ei feddiant, a sylweddoli eu bod nhw fwy neu lai'n farw gelain.

Roedd y bom bio wedi ffrwydro. Taenodd pelen las o olau llachar drwy'r lle, gan lenwi pob twll a chornel o'r plasty gyda'i belydrau marwol. Aeth pob blodyn yn llipa, sychodd pob pryfyn yn grimp, a bu farw'r pysgod yn eu tanciau. Doedd dim un milimedr o'r lle heb ei effeithio. Doedd dim ffordd y byddai Artemis Gwarth a'i fintai wedi gallu dianc. Roedd hi'n amhosibl.

Ochneidiodd Heulwen, gan droi i ffwrdd o'r golchad las oedd yn araf ddiflannu'n barod. Er ei holl gynlluniau, bod dynol oedd Artemis Gwarth yn y pen draw. Ac am ryw reswm, dyma hi'n galaru'r golled.

Roedd Gwreiddyn yn fwy pragmataidd. 'Ocê. Gwisgwch eich siwtiau arbennig.'

'Mae'n hollol saff,' meddai Cwiff. 'Doeddech chi ddim yn gwrando yn yr ysgol?'

⚕ ⚘ ⊗ ◌ ⚗ ⌐ · ⌐ ⚔ ⌐ · ⚛ ⚛ ◌ ⚘ ⌐ ⚕

Rhochiodd y comander. 'Dw i'n ymddiried mewn gwyddoniaeth gymaint ag ydw i'n ymddiried ynot ti, Cwiff. Mae gan belydrau niwclear dueddiad i aros yn yr ardal er bod gwyddonwyr yn dweud eu bod wedi hen fynd. Does neb yn camu y tu allan heb yr offer cywir. Felly, chei di ddim mynd Cwiff, dim ond siwtiau bipedal sy 'da ni. Beth bynnag, dw i eisiau i ti aros a gwylio'r monitorau, rhag ofn . . .'

Rhag ofn beth? ystyriodd Cwiff, ond ddywedodd e ddim byd. Cadwa fe ar gyfer un o'r sylwadau 'ddwedes i yn do' enwog yna'n hwyrach ymlaen.

Trodd Gwreiddyn at Heulwen.

'Wyt ti'n barod, Capten?'

Mynd yn ôl i mewn. Doedd y syniad o orfod adnabod tri sgerbwd ddim yn apelio. Ond gwyddai ei fod yn rhan o'i dyletswyddau hi. Hi oedd yr unig un oedd yn gwybod yn iawn sut oedd y lle'n edrych.

'Iawnsyr. Ar fy ffordd.'

Dewisodd Heulwen un o'r siwtiau o'r rhesel, a'i gwisgo dros ei dillad. Cofiodd ei hyfforddiant. Edrychodd ar yr offeryn mesur cyn tynnu ar y cwcwll rwber caled. Byddai gostyngiad yn y pwysedd yn meddwl fod yna rwyg yn y dillad, a allai brofi'n angeuol yn y pen draw.

Aeth Gwreiddyn ati i drefnu tîm o Dylwyth i sefyll o amgylch perimedr y bom bio. Roedd gweddillion Criw Canfod Un mor barod i fynd i mewn i'r plasty ag y bydden nhw o jyglo gyda balŵnau drewllyd Atlantaidd.

'Rwyt ti'n siŵr fod yr un mawr wedi mynd?'

'Ydw, Capten Gwymon. Un ffordd neu'r llall, mae e wedi mynd.'

Doedd Trwbwl ddim yn siŵr. 'Achos mae e'n Ddyn creulon. Wy'n meddwl fod ryw hud yn perthyn iddo.'

Chwarddodd Corporal Brwnt, a chafodd glusten oherwydd hynny. Mwmianodd rywbeth am ddweud wrth Mami cyn gosod ei helmed ar ei ben.

Gallai Gwreiddyn deimlo'i hun yn cochi. 'Amser symud. Eich nod yw canfod y bariau aur a dod â nhw'n ôl. Byddwch ar eich gwyliadwraeth am drapiau. Doeddwn i ddim yn trystio Gwarth pan oedd e'n fyw, a dydw i'n sicr ddim yn ei drystio nawr ei fod e wedi marw.'

Pan glywodd pawb y gair trapiau dyma nhw'n ymddifrifoli. Roedd y syniad o ffrwydryn afiach yn ffrwydro wrth eu pennau yn ddigon i gael gwared ar unrhyw ddifaterwch. Doedd neb yn creu arfau creulon fel Dynion y Mwd.

Fel y Swyddog Recon ieuengaf, Heulwen oedd ar y blaen. Er nad oedd gelynion i fod yn y plasty, aeth ei llaw yn reddfol at ei Neutrino 2000.

Roedd y lle yn rhyfedd o dawel, heb ddim ond sŵn fft-fft y fflachiadau olaf o soliniwm oedd yn yr aer yn tarfu ar y llonyddwch. Ac yn y llonyddwch hwnnw, roedd marwolaeth. Crud o farwolaeth oedd y plasty. Gallai Heulwen arogli hynny. Tu ôl i'r waliau canoloesol roedd miliwn o greaduriaid a phryfed marw, ac o dan y lloriau roedd cyrff pry cop a llygod yn oeri.

Crwydrodd y criw at y drws yn betrusgar. Sgubodd Heulwen yr ardal gyda'i sganiwr pelydr-X. Doedd dim o dan y cerrig ond mwd a nythaid o bry cop arian marw.

'Clir,' meddai i mewn i'r meicroffôn. 'Dw i'n mynd i mewn. Cwiff, ydy dy glustiau di ymlaen?'

'Dw i yna gyda ti, blodyn,' atebodd y gŵr-farch. 'Onibai dy fod ti'n sefyll ar ben ffrwydryn, a bryd hynny, fydda i'n bell i ffwrdd yn yr ystafell reoli.'

'Wyt ti'n cael lluniau thermol o gwbl?'

'Ddim ar ôl golchad las. Mae arwyddion o wres dros bob man. Fflachiadau soliniwm yw'r rhan fwyaf. Bydd rhain yn aros am gwpwl o ddyddiau.'

'Ond dim pelydrau niwclear, cywir?'

'Cywir.'

Rhochiodd Gwreiddyn mewn anghrediniaeth. Daeth sŵn fel tisian eliffant dros yr offer clyw. 'Bydd yn rhaid i ni archwilio'r tŷ yn yr hen ffordd draddodiadol,' cwynodd.

'Gwna fe'n gloi,' cynghorodd Cwiff. 'Dw i'n amcangyfrif mai pum munud sy'n weddill cyn fod Plasty'r Gwarth yn ailymuno â'r byd go-iawn.'

Camodd Heulwen drwy'r hyn oedd yn weddill o'r drws. Gallai weld y siandelir yn symud yn ôl ac ymlaen yn ysgafn oherwydd effaith y ffrwydriad, ond ar wahân i hynny, roedd popeth fel ag yr oedd e o'r blaen.

'Mae'r aur lawr stâr. Yn fy nghell i.'

Ni atebodd neb. Nid mewn geiriau. Gwnaeth rywun swn chwydu. Yn syth i mewn i'r meic. Trodd Heulwen ar ei hunion. Roedd Trwbwl wedi crymu ei gorff, ac yn dal ei fol.

'Dw i ddim yn teimlo'n rhy dda,' cwynodd. Doedd dim wir angen dweud, gan fod pwll o chŵd yn gorwedd dros ei esgidiau.

Anadlodd Brwnt yn ddwfn, o bosibl am ei fod am yngan brawddeg oedd yn cynnwys y gair Mami. Ond yr hyn ddaeth allan oedd hylif melyn a chwerw. Yn anffodus, chafodd Brwnt mo'r cyfle i godi'i fisor cyn chwydu. Doedd hi ddim yn olygfa neis o gwbl.

'Yyy,' meddai Heulwen, gan wthio botwm rhyddhau'r fisor ar helmed Brwnt. Llifodd tsunami o chŵd afiach dros siwt y corporal.

'O, diar annwyl,' mwmialodd Gwreiddyn, gan wthio'i hun heibio'r brodyr. Ond ni lwyddodd i fynd ymhell iawn. Un cam gymrodd e dros y rhiniog, cyn iddo yntau hefyd fynd yn sâl fel ci.

Pwyntiodd Heulwen ei chamera-helmed at y swyddogion sâl. 'Beth ar wyneb y ddaear sy'n digwydd, Cwiff?'

'Dw i'n chwilio. Aros eiliad.'

Roedd Heulwen yn gallu clywed swn allweddellau cyfrifiadur yn cael eu taro'n wyllt. 'O'r gorau. Chwydu'n sydyn . . . O na.'

'Beth?' holodd Heulwen. Ond roedd hi'n gwybod yn barod. Efallai ei bod hi'n gwybod ar hyd yr amser.

'Yr hud,' meddai Cwiff heb feddwl, a'r geiriau'n anodd eu deall yn ei gyffro. 'Dydyn nhw ddim yn cael mynd i mewn i'r tŷ nes fod Gwarth wedi marw. Mae'n debyg i alergedd difrifol. Sy'n golygu, mae hyn yn anodd credu, ond mae'n golygu . . .'

'Eu bod nhw'n fyw!' gorffennodd Heulwen y frawddeg. 'Mae e'n fyw. Mae Artemis Gwarth yn fyw.'

'D'Arvit,' cwynodd Gwreiddyn, cyn i lif arall o chwd arllwys dros y teiliau teracota.

Aeth Heulwen ymlaen ar ei phen ei hun. Roedd hi eisiau cael gweld â'i llygaid ei hun. Os oedd corff Gwarth yma, fe fyddai e gyda'r aur, roedd hynny'n sicr.

Syllai'r lluniau teuluol i lawr arni, ond roedden nhw'n ymddangos yn falch o'u hunain yn hytrach na'n galon galed y tro 'ma. Cafodd ei themtio i saethu ei gwn Neutrino 2000 atyn nhw. Ond byddai hynny'n erbyn y rheolau. Os oedd Artemis Gwarth wedi eu curo nhw, dyna fe. Fyddai 'na ddim taro nôl.

Aeth Heulwen i lawr y grisiau tuag at ei chell. Roedd y drws yn dal i siglo ychydig oherwydd ysgydwad y bom bio. Gwibiai fflach o soliniwm o gwmpas y lle fel mellten las oedd wedi ei dal yn gaeth. Camodd Heulwen i mewn, gan ofni beth fyddai hi'n ei weld.

Doedd dim byd yno. Dim byd marw beth bynnag.

Dim ond aur. Dau gan ingot a bod yn fanwl gywir. Wedi eu gosod yn bentwr ar ei chrud. Rhesi taclus. Gwaith da Gwesyn, meddyliodd, yr unig Ddyn y Mwd i fynd i'r afael â throl a byw drwy'r profiad.

'Comander? Ydych chi'n gallu clywed? Drosodd.'

'Ydw, Capten. Faint o gyrff?'

'Dim cyrff, syr. Ond dw i wedi ffeindio gweddill yr aur.'

Tawelwch.

'Gad e, Heulwen. Rwyt ti'n gwybod beth yw'r rheolau. Ry'n ni'n tynnu mas.'

'Ond, syr. Mae'n rhaid fod yna ffordd . . .'

Torrodd Cwiff ar draws y sgwrs. 'Ond dim byd, Capten. Dw i'n cyfri'r eiliadau nes golau ddydd fan hyn, a does dim gobaith mul gyda ni i adael yn llwyddiannus a hithau'n ganol dydd.'

Ochneidiodd Heulwen. Roedd e'n gwneud synnwyr. Byddai'r Tylwyth yn cael dewis eu hamser gadael, ar yr amod eu bod nhw'n gadael cyn i'r maes-amser ddiflannu. Roedd e'n torri ei chalon hi eu bod nhw wedi cael eu curo gan un o Ddynion y Mwd. Ac yn waeth fyth, cael eu curo gan fachgen.

Edrychodd o amgylch y gell unwaith eto. Roedd pelen fawr o gasineb wedi cael ei chreu fan hyn, sylweddolodd, a byddai'n rhaid delio â'r peth yn hwyr neu'n hwyrach. Rhoddodd Heulwen ei gwn heibio. Yn hwyr yn hytrach na'n hwyrach, gobeithio, meddyliodd.

Gwarth oedd wedi ennill y tro 'ma, ond doedd rhywun fel fe ddim yn hapus yn gorffwys ar ei rwyfau. Byddai Gwarth yn ei ôl gyda chynllun arall i wneud arian. A phan ddeuai'r amser, byddai Capten Heulwen Pwyll yn aros amdano. Yn aros gyda gwn mawr, a gwên.

Roedd y tir yn feddal ar berimedr y maes-amser. Roedd hanner milenia o gwteri gwael y waliau canoloesol wedi troi'r sylfeini yn gors. Ac felly dyna lle ddaeth Mwrc i'r wyneb.

Nid y tir meddal oedd yr unig rheswm dros ddewis yr union fan yma chwaith. Y rheswm arall oedd yr arogl. Mae corrach da yn gallu ogleuo aur drwy hanner cilomedr o graig gwenithfaen. A gan Mwrc Twrddyn oedd un o'r trwynau gorau yn y busnes.

Arnofiai'r troli hofran heb neb yn gwmni iddi bron iawn. Roedd dau o aelodau gorau'r Sgwad Adfer yn eistedd ger y trysor, ond ar hyn o bryd roedden nhw'n chwerthin yn ddwl am ben eu comander chwydlyd.

'Ha, mae e'n chwydwr a hanner nagyw e, Siôni?'

Cytunodd Siôni, gan ddynwared steil chwydu Gwreiddyn.

Roedd pantomeim Siôni yn cynnig cyfle gwych iddo. Dyma Mwrc yn clirio'i diwbiau cyn dringo o'r twnnel. Y peth olaf roedd e ei angen oedd ffrwydrad o nwy a fyddai'n tynnu sylw'r LEP. Doedd dim angen iddo fod wedi poeni. Byddai e wedi gallu bwrw Siôni Witawiw yn ei wyneb gyda mwydyn-drewllyd gwlyb, a fydde fe ddim wedi sylwi.

Ymhen eiliadau, roedd e wedi trosglwyddo dau ddwsin o ingots i'r twnnel. Dyna'r dasg hawsa iddo'i chyflawni erioed. Bu'n rhaid iddo stopio'i hun rhag chwerthin wrth iddo dynnu'r ddau ddarn olaf o aur yn ôl i'r twnnel. Roedd Julius wedi gwneud ffafr gydag e wrth ofyn iddo fod yn rhan o'r holl beth. Roedd hyn yn berffaith bron. Roedd e mor rhydd ag aderyn, yn gyfoethog ac roedd pawb yn meddwl ei fod wedi marw. Erbyn i'r LEP ddeall fod yr aur wedi diflannu, byddai Mwrc Twrddyn ymhell bell i ffwrdd. Hynny yw, os fydden nhw'n sylwi o gwbl.

Tynnodd Mwrc ei hun yn ôl o dan ddaear. Byddai'n cymryd tipyn o amser i symud ei drysor newydd, ond byddai'n werth yr ymdrech. Gyda chymaint â hyn o arian, byddai modd iddo ymddeol yn gynnar. Byddai'n rhaid iddo ddiflannu'n llwyr wrth gwrs, ond roedd cynllun ar waith yn ei ben bach drygionus yn barod.

Byddai'n byw ar wyneb y ddaear am ychydig gan esgus bod yn gorrach dynol sy'n casáu golau. Efallai y byddai'n prynu tŷ enfawr gyda bleindiau trwchus. Ym Manhattan efallai, neu Monte Carlo. Mae'n siŵr y byddai rhai yn meddwl ei fod e'n rhyfedd, corrach yn cuddio rhag yr haul. Ac eto, byddai'n gorrach hynod gyfoethog. Ac mae Dynion yn dueddol o dderbyn unrhyw stori, waeth pa mor hurt, os oes modd iddyn nhw elwa'n ariannol.

*

Gallai Artemis glywed llais yn galw'i enw. Roedd yna wyneb y tu ôl i'r llais, ond roedd yn anodd gweld. Ei dad efallai?

'Dad?' Teimlai'r gair yn rhyfedd yn ei geg. Heb ei ddefnyddio ers amser. Wedi rhydu. Agorodd Artemis ei lygaid.

Roedd Gwesyn yn pwyso drosto.

'Artemis. Rwyt ti ar ddihun.'

'A, Gwesyn. Ti sy 'na.'

Cododd Artemis ar ei draed, ei ben yn troelli gyda'r ymdrech. Roedd e'n disgwyl llaw Gwesyn wrth ei benelin i'w gynorthwyo. Ond ddaeth hi ddim. Roedd Gwen yn gorwedd ar y *chaise longue*, yn glafoerio ar y glustog. Yn amlwg, doedd y cyffur ddim wedi gadael ei chorff eto.

'Dim ond tabledi cysgu oedden nhw, Gwesyn. Dydyn nhw ddim yn mynd i'n niweidio ni.'

Roedd golwg beryglus yn llygaid Gwesyn. 'Eglura!'

Rhwbiodd Artemis ei lygaid. 'Wedyn, Gwesyn. Dw i'n teimlo ychydig yn –'

Camodd Gwesyn o'i flaen. 'Artemis, mae fy chwaer

yn gorwedd ar y sedd yna yn llawn cyffuriau. Roedd hi bron iawn â marw. Eglura!'

Sylweddolodd Artemis fod rhywun newydd roi gorchymyn iddo. Ystyriodd ymateb fel petai'n methu â chredu fod rhywun wedi meiddio siarad gydag e fel 'na. Yna penderfynodd na fyddai hynny'n syniad da iawn. Gwesyn oedd yn iawn. Roedd e wedi mynd yn rhy bell.

'Ddwedais i ddim byd am y tabledi cysgu achos, pe byddech chi'n gwybod amdanyn nhw, fydden nhw ddim wedi gweithio. Dydy o ond yn naturiol. A'r rhan bwysicaf o'r cynllun oedd ein bod ni'n cysgu'n syth bìn.'

'Y cynllun?'

Eisteddodd Artemis mewn sedd gyfforddus.

'Y maes-amser oedd yr allwedd i'r holl gynllun. Dyma gerdyn aur y LEP. Dyma sydd wedi eu gwneud nhw'n amhosib eu curo dros yr holl flynyddoedd. Mae pob achos sy'n codi yn gallu cael ei gadw'n dawel. Ac mae'r bom bio ar ei ben yn ei wneud yn gyfuniad grymus.'

'Felly pam roedd angen i ni gael tabledi cysgu?'

Gwenodd Artemis. 'Edrych drwy'r ffenest. Maen nhw wedi mynd. Mae'r holl beth ar ben.'

Dyma Gwesyn yn cael cip drwy'r llenni net. Roedd y golau'n glir ac yn llachar. Dim arlliw o las. Er hyn, doedd y gwas ddim wedi'i blesio. 'Maen nhw wedi mynd nawr, ond fe fyddan nhw'n dod yn ôl, dw i'n sicr o hynny.'

'Na. Mae hynny yn erbyn y rheolau. 'Da ni wedi eu curo nhw. Dyna ddiwedd y gêm.'

Cododd Gwesyn un o'i aeliau. 'Y moddion cysgu, Artemis?'

'Does dim troi ar y sgwrs, dw i'n gweld.'

Ateb Gwesyn oedd tawelwch didostur.

'Y moddion cysgu. Digon teg. Roedd yn rhaid i mi feddwl am ffordd o osgoi'r maes-amser. Fe wnes i edrych drwy'r Llyfr yn fanwl, ond doedd dim yno. Dim cliwiau. Dydy'r Tylwyth eu hunain ddim wedi ffeindio ffordd. Ac felly, fe es i yn ôl at eu Hen Destament, yn ôl i'r adeg pan oedd ein bywydau ni yn cydblethu. Fe wyddost ti'r straeon: ellyll oedd yn gwneud esgidiau yn ystod y nos, bwganod oedd yn glanhau tai. Yn ôl i'r adeg pan oedden ni'n cyd-fyw, i bob pwrpas. Ffafrau hudol er mwyn cael cadw caer y Tylwyth. A'r un mawr, wrth gwrs, oedd Siôn Corn.'

Bu bron i aeliau Gwesyn neidio oddi ar ei dalcen.

'Siôn Corn?'

Cododd Artemis gledrau ei law. 'Dw i'n gwybod, dw i'n gwybod. Ro'n i'n amau hyn hefyd. Ond yn ôl y sôn dydy ein Siôn Corn corfforedig ni ddim yn dod o'r sant Twrcaidd; mae e'n dod o gysgod San D'Klass, trydydd brenin y llinach frenhinol, Frond Elfin. Mae e'n cael ei nabod fel San D Drysu.'

'Nid y teitl gorau o holl deitlau'r bydysawd.'

'Yn gwmws. Roedd D'Klass yn meddwl y byddai trachwant Pobl y Mwd oedd yn ei frenhiniaeth yn cael ei leddfu gan roddion hael. Unwaith y flwyddyn, fe fyddai'n casglu'r dewiniaid gorau ynghyd ac yn dweud wrthyn nhw am stopio amser dros ardaloedd eang. Byddai praidd o ellyllon a thylwyth teg yn cael eu hanfon i ddosbarthu'r anrhegion tra bod y Dynion yn cysgu. Wrth gwrs, weithiodd e ddim, oherwydd dydy trachwant Pobl y Mwd byth yn cael ei leddfu, yn enwedig gan anrhegion a rhoddion.'

Gwgodd Gwesyn. 'Beth pe bai'r bobl . . . ni, hynny yw . . . wedi deffro?'

'A ie. Cwestiwn rhagorol. A dyma graidd y mater. Fydden ni ddim yn deffro. Dyma natur stopio-amser. Rwyt ti'n aros yn yr un stâd â'r hyn oeddet ti wrth fynd i mewn iddo. Galli di ddim deffro na mynd i gysgu. Mae'n rhaid dy fod ti wedi sylwi ar y lludded sydd yn dy esgyrn di yn ystod yr oriau diwethaf, ac eto doedd dy feddwl di ddim yn gadael i ti gysgu.'

Cytunodd Gwesyn. Roedd pethau'n dod yn gliriach, rhyw ffordd neu'i gilydd.

'Ac felly fy theori i oedd mai'r unig ffordd o ddianc o'r maes-amser oedd cwympo i gysgu. Y ffaith ein bod ni'n ymwybodol oedd yn ein carcharu ni.'

'Fe wnest ti gymryd yffach o risg ar un theori, Artemis.'

'Dim theori yn unig. Roeddwn i wedi gwneud arbrawf ar rywun o flaen llaw.'

'Pwy? A, Siân.'

'Ie, Mam. Oherwydd bod ei chwsg hi wedi ei ysgogi gan gyffuriau, fe wnaeth hi symud gyda threfn arferol amser. Chafodd hi mo'i heffeithio gan y maes-amser. Pe na bai hi wedi bihafio fel hyn, byddwn i wedi gorfod rhoi'r ffidl yn y to ac ildio a derbyn y byddai'r LEP yn glanhau'n meddyliau ni.'

Rhochiodd Gwesyn. Go brin.

'Ac felly, am nad oedden ni'n gallu cwympo i gysgu'n naturiol, fe wnes i roi tabledi Mam i ni. Syml.'

'Wnest ti adael popeth tan ben set braidd. Munud arall . . .'

'Dw i'n cytuno,' meddai Artemis. 'Roedd pethau braidd yn dynn erbyn y diwedd. Ond roedd yn rhaid twyllo'r LEP a chadw'r cynllun yn gyfrinach.'

Oedodd Artemis er mwyn gadael i Gwesyn brosesu'r wybodaeth. 'Wel, ydw i'n cael maddeuant?'

Ochneidiodd Gwesyn. Ar y *chaise longue*, chwyrnodd Gwen fel llongwr meddw. Gwenodd yn sydyn. 'Wyt, Artemis. Dw i'n fodlon maddau. Ond mae un peth arall . . .'

'Ie?'

'Byth eto. Mae'r Tylwyth yn rhy . . . ddynol.'

'Ti'n iawn,' meddai Artemis, a'r crychau'n ddwfn o amgylch ei lygaid. 'Byth eto. Fe wnawn ni sticio at gynlluniau mwy chwaethus o hyn ymlaen. Ond alla i ddim addo y byddan nhw'n gyfreithlon.'

Nodiodd Gwesyn. Digon da.

'Nawr, Meistr ifanc, a ddylen ni fynd i weld dy fam?'

Aeth wyneb Artemis yn fwy gwelw, os oedd hynny'n bosibl. A oedd y capten wedi'i fradychu, a thorri'r addewid? Byddai digon o hawl ganddi wneud.

'Dylen, fe ddylen ni, mae'n debyg. Gad i Gwen ymlacio. Mae hi'n haeddu cael gwneud.'

Edrychodd i fyny'r grisiau. Roedd e'n ormod o beth i ymddiried yn y dylwythen. Wedi'r cyfan, roedd e wedi ei dal hi'n wystl yn erbyn ei hewyllys. Ceryddodd ei hun yn dawel. Dychmygwch roi'r holl arian yna i ffwrdd yn gyfnewid am ddymuniad. Roedd e mor naïf.

Yna, agorodd ddrws yr atig.

Tynnodd Gwesyn ei arf o'i guddfan. 'Artemis, y tu ôl i mi. Mae rhywun wedi torri i mewn.'

Chwifiodd Artemis ef i ffwrdd. 'Na, Gwesyn. Dw i ddim yn meddwl.'

Roedd ei galon yn curo yn ei glustiau, a gwaed yn powndio ym mlaenau ei fysedd. Oedd hyn yn bosibl? Daeth ffigwr i dop y grisiau. Fel ysbryd, mewn gŵn gwisgo tywel, a'i gwallt hi'n wlyb o'r gawod.

'Arti?' gwaeddodd. 'Arti, wyt ti yna?'

Roedd Artemis eisiau ateb. Roedd e eisiau rhedeg i fyny'r grisiau, a'i freichiau'n barod i gofleidio. Ond doedd e ddim yn medru. Roedd ei alluoedd ymenyddol wedi diflannu. Daeth Siân Gwarth i lawr y grisiau, gydag un llaw ar y canllaw. Roedd Artemis wedi anghofio pa mor osgeiddig oedd ei fam. Sgipiai ei thraed noeth dros garped y grisiau ac yn sydyn roedd hi'n sefyll o'i flaen.

'Bore da, cariad,' meddai hi'n llon, fel petai'n ddiwrnod arferol.

'M-mam,' herciodd Artemis.

'Wel, dere â chwtsh i dy fam.'

Camodd Artemis i freichiau ei fam. Cwtsh gynnes a chadarn. Roedd hi'n gwisgo persawr. Teimlai fel bachgen.

'Dw i'n flin, Arti,' sibrydodd hi i'w glust.

'Yn flin am beth?'

'Am bopeth. Y misoedd diwethaf, dw i ddim 'di bod yn fi fy hun. Ond mae pethau'n mynd i newid. Mae'n bryd stopio byw yn y gorffennol.'

Teimlodd Artemis ddeigryn ar ei foch. Doedd e ddim yn siŵr iawn pwy oedd bia'r deigryn.

'A does gen i ddim anrheg i ti.'

'Anrheg?' holodd Artemis.

'Wrth gwrs,' canodd ei fam, wrth droelli yn ei hunfan. 'Wyt ti 'di anghofio pa ddiwrnod yw hi?'

'Diwrnod?'

'Diwrnod Nadolig yw hi, y bachgen twp. Diwrnod Nadolig! Mae'n draddodiad cael anrhegion!'

Ydy, meddyliodd Artemis. Traddodiadol. San D'Klass.

'Ac edrych ar y lle 'ma. Mae e mor llwm. Gwesyn?'

Gwibiodd y gwas ati gan roi ei Sig Sauer o'r neilltu.

'Ie, ma'am?'

'Ffonia Brown Thomas. Y rhif ar gyfer y cwsmeriaid platinwm. Rwy am i ti ailagor fy nghyfrif. Dwed wrth Héléne mod i eisiau mêc-ofyr Nadoligaidd. Pob un triniaeth.'

'Iawn madam, pob un triniaeth.'

'O, a deffra Gwen. Dw i am i mhethau i gael eu symud yn ôl i'r brif ystafell wely. Mae'r atig yn llawer rhy llychlyd.'

'Iawn, ma'm. Ar fy union, ma'm.'

Rhoddodd Siân Gwarth ei braich ym mraich ei mab. 'Nawr te, Arti, dw i am gael gwybod popeth. Yn gyntaf, beth sy wedi digwydd fan hyn?'

'Ail-fodelu,' meddai Artemis. 'Roedd yr hen ddrws yn llawn tamprwydd.'

Gwgodd Siân, doedd hi ddim yn credu gair. 'Dw i'n gweld. A beth am yr ysgol? Wyt ti wedi dewis gyrfa eto?'

Er i'w geg ateb y cwestiynau-bob-dydd hyn, roedd meddwl Artemis yn gymysg i gyd. Roedd e'n fachgen unwaith eto. Roedd ei fywyd yn mynd i newid yn llwyr. Byddai'n rhaid i'w gynlluniau fod yn fwy cyfrwys o hyn ymlaen er mwyn osgoi tynnu sylw ei fam. Ond, byddai'n werth y gwaith.

Roedd Siân Gwarth yn anghywir. Roedd hi wedi cael anrheg Nadolig i'w mab.

EPILOG

Nawr eich bod chi wedi cael cip ar y ffeil, mae'n siŵr eich bod chi wedi sylweddoli pa mor beryglus yw Gwarth.

Mae yna dueddiad i or-ramantu am Artemis. Ychwanegu agweddau i'w bersonoliaeth sydd ddim yn bodoli. Nid cariad wnaeth ei ysgogi i fargeinio am ddymuniad fyddai'n gwella ei fam. Fe wnaeth e hyn am fod y Gwasanaethau Cymdeithasol yn ymchwilio i'w achos, a chyn hir byddai wedi cael ei roi yng ngofal yr awdurdodau.

Cadwodd y gyfrinach am fodolaeth Y Tylwyth, ond dim ond er mwyn gallu cymryd mantais ohonyn nhw rywbryd eto. Fe wnaeth hynny, nifer o weithiau. Yr unig gamgymeriad wnaeth e oedd gadael i Gapten Pwyll fyw. Daeth Heulwen yn arbenigwraig y LEP ar achosion Artemis Gwarth. Roedd hi'n allweddol yn y frwydr yn erbyn gelyn pennaf y Tylwyth. Brwydr fyddai'n parhau am ddegawdau.

Yn eironig, llwyddiant gorau'r ddau uchod oedd yr adeg pan fu'n rhaid iddyn nhw gydweithio adeg gwrthryfel y coblynnod. Ond stori arall yw honno.

Crewyd yr adroddiad gan: Doctor J. Argon, B.Psych, ar gyfer ffeiliau Academaidd y LEP.

Mae 94% o'r ffeithiau yn gywir, a 6% yn allosodiadau na ellid eu hosgoi.

Y Diwedd

Artemis Gwarth

Cyfrwystra
89
– rhyfeddol – llwyddodd i ddatrys cod y Tylwyth mewn 14 awr

Mileindra
75
– genetig – yn perthyn i linach o droseddwyr craff

Medrusrwydd seicolegol
100
– yn ailysgrifennu Jung a Freud yn ei amser hamdden

Gwendidau posibl
10
– ei gariad at ei fam; man gwan at Heulwen Pwyll (mae'n debyg)

Trachwant
85
– yn ddiguro – ei fwriad yw ailadeiladu teyrnas ei dad

Hoff Gerddoriaeth
30
– 'Y Pedwar Tymor' gan Vivaldi

Y TYLWYTH –
CANLLAW AR GYFER Y GWYLIWR

Mae sawl math gwahanol o Dylwyth, pob un â'i nodweddion unigryw ei hun. Dyma ychydig o ffeithiau y mae Artemis Gwarth wedi eu casglu yn ystod ei anturiaethau. Rhaid i'r wybodaeth yma aros yn gyfrinachol, rhag peryglu bodolaeth y Tylwyth.

ELLYLL

Nodweddion: Tua metr o ran taldra. Clustiau pigfain. Croen brown. Gwallt coch.
Cymeriad: Deallus. Yn ymwybodol iawn o'r hyn sy'n gyfiawn ac yn anghyfiawn. Teyrngar tu hwnt. Synnwyr digrifwch sarcastig – gan un swyddog LEP benywaidd, beth bynnag.
Hoffi: Hedfan, mewn cerbyd neu gydag adenydd.
Sefyllfaoedd i'w hosgoi: Nid ydynt yn hapus os wnewch chi eu herwgipio a chymryd eu haur oddi arnynt.

CORACHOD

Nodweddion: Byr, crwn a blewog. Dannedd mawr fel cerrig beddau sy'n medru malu . . . wel, unrhyw beth a dweud y gwir. Y gallu ganddynt i dynnu asgwrn eu gên yn rhydd felly yn medru cloddio twnelau. Blew barf sensitif. Croen yn medru ymddwyn fel sugnwr os bydd wedi sychu. Drewllyd.
Cymeriad: Sensitif. Deallus. Tueddu at dorcyfraith.
Hoffi: Aur a gemau gwerthfawr. Creu twnelau. Y tywyllwch.
Sefyllfaoedd i'w hosgoi: Bod yn eu cwmni mewn man cyfyng ar ôl iddyn nhw fod yn cloddio ac aer wedi crynhoi y tu mewn iddynt. Os ydyn nhw'n agor y fflap pen-ôl ar eu trowsus, rhedwch . . .

Trol

Nodweddion: Anferth – cymaint ag eliffant. Llygaid yn sensitif i olau. Casáu sŵn. Blewog. Crafangau miniog. Dannedd, dannedd a mwy o ddannedd! Ysgithrau fel baedd gwyllt (gwyllt iawn!) Tafod gwyrdd. Yn arbennig o gryf. Man gwan ar waelod y penglog.
Cymeriad: Twpach na thwp – ymennydd bychan bach sydd gan y trol. Yn grintachlyd ac â thymer drwg.
Hoffi: Bwyta – unrhyw beth. Byrbryd ysgafn fyddai buwch neu ddwy.
Sefyllfaoedd i'w hosgoi: Beth!? Os ydych chi'n meddwl bod trol gerllaw, rhedwch fel y gwynt.

Coblynnod

Nodweddion: Wedi'u gorchuddio â chen. Heb gloriau ar eu llygaid – yn llyfu pelenni eu llygaid i'w cadw'n llaith. Yn medru taflu peli tân. Yn symud ar eu pedwar er mwyn mynd yn gyflymach. Tafod fforchog. Yn llai na metr o ran taldra. Croen seimllyd all wrthsefyll tân.
Cymeriad: Dim yn glyfar ond yn gyfrwys. Cecrus. Uchelgeisiol. Awchu am bŵer.
Hoffi: Tân. Dadl dda. Grym.
Sefyllfaoedd i'w hosgoi: Ewch o'r ffordd os ydyn nhw'n taflu peli tân.

Gŵr-farch

Nodweddion: Hanner dyn, hanner ceffyl. Blewog – yn amlwg. Carnau yn medru mynd yn sych iawn.
Cymeriad: Hynod o ddeallus. Balch. Paranoiaidd. Caredig. Gîcs cyfrifiadurol.
Hoffi: Dangos eu hunain. Dyfeisio.
Sefyllfaoedd i'w hosgoi: Nid ydynt yn beryglus ond fe fydden nhw'n pwdu pe byddech yn feirniadol o'u dyfais ddiweddaraf, yn cyffwrdd eu cyfrifiadur neu'n cael benthyg yr eli ar gyfer eu carnau.

Iaith y Coblynnod